Carolin Helm

Dem Wohle des deutschen Volkes

- Politthriller -

Bibliografische Information der Deutschen
Nationalbibliothek:
Die Deutsche Nationalbibliothek verzeichnet diese
Publikation in der Deutschen Nationalbibliografie;
detaillierte bibliografische Daten sind im Internet über
http://dnb.dnb.de abrufbar.

1. Auflage, 2020

Lektorat: Sandra Florean
Cover: Carolin Helm

Herstellung und Verlag: BoD – Books on Demand,
Norderstedt

ISBN: 978-3-7519-7909-2

Für Marcel, meinen Mann,
zum Dank, dass du mir das Leben gerettet hast.

Prolog

Mit einem lauten Knall flog der Sektkorken an die Zimmerdecke. Wütend schäumte der Sekt über Florians Hände. Er lachte, setzte die Flasche an die Lippen und trank hastig einige Schlucke ab.

Eine der beiden jungen Frauen, mit denen er sich das Zimmer, das Bett und die Nacht teilte, erhob sich und kam dicht an ihn heran. Leuchtend rote Reizwäsche betonte ihre üppigen Rundungen und ihr dunkles Haar wallte über ihre Schultern. Sie nahm ihm die Flasche aus der Hand und fuhr mit der Zunge über den Flaschenhals. Ohne ihn aus den Augen zu lassen, trank sie einen Schluck.

Der Satinmantel, den Florian trug, rutschte von seinen Schultern. Er näherte sich der Frau, legte seine Hände an ihre Hüfte, beugte sich zu ihr vor und küsste sie auf die Schulter. Schon näherte sich ihm die andere Dame wie ein Raubtier. Sie schmiegte sich an ihn und ließ die Fingerspitzen über seine Arme und seine Wirbelsäule wandern.

Florian schauderte wohlig, wandte ihr den Kopf zu und küsste sie. Sie strich über seine Haut. Dann löste sie sich von ihm. Ehe er sich versah, fand er sich mit der Sektflasche in der Hand auf dem Bett sitzend wieder. Verblüfft sah er die beiden Frauen an. Sie grinsten ihn verrucht an. Er hielt die Flasche hoch und beide kamen zu ihm auf das Bett. Eine nahm ihm die Flasche ab, die Andere sank mit dem Kopf zwischen seine Beine.

Er fuhr mit der Hand in ihr Haar, während er zurück-
fiel. *Ich bin reich*, dachte er, bevor ihm das Blut in die
Lenden schoss.

Kapitel 1

Nur widerwillig hatte Florian sich von seinen Gespielinnen gelöst, um im Adam Smith Haus in Berlin an einer Wahlkampfveranstaltung teilzunehmen. Auch wenn er die Rede vor seiner eigenen Partei hielt, so war sie doch wichtig, denn sie wurde landesweit ausgestrahlt.

»Es ist mir eine außerordentliche Freude, den Redner des heutigen Abends zu begrüßen, unseren Spitzenkandidaten-« Die übrigen Worte des Moderators gingen im tosenden Jubel der Anwesenden unter.

Florian richtete seine leuchtend gelbe Krawatte. Einer der Organisatoren gab ihm mit einer flüchtigen Berührung an der Schulter das Zeichen, dass er jetzt auf die Bühne treten sollte. Die jungen Teilnehmer der Veranstaltung pfiffen und klatschten, als Florian an das Rednerpult trat. Er strahlte und winkte und wartete, bis der Jubel verhallt war.

Als endlich Stille im Saal herrschte, rückte er sich das Mikrofon zurecht und sah auf seine Rede hinab.

»Du bist großartig!«, rief eine einzelne Stimme.

Florian lachte.

»Dankeschön, für diesen herzlichen Empfang«, begann er und ließ den Blick durch die Reihe der Zuhörer wandern. Dann wurde seine Miene mit einem Mal ernst.

»Bei aller Feierlaune dürfen wir nicht vergessen, dass wir heute Abend hier sind, weil wir etwas für unser Land bewegen wollen. Unserer Nation geht es so schlecht wie nie. Von allen Seiten wird unser demokratisches Leben bedroht. Von Links …«

Zustimmende Pfiffe und Applaus wehten ihm entgegen.

»… von Links bedroht eine feministische Bewegung unsere Demokratie. Es geht ein Ruck durch unser Land! Viele Leute glauben, dass diese Bewegung harmlos sei. Dass sie das Land zum Besseren verändere. Aber ich versichere euch, dieser Feminismus ist gefährlich!

Die Feministen haben nicht die Gleichheit aller Menschen im Sinn. Sie haben vor, den Männern die Rechte zu nehmen! Die feministische Forderung nach einer Frauenquote heißt nicht, dass Frauen mit Männern gleichberechtigt sein sollen, sondern das Gegenteil. Sie werden Männern gegenüber bevorzugt! Wir fordern, dass der Mensch im Mittelpunkt steht und nicht sein Geschlecht. Qualifikation und Interessen müssen über die Position entscheiden, nicht was er zwischen den Beinen hat!«

Tosender Applaus unterbrach ihn. Florian hielt in seinen Worten inne, um den Applaus zu genießen. Im Halbdunkel, das zwischen den Zuschauern herrschte, war gelegentlich das Licht von Smartphonekameras zu erkennen. Offenbar wurde er gefilmt.

Gut so, dachte Florian.

Als der Jubel verhallte, sprach er weiter: »Doch es ist nicht nur diese Frauenquote, über deren Gefährlichkeit sich streiten lässt. Es die eindeutig antidemokratische Haltung dieser Bande, die mir den Schlaf raubt. Diese Leute fordern härtere Strafen für Sexualverbrecher.

Bitte versteht mich nicht falsch. Verbrecher gehören hinter Gitter und Nein heißt Nein, aber dieser Vorschlag«, seine Stimme schwoll an und er stützte sich auf sein Pult, »diese Forderung stellt das gesprochene Wort unter Strafe. Wir müssen uns Sorgen machen, ob der ungeschickte Flirt demnächst mit Gefängnis bestraft wird. Es kann doch nicht sein, dass diese Frauen wirklich wollen, dass unschuldige Männer für einen unbeholfenen Flirt hinter schwedische Gardinen gehen!«

Wieder pfiffen seine Anhänger und applaudierten ihm. Irgendwo in den hinteren Reihen wurden kleine Papierfähnchen geschwenkt, auf denen *Liberaler Bund* stand.

»Dieser Feminismus ist gefährlich und wir müssen ihm auf die Finger schauen. Heute sprechen wir von Frauenquoten und von haltlosen Gesetzesvorschlägen. Aber wir vergessen dabei, dass unser Land vor die Hunde geht!

Wir vergessen, dass unsere Schulden immer weiter wachsen! Wir vergessen unsere Verpflichtungen unseren Kindern gegenüber! Wir vergessen, dass wir das Land gestalten müssen, in dem wir leben wollen! Und morgen schon, morgen!« Er hob drohend den Zeigefinger in die Luft, um seinen Worten Nachdruck zu verleihen. »Morgen werden wir nicht mehr hier stehen und uns darüber unterhalten, dass es mehr Frauen in Führungspositionen geben muss. Morgen werden wir die demokratischen Strukturen unseres Landes beweinen. Wir werden uns fragen, wie das alles geschehen konnte.

Lassen wir das nicht zu. Lassen wir nicht zu, dass Menschen unseren wunderschönen Staat mit verqueren Gesetzen zerstören. Lassen wir nicht zu, dass unser Land zu Grunde geht!«

Als er von der Bühne hinuntersprang, wurde er von Lukas Gärtner, dem Generalsekretär des Liberalen Bunds, in Empfang genommen. Die Art und Weise, wie Lukas seine Hände knetete und hinter der Bühne auf und ab ging, war besorgniserregend. Selten hatte Florian ihn so unruhig erlebt.

»Was ist passiert?«, fragte er.

Lukas blieb stehen und sah ihn endlich direkt an. »Die Feministen haben einen Wahlkampfspot veröffentlicht.«

»Das sollten sie auch. Es ist schließlich Wahlkampf.« Florian sah Lukas belustigt an.

»Dieses Mal ist es wichtig. Wir müssen uns das Video ansehen.«

»Also schön«, sagte Florian und tastete über seine Brust nach einem Gegenstand in seinem Jackett. »Ach verdammt, ich hab keinen Terminkalender dabei. Dann müssen wir das wohl verschieben.«

Lukas verdrehte die Augen und packte ihn am Oberarm, als er sich an ihm vorbei schieben wollte. »Jetzt!«

Florian ließ die Schultern hängen. Er hatte keine Lust, sich ein Video der Feministinnen ansehen zu müssen. Er wollte zurück ins Hotel, sich eine Flasche Champagner bestellen und den Abend ausklingen lassen. Aber Lukas' Griff an seinem Oberarm duldete keinen Widerspruch. »Also schön, gut. Jetzt«, erwiderte er wenig begeistert. »Gleich hier?«

»Ja, gleich hier. Ich habe den Laptop hinten im Büro«, befahl Lukas.

»Manchmal hasse ich das Adam Smith Haus«, brummte er, während er Lukas in das Büro des Generalsekretärs folgte und sich an dessen Schreibtisch setzte.

Lukas setzte sich daneben, raufte sein sandblondes Haar und öffnete den Laptop.

»Bereit?«, fragte er.

»Zeig schon her«, verlangte Florian unwirsch. Je schneller er das hinter sich brachte, desto eher konnte er die Füße hochlegen. Lukas presste die Lippen zu einem schmalen Strich zusammen und drückte den Playbutton.

Das Video startete mit einer Sequenz, in der ein Frauenhintern in knallroter Reizwäsche gezeigt wurde.

»Ja!«, stöhnte sie und warf den Kopf in den Nacken. Ihre Haut glitzerte im diffusen Licht, während sie dem Florian im Video ihren Hals darbot wie eine Frucht.

»Guckt euch an, wie sich dieses Schwein an einem jungen Mädchen vergreift!«, brüllte ein Mann aus dem Off. »Dieser Mann stellt sich hin und spricht über Freiheit und darüber, dass Frauen bereits gleichberechtigt sind. Und dann nimmt er sich unschuldige, blutjunge Dinger mit ins Bett, die ganz offenkundig nicht wissen, was sie da tun! Und diesem Mann rennen alle auch noch blind hinterher! Dabei beweist dieses Video, wie hinterhältig dieser liberale Geldhai ist!«

Florian starrte fassungslos auf den Bildschirm. Alexander Knitt, der blonde Schleimbeutel von einem Generalsekretär, stand an seinem Rednerpult. Statt des Parteilogos der Sozialfeministischen Partei, flimmerte ein Sextape von Florian und den beiden Damen vom Vorabend im Hintergrund. Immer wieder wurden Nahaufnahmen seiner Hände und seines Gesichts gezeigt, während die beiden Frauen, mit denen er im Video verkehrte, verpixelt waren.

»Was erlaubt sich diese Person«, flüsterte Florian entsetzt und lehnte sich vom Schreibtisch weg. Lukas pausierte das Video, um Florian zuzuhören. »Das ist das, was ich meine, wenn ich sage, dass dieser Feminismus gefährlich ist.«

»Weiß ich doch«, murmelte Lukas.

Florian blies die Wangen auf und starrte auf das Standbild von sich selbst. Das sah alles andere als zärtlich aus, wie er sich zurücklehnte und sich einen blasen ließ. Besonders, dass Lukas neben ihm saß und ihm beim Sex zusah, war ihm peinlich.

»Wie sind sie überhaupt an das Video gekommen?«, fragte er, während er wie beiläufig in dem Video vor und zurücksprang, um eine Stelle zu suchen, die ihn nicht dabei zeigte, wie er einen Frauenkopf in seinen Schoß presste.

»Erstmal ist viel schlimmer, dass dieses Video im Internet gelandet ist. Wir können froh sein, wenn dich überhaupt noch jemand wählt.«

Florian seufzte, ließ sich zurückfallen und bedeckte das Gesicht mit den Händen. Sie hatten hervorragende Umfragewerte gehabt. Siebzehn Prozent der Wähler hatten sie bisher von ihren Ideen überzeugt. Davon, mehr Geld in Bildung zu investieren und die flächendeckende Überwachung abzubauen. Bisher waren sie mit der Konservativen gleich auf gewesen. Für eine so junge Partei wie den Liberalen Bund war das eine ganz beachtliche Leistung! Und jetzt dieses Video … »Dieses Video muss verschwinden«, schloss er.

»Ich fürchte, dafür könnte es zu spät sein. Das Video wurde inzwischen millionenfach angeklickt und geteilt.

Vermutlich auch schon mehrfach heruntergeladen«, erwiderte Lukas.

»Scheiße!«, zischte Florian, erhob sich und ging im Zimmer auf und ab. Dieses Video war das Ende seiner kurzen Politikkarriere. »Diese beiden Frauen sind freiwillig mit mir ins Bett gegangen. Dass die Feministinnen mich jetzt so bloßstellen, ist Rufmord. Dafür müssen sie sich mindestens öffentlich entschuldigen.«

»Eigentlich ja. Aber uneigentlich ist das die feministische Partei. So leicht wird das nicht«, murmelte Lukas, beugte sich zu dem Laptop vor und ließ den Clip an der Stelle weiter laufen, an der Florian ihn unterbrochen hatte.

»*Wisst ihr, womit dieser Verbrecher eigentlich sein Geld verdient? Dem gehört NEP. Ein Energiekonzern, werdet ihr jetzt sagen. Aber wisst ihr auch, wie die ihre Energie gewinnen? In Atomkraftwerken!*«

»Strom erzeugen ist auch verboten«, bemerkte Florian, stützte sich auf die Rückenlehne des Schreibtischstuhls und betrachtete den Clip.

Lukas legte einen Finger an seine Lippen und nickte mit dem Kopf in Richtung des Laptops.

»*Ja, richtig! Dieser Mann hat nicht nur zahllose Frauen vergewaltigt-*«

»Vergewaltigt!«, wiederholte Florian verärgert. »Lukas, ich bitte dich. Sieht das aus wie eine Vergewaltigung?!« Lukas pausierte das Video und drehte sich zu Florian um. »Vergewaltigt. Dieser Lauch unterstellt mir öffentlich und vor laufender Kamera, eine Straftat begangen zu haben! Und untermauert das mit einem Video, in dem eine Frau ganz eindeutig freiwillig mit mir in die Kiste gestiegen ist! Was kommt als Nächstes? Das ich auch Leichen schände? Kinder?«

»Setz dich hin, Flo! Lass uns das Video zu Ende gucken. Du musst doch wissen, was man dir vorwirft und wogegen du dich wehren musst.«

Florian gehorchte widerwillig und Lukas setzte die Wiedergabe fort.

»*Er ist auch verantwortlich für das Leid unzähliger Tiere und das des Ökosystems. Mit dem Dreck, den seine Atom- und Braunkohlekraftwerke produzieren, verseucht er unsere Umwelt. Ja! Wir haben geglaubt, dass Strom inzwischen sauber erzeugt wird. Aber dieser Kerl nimmt für billigen Strom gerne giftigen Atommüll und schmutzige Braunkohle in Kauf.*«

Florian presste die Lippen aufeinander und ballte die Hände zu Fäusten, um den Ärger zu unterdrücken. Heiße Galle stieg ihm in die Kehle, während er den Mann betrachtete, der da in die Kamera log.

»*Ja, richtig, Herr Pepperkorn! Leute wie Sie gehören eingesperrt! Nur weil Sie reich sind, weil Sie es sich finanziell leisten können, treten Sie die Rechte der kleinen Leute mit Füßen. Sie lassen Bauern enteignen und zerstören Landschaften, um Braunkohle abzubauen. Sie verseuchen Salzminen für Jahrtausende mit Ihrem Atommüll und als wäre das nicht genug, beugen Sie unschuldige Mädchen gegen deren Willen über Ihren Schreibtisch. Menschen wie Ihnen muss das Handwerk gelegt werden! Lassen Sie sich von einem solchen Verbrecher nicht erzählen, der Feminismus sei gefährlich. Lassen Sie nicht zu, dass weiterhin das Geld die kleinen Leute vergewaltigt. Geben Sie Ihre Stimme der Sozialfeminis-tischen Partei!*«

Das Logo der Partei, ein lila Venussymbol mit Hörnern auf einer Regenbogenfahne, wurde zusammen mit einer Fanfare eingespielt. Florian fiel kraftlos zurück und vergrub das Gesicht in den Händen. Eine Weile saß er regungslos da und ließ das Gehörte auf sich wirken.

Dann nahm er die Hand herunter und sah Lukas an. »Meinen die das ernst?«, fragte er leise.

Lukas seufzte und beugte sich zu seiner Schreibtischschublade vor. Er öffnete sie und holte eine Schnapsflasche heraus. Dann stand er auf und füllte zwei Wassergläser mit deren Inhalt.

»Ich fürchte ja, mein Freund«, erwiderte er und stieß mit Florian an.

Der betrachtete seinen bernsteinfarbenen Schnaps erschöpft, gab sich mit einer plötzlichen Bewegung einen Ruck und kippte den Alkohol herunter. Lukas hatte sein Glas noch gar nicht gehoben, da hatte Florian das seine bereits geleert. Lukas schenkte ihm nach. Florian schüttelte den Kopf und trank weiter. Langsam dieses Mal. Der Alkohol brannte in seiner Kehle und in seinem Magen.

Er lehnte sich zurück, schlug die Beine übereinander und betrachtete Lukas. »Was schlägst du mir vor?«, fragte er ihn. Er sprach bemüht ruhig und versuchte, seinen Zorn nicht an seinem Freund auszulassen. Aber er war wütend darüber, dass die Sozialfeministische Partei ihn in aller Öffentlichkeit einen Vergewaltiger nannte und damit auch noch durchkam!

Lukas antwortete nicht gleich, deshalb beugte Florian sich zu ihm vor. »Lukas, die ziehen mich mit ihrem

17

Wahlkampfspot durch den Dreck. Das dürfen die nicht. Jedenfalls nicht so. Die dürfen sich nicht hinstellen und mir eine Straftat unterstellen. Ich werde die anzeigen. Schlimm genug, dass sie meinen höchstpersönlichen Lebensbereich verletzt haben, indem sie öffentlich Videos von mir beim Sex ins Internet gestellt haben.«

»Ich weiß, Florian. Ich weiß.« Lukas atmete tief durch. »Eine Anzeige ist bereits erstattet. Das hat die Pressestelle sofort gemacht, als ich denen das Video gezeigt habe. Das Video wurde auch sofort von der Plattform entfernt und trotzdem-«

»Trotzdem was, Lukas?«, fragte er angespannt.

»Trotzdem kursiert das Video im Internet. Es wird immer wieder hochgeladen und tausendfach angeklickt, bevor wir es finden und löschen können.«

Florian legte den Kopf in den Nacken, blies die Wangen auf und ließ dann die Luft langsam über die Lippen strömen. »Was kann ich also tun?«, fragte er schließlich.

»Du könntest zurücktreten«, schlug Lukas vor.

»Ein Rücktritt? Hast du Drogen genommen? Wenn ich zurücktrete, ist das wie ein Schuldeingeständnis.«

Lukas presste die Lippen aufeinander.

Sein Schweigen machte Florian noch nervöser. Fieberhaft suchte er nach einer Möglichkeit, die Sache ungeschehen zu machen. Oder wenigstens den Schaden so gut es eben ging zu begrenzen. »Ich dachte, wir haben ein Gentlemanagreement? Ein stilles Versprechen, dass keine Affären in die Öffentlichkeit gezerrt werden? Woher kommt dieses Video und wer hat diesen Wahlkampfspot gedreht?«, fragte er Lukas. Warum sagte er denn nichts, um ihm zu helfen?

Lukas schüttelte den Kopf. »Das Gentlemanagreement gilt für die Presse. Aber dieser Spot ist von der Partei selbst gedreht worden. Und die dürfen dich leider durch den Kakao ziehen.«

»Aber doch nicht, indem sie mir eine Straftat unterstellen!«, wehrte er sich verzweifelt.

»Deswegen ist bereits Anzeige erstattet. Du solltest Stellung dazu nehmen. Ich lasse eine Pressemitteilung herausgeben und organisiere eine Pressekonferenz. Bis dahin hältst du dich bedeckt, hast du mich verstanden? Kein Alleingang.«

Florian nickte mutlos. Lukas klopfte ihm aufmunternd auf die Schulter.

»Lass den Kopf nicht hängen. Wir schaffen das schon.«

Mitte August, zwei Wochen vor der Bundestagswahl, galt es, keine Zeit zu verlieren. Also setzte Lukas die Pressekonferenz für den nächsten Montag an. Florian hatte vorgeschlagen, die Medienvertreter in den Veranstaltungsraum eines Wuppertaler Hotels einzuladen. Dort war mehr Platz und wenn er ohnehin in der Stadt war, konnte er auf diese Weise Zeit sparen.

Am Montagmorgen hatte er nicht frühstücken können, so schwer lag ihm die Aussicht auf die bevorstehende Pressekonferenz im Magen. Jetzt saß er in der Limousine und starrte durch das getönte Fenster hinaus auf die fünfzehn Meter Weg zwischen dem Auto und der Glastür.

Fünfzehn Meter, die von aufgeregten Journalisten und Aktivisten gesäumt waren.

Florian straffte den Körper, als bereite er sich darauf vor, sich in eine Sturmflut zu werfen. Der Chauffeur öffnete die Tür und Florian stieg aus.

»Herr Pepperkorn! Wollen Sie sich nicht zu den Vergewaltigungsvorwürfen gegen Sie äußern? Herr Pepperkorn! Ein Statement!«

»Kein Kommentar«, presste Florian hervor, während er sich zwischen den Menschen hindurch schob. Am liebsten hätte er dem Mann, der ihm diese Fragen stellte, die Nase gebrochen.

»Also geben Sie zu, dass Sie das Mädchen vergewaltigt haben?«, fragte der Journalist penetrant weiter.

»Kein Kommentar!«, zischte Florian.

»Hey, liberaler Ausbeuter! Was machst du heute im Büro? Überlegst du, wo du uns den nächsten Atommüll hinlädst, oder fickst du eine Praktikantin?«, griff eine Frau ihn über die Köpfe der Demonstranten hinweg an.

Florian presste die Zähne aufeinander, zwang sich zu schweigen und fixierte die Drehtür vor sich. Sie war nur noch fünf Meter entfernt. Fünf Meter, die ihm noch nie so lang vorgekommen waren. Noch eine Stufe steigen. Nicht dazu äußern. *Warte auf die Pressekonferenz.*

»Geldhai, wir reden mit dir! War das Mädchen, das dir den Schwanz gelutscht hat, überhaupt volljährig?«

Florian hielt inne, hob den Kopf und sah in die Richtung der Person, die ihn immerzu angriff. Eine gepiercte Aktivistin mit neonblauen Haaren grinste ihn an. »Bin ich etwa dein Typ, Kapitalistenarschloch? Aber ich bin dir doch viel zu alt, he?«

»Was sagen Sie zu diesen Vorwürfen, Herr Pepper-korn?«, fragte der Journalist wieder und hielt ihm das Mikrofon unter die Nase.

Florian hob die Hand und lockerte seine Krawatte. Sie schnürte ihm die Luft ab. Er wandte sich der Drehtür wieder zu. Noch drei Stufen bis zum Eingang.

Lukas erschien hinter der Glastür und winkte ihm. Florian hörte die Auslöser der Kameras und wusste, dass Paparazzi Fotos von ihm machten, die morgen in der Zeitung erschienen. Er hatte die Wahl verloren.

Er hob den Kopf und sah Lukas hinter der Scheibe winken. Sie würden nicht in den Bundestag einziehen, sie hatten verloren. Kein Mensch würde sie wählen. Seine politische Karriere war vorbei, gescheitert an einem Frauenhintern in roter Reizwäsche.

Noch zwei Stufen. War die Treppe steiler? Seine Beine zitterten vor Anstrengung, wie nach einem zu harten Training. Er konnte die Füße kaum noch heben.

»Gefallen dir meine Titten?«, brüllte die Aktivistin mit den blauen Haaren.

Florian starrte die Drehtür an, darauf konzentriert, weiter zu gehen und sich bloß nicht umzudrehen. Noch eine Stufe.

»Herr Pepperkorn!«, rief der Journalist wieder. Noch ein Schritt und er hatte die Glastür erreicht.

Florian schlüpfte hindurch und augenblicklich dämpften sich die Anschuldigungen.

Er atmete schwer und schloss einen Moment die Augen. Lukas klopfte ihm aufmunternd auf die Schulter.

Florian sah zurück. Draußen hatten mehrere Frauen ihre Shirts gehoben und schüttelten ihre nackten Brüste.

Kapitalistenarsch, Kinderschänder, Umweltsünder hatten sie sich mit Edding auf die Haut gemalt.

Florian strich sich das Haar aus dem Gesicht. Er stellte seine Aktentasche ab, holte eine Schachtel blauer Gauloises aus seinem Jackett und zeigte sie Lukas, um ihm zu bedeuten, mit ihm eine zu rauchen. Lukas nickte.

Sie stiegen in den Aufzug und Lukas wählte die Dachterrasse an. Florian lehnte sich gegen den Spiegel und schloss die Augen.

»Ich wusste gar nicht, wie anstrengend es sein kann, sich nicht zu Vorwürfen zu äußern«, murmelte er und klang verschnupft.

Lukas lächelte. »Du bekommst in ein paar Minuten Gelegenheit, dich zu äußern«, erwiderte er, als sie auf die Dachterrasse traten. Florian zupfte eine Zigarette aus der Schachtel und steckte sie an. Entspannter als zuvor lehnte er sich an die Brüstung und nahm den ersten Zug. Langsam ließ er den Rauch durch die Nase ausströmen. Er öffnete die Augen und suchte den Platz vor dem Gebäude ab.

»Die Letzte, mit der ich eine Nacht verbracht habe, war militante Nichtraucherin. Das war ganz schön anstrengend«, erzählte er beiläufig, während sein Blick über die Köpfe der Menschen vor dem Gebäude glitt.

»Du solltest deine Affären vielleicht ein bisschen einschränken«, schlug Lukas vor.

»Wie meinst du das?«, fragte Florian, als er neonblaue Haare in der Menge ausmachte. Da war sie, diese Aktivistin, die ihn einen Geldhai genannt hatte. Dabei musste er für sein Geld nicht einen Finger krumm machen. Es fiel ihm in regelmäßigen Zahlungen einfach aus der

Firma zu, die sein Vater ihm vermacht hatte. Er hatte auch kein Problem damit, wenn es mal weniger war als im Vormonat. Wichtig war ihm bloß, dass er davon leben konnte. Wenn er gut davon leben konnte, war es noch besser.

Lukas riss ihn mit seiner Erklärung aus den Gedanken: »Nun ja. Die SFP hat leichtes Spiel mit dir, weil du den Eindruck vermittelst, Frauen sind für dich nur Ware. Du solltest dich ein bisschen in Zurückhaltung üben. Wenigstens bis zur Wahl.«

Florian musterte ihn, zog wieder an der Zigarette und lachte dann spottend. »Am besten so wie du«, neckte er.

»Was soll das denn heißen?«, fragte Lukas mit gespielter Empörung.

Florian zog ein letztes Mal an seiner Zigarette und drückte den Stummel zwischen den Geranien im Blumenkasten aus. »Nichts für ungut, mein schwuler Freund.« Er grinste und klopfte Lukas auf die Brust.

»Willst du jetzt etwa meine Sexualität zum Gegenstand der Diskussion machen?« Auch Lukas grinste und Florian wusste, dass er den Spaß keineswegs persönlich nahm. Dann wurde er ernst und mahnte: »Du musst während des Wahlkampfs mit solchen Witzen vorsichtig sein, Flo.«

Florian seufzte und nickte. »Ich weiß. Nach diesem Wahlspot kann ich mir keinen weiteren Fehltritt mehr leisten.«

Er stieg mit Lukas im Schlepptau in den Aufzug.

»Die Pressemitteilung ist schon fertig?«, fragte er, während er sein Jackett zurechtzupfte und das Revers glatt strich.

Lukas griff an ihm vorbei und wählte das Stockwerk aus.

»Ja, das ist erledigt. Du musst dich nur noch den Journalisten stellen.«

»Na, das sollte mir doch leicht fallen.« Er seufzte, dehnte die Nackenmuskulatur und ließ die Schultern nach hinten kreisen.

Lukas betrachtete ihn kritisch. »Versau es nicht, sonst werden wir nicht gewählt.«

»Hey … vertrau mir!«

»Wenn ich nur auf mein Vertrauen in dich bauen würde, dann müssten wir jetzt keinen Wahlkampf führen.«

»Du meinst, weil ich mit meinem überzeugenden, eloquenten Auftreten schon längst gewonnen hätte?«, fragte Florian grinsend.

Lukas rümpfte die Nase. »Nein, weil du ein grandioser Vollidiot bist, der die Kampagne schon längst so kolossal vor die Wand gefahren hätte, dass jeder Versuch eines Wahlkampfes im Keim erstickt worden wäre. Ich meine, wer will denn schon eine Dumpfbacke wie dich in der Regierung haben?«

Der Raum, in dem die Konferenz stattfand, summte wie ein Bienennest. Überall saßen und standen aufgeregte Leute, mit Stiften und Blöcken bewaffnet.

Florian wischte sich ein letztes Mal den imaginären Staub von der Kleidung. Dann trat er mit Lukas zusammen hinter die Tische, öffnete den Knopf seines Jacketts und nahm Platz.

Alle hoben gleichzeitig die Hände.

»Bitte schön, die Dame in dem roten Blazer«, nahm er die erste Journalistin dran. Sie schien ihm am freundlichsten. Bestimmt gehörte sie zu einer seriösen Zeitung, einer Zeitung, die ihm wohlgesonnen war. Doch als sie sich als Journalistin eines Boulevardblattes entpuppte, seufzte er innerlich.

»Herr Pepperkorn, wie erklären Sie sich die Vergewaltigungsvorwürfe?«

Florian beugte sich zu dem Mikrofon vor und antwortete: »Schauen Sie, es hat keine Vergewaltigung gegeben. Hier versucht einfach jemand, mich als Verbrecher darzustellen.«

»Also leugnen Sie die Tat, für die es offensichtliche Beweise gibt?«

»Ich weiß nicht, ob Sie das Video gesehen haben, aber es hat zu keinem Zeitpunkt eine Handlung stattgefunden, für die es kein Einverständnis gab. Es ist, wie ich schon sagte, so, dass jemand versucht, mich als Verbrecher darzustellen.«

Die Journalistin wollte noch etwas sagen, doch Florian nahm bereits den nächsten Journalisten dran. »Wie erklären Sie sich, dass das Video im Internet gelandet ist?«

»Ich wusste nicht, dass diese Aufnahmen überhaupt existieren.«

»Dann wurden diese Aufnahmen heimlich gemacht?«

»Richtig. Mir war zu keinem Zeitpunkt bewusst, dass ich gefilmt werde. Hier wurden ganz massiv meine Persönlichkeitsrechte verletzt.«

»Sie wollen uns also sagen, dass Sie das eigentliche Opfer sind?«, fragte die Journalistin in dem roten Blazer frech.

Florian lächelte liebenswürdig, obwohl ihn dieser Zwischenruf irritierte. »Ganz recht.«

»Dann wollen Sie uns wohl auch weismachen, dass NEP keinen Atommüll in Salzbergwerken lagert und keine Braunkohlekraftwerke betreibt?«

Florian schloss für einen Moment die Augen und atmete tief durch. Er wollte zurückfragen, was das eine mit dem anderen zu tun hatte, doch er biss sich auf die Zunge und lächelte weiter freundlich für die Kameras, die auf der anderen Seite des Raumes Fotos von ihm knipsten.

»NEP engagiert sich seit Jahren für ökologische Stromgewinnung. Allerdings braucht das alles seine Zeit. Rom wurde auch nicht an einem Tag gebaut.«

Die Journalistin presste die Lippen aufeinander und wollte erneut ein Widerwort geben, doch Florian erteilte bereits einen anderen Journalisten das Wort.

Die Artikel erschienen am nächsten Morgen. Florian las sie, während er sich anzog. In einer Hand hielt er sein Smartphone, mit der anderen knöpfte er sein Hemd zu.

Regieren bald Verbrecher unser Land?

Florian Pepperkorn muss sich derzeit mit Vergewaltigungsvorwürfen auseinandersetzen.
Die Sozialfeministische Partei (SFP) beschuldigt den Spitzenkandidaten des Liberalen Bundes, sich an jungen

Frauen vergangen zu haben, und untermauert ihre These mit einem Sexfilmchen des Politikers. Der wehrte sich gestern auf einer Pressekonferenz gegen die Vorwürfe. Es habe »zu keinem Zeitpunkt eine Handlung stattgefunden, für die es kein Einverständnis gab«.

Alexander Knitt, Generalsekretär der SFP, wirft Pepperkorn vor, die Hilflosigkeit von Praktikantinnen auszunutzen, um sie zum Sex zu nötigen. Für ihn sei es nicht akzeptabel, dass ein reicher Mann wie Florian Pepperkorn seine Position als Inhaber eines großen Unternehmens nutzt, um sich Frauen gefügig zu machen.

Bislang ist gegen Florian Pepperkorn keine Strafanzeige gestellt worden. Den Damen kann man nur wünschen, dass sie sich gut von dem Schock erholen.

Liberaler Bund steht hinter Spitzenkandidat

Trotz des Skandals um den Spitzenkandidaten des Liberalen Bund, steht die Partei weiterhin geschlossen hinter Florian Pepperkorn. Das teilte Generalsekretär Lukas Gärtner am Sonntagabend in einer Pressemitteilung mit, die vielfach in sozialen Netzwerken geteilt wurde.

Demnach habe es eine Abstimmung gegeben, in der 63% der Stimmberechtigten den Kandidaten bestätigten. Trotzdem verlor Florian Pepperkorn im Vergleich zur vorangegangenen Wahl zwei Prozentpunkte.

Die Partei begründete in der Pressemitteilung die Wiederwahl mit der Unschuldsvermutung. Bisher wurde Florian Pepperkorn nicht angeklagt und es ist unklar, ob er sich vor Gericht verantworten muss.

Kommentar: Es gibt keine schlechte Publicity?

Der Sexskandal um Florian Pepperkorn zeigt einmal mehr, dass es keine schlechte Publicity gibt. Für eine aufstrebende Partei wie den Liberalen Bund sollte es das Todesurteil sein, wenn der Frontmann keine weiße Weste hat.

Trotzdem scheint es wichtiger zu sein, mit irgendwelchen Schlagzeilen im permanenten Fokus der Medien zu bleiben. Damit brennt man sich am besten in die Köpfe der Leute. Denn das menschliche Gedächtnis hat die erstaunliche Fähigkeit, Negatives auszublenden und zu vergessen.

So bleibt am Wahlsonntag nur der Name der Partei und des Kandidaten im Gedächtnis.

Böse Zungen behaupten, Florian Pepperkorn selbst habe das Video von sich und den beiden Frauen der SFP zugespielt, damit es in der Öffentlichkeit landet und er sich als das Opfer dieser Geschichte darstellen kann.

Dass die Partei an einem Kandidaten festhält, bei dem Vergewaltigungsvorwürfe im Raum stehen, ist unverständlich.

Das Urteil über Florian Pepperkorn fällen am Sonntag die Bürger an der Wahlurne.

Am Wahlabend war das Adam Smith Haus zum Bersten mit Leuten gefüllt, die gespannt auf das Ergebnis der Bundestagswahl warteten. Es war ein lauer Sonntagabend im September. Florian stand an einem Stehtisch, der in gelbes Papier gewickelt war, und hielt ein Sektglas in der

Hand. Wie Lukas es vorhergesagt hatte, waren die Umfragewerte schlechter geworden, nachdem sein Sexskandal durch die Presse und sozialen Netzwerke gegangen war.

Natürlich hatte Lukas versucht, das Schlimmste zu verhindern. Die Presse hatte sich gegenseitig zerrissen. Es hatte Berichte über Florians Unschuld gegeben. Doch die *Social Justice Warrior*, die sich als Untergruppe der SFP verstand, hatte ihr Bestes gegeben, den diffamierenden Wahlspot wieder und wieder zu verbreiten. Und so stand zu erwarten, dass das Wahlergebnis schlechter ausfiel, als sie zu Beginn der Wahl erhofft hatten.

Ein Gong kündigte an, dass es nur noch wenige Sekunden dauerte, bis die Wahllokale geschlossen wurden. Lukas und Florian standen vor einem riesigen Bildschirm und drehten sich um. Auf dem Bildschirm lief ein Countdown.

Es folgten die ersten Hochrechnungen.

Fassungslos starrten die Liberalen auf den rosa Balken der Feministen, der gar nicht aufhören wollte zu wachsen. Gleich dahinter folgte Die Soziale. Florian setzte das Sektglas an die Lippen und leerte es in einem Zug.

Als er wieder auf die Hochrechnung sah, war schließlich auch ihr Ergebnis errechnet. Sie hatten die Fünfprozenthürde geknackt und zogen in den Bundestag ein.

»Knapp, aber immerhin.«

»Ja, immerhin«, knirschte Florian und stellte sein Glas ab.

»Du solltest eine Rede halten.«

»Was soll ich denn sagen?«, murmelte er und betrachtete die Parteimitglieder, die auf das Ergebnis starrten.

»Irgendetwas Aufbauendes«, erwiderte Lukas.

Florian schluckte trocken und sah noch einmal über die Gesichter. Genau in diesem Moment machte jemand ein Foto von ihm und Florian fiel wieder ein, dass die Presse anwesend war.

Er nickte Lukas zu und der reichte ihm ein Mikrofon. Mit dem Mikrofon in der Hand sprang er auf die Bühne wie ein Schlagerstar.

»Meine Freunde!«, rief er. »Ich weiß natürlich so gut wie ihr, von welchen Umfragewerten wir ausgegangen sind. Trotzdem sind wir in den Bundestag eingezogen und das ist ein Grund zum Feiern! Dass die Deutschen eine junge Partei wie uns wählen, zeigt uns, dass die Bürger sich nicht nur von Medien blenden lassen, sondern auch Inhalte überzeugend finden.

Niemand konnte einschätzen, mit welchem Ergebnis wir heute Abend abschneiden würden. Aber wir haben uns erhoben wie ein Phönix aus der Asche. Wir stehen für die Freiheit und die werden wir mit allen Mitteln verteidigen.

Und wenn es das Letzte ist, was wir tun!«

Kapitel 2

»Frau Fleischer, meinen herzlichen Glückwunsch zu Ihrem überwältigenden Wahlergebnis«, schleimte sich der Journalist zu fortgeschrittener Stunde bei der Spitzenkandidatin der SFP ein. »Bei diesem überragenden Wahlergebnis von 43% hat der Wähler Sie ja regelrecht zur Regierung genötigt. Ist der Feminismus die neue Konservative?«

Laura stand hinter dem Kameramann und beobachtete, wie Irene Fleischer triumphierend in die Kamera grinste. »Das Wahlergebnis zeigt uns, wie dramatisch sich die Lage in unserem Land entwickelt hat. Die Altparteien haben Deutschland zusammen mit der Konservativen jahrelang zu Grunde regiert. Die Leute fühlen sich auf den Straßen nicht mehr sicher. Haus und Hof sind von Einbrechern und Vandalen bedroht. Frauen und Transpersonen werden am helllichten Tag überfallen. Dass es so nicht weitergehen kann, hat der Bürger erkannt und zeigt das mit diesem Wahlergebnis.«

»Frau Fleischer, um eine entscheidungsfähige Regierung bilden zu können, müssen Sie eine Koalition eingehen. Mit welcher Partei können Sie sich eine Zusammenarbeit denn am ehesten vorstellen?«

Laura tippelte ungeduldig mit dem Fuß auf den Boden. Sie musste dringend mit Irene sprechen, konnte aber nicht einfach so in das Interview platzen. Immerhin war diese Sendezeit sehr wertvoll. Ganz davon abgesehen, dass Irene ihr die Leviten lesen würde, wenn sie sie unterbrach. Also musste sie warten. Wenn nur der Journalist schon fertig wäre!

Zuerst lachte Irene und antwortete dann: »Nun, ich denke, es liegt auf der Hand, dass Die Soziale als zweitstärkste Kraft mit uns koalieren wird. Ein feministisch-linkes Bündnis wird-«

Laura fasste sich ein Herz und hob die Hand, um sie zu unterbrechen. Auf das Zeichen hin wandte sich Irene mit entschuldigendem Lächeln an den Journalisten. »Ein feministisch-linkes Bündnis wird die soziale Gerechtigkeit in Deutschland wiederherstellen, nachdem sie so zersetzt wurde.«

Der Mann hob an, um ihr noch eine Frage zu stellen. *Wag es dich!*, dachte Laura und sah Irene warnend an. Diese lächelte und entzog ihm damit so plötzlich ihre Aufmerksamkeit, dass er sich irritiert umdrehte. Sofort starrte Laura ihn bitterböse an. Er schluckte und wandte sich wieder an seine Interviewpartnerin.

»Frau Fleischer, herzlichen Dank für diese Einschätzung. Zurück ins Studio.« Er strahlte noch eine Sekunde in die Kamera, dann gab der Kameramann ein Zeichen.

Der Journalist entspannte sich. Irene ließ ihn sofort allein, um sich an Laura zu wenden. *Gott sei dank*, dachte sie erleichtert. *Das wurde auch Zeit.* Zwar hatte sie das Interview mit ihrer finsteren Miene sicherlich verkürzt, aber es hatte trotzdem noch lange genug gedauert.

»Was ist los?«, flüsterte Irene.

»Pepperkorn ist los. Ich habe gerade mit unserem Anwalt telefoniert und er hat mir gesagt, dass wir besser einlenken soll-«

Irene unterbrach Laura, indem sie sie fest am Arm nahm. Vor Schmerz blinzelte sie und legte ihre Hand über Irenes Finger, während diese sie in ein Nebenzimmer führte, um sich vor neugierigen Zuhörern zu schützen.

»Also nochmal von vorne«, verlangte sie, nachdem sie die Tür hinter sich geschlossen hatte. »Du hast mit unserem Anwalt telefoniert.«

Verstohlen rieb Laura über die Stelle an ihrem Oberarm, an der Irene sie gepackt hatte. Das tat immer noch verdammt weh!

»Genau. Und unser Anwalt sagt, dass wir vor Gericht keine Chance gegen Pepperkorns Klage haben werden. Wir sollten besser einlenken und uns öffentlich entschuldigen.«

Irene seufzte und stützte sich auf den Tisch. Sie sah Laura über den Rand ihrer Brille hinweg an.

»Hast du es denn immer noch nicht verstanden?«, fragte sie genervt. Sie funkelte Laura so wütend an, dass ihr ein kalter Schauer über den Rücken lief. Der Schmerz war in dieser Sekunde vergessen. »Das war von vornherein so geplant. In unserem neuen Deutschland können wir keinen Mann in der Regierung dulden. Knitt ist ein Opfer, das ich gerne mache.«

Laura erstarrte. Vor Schreck wagte sie es nicht, Luft zu holen. Als die Bedeutung der Worte zu ihr durchgedrungen war, setzte sie zu einer Frage an: »Soll das heißen-«

»Dass ich die Situation vor Gericht eskalieren lasse?«, schnitt Irene ihr das Wort ab. »In der Tat. Knitt war uns während des Wahlkampfes nützlich, indem er diesem chauvinistischen Arschloch eine Falle gestellt hat. Aber er ruiniert die makellose Zukunft, in die wir dieses Land führen wollen. Soll Pepperkorn ihn doch verklagen, dann sind wir ihn los.«

***

Florian hatte schon am Wahlabend damit gerechnet, dass Die Soziale und die Sozialfeministische Partei zusammen regierten. Er selbst fand sich mit dem Liberalen Bund in einer Opposition unter der Führung der Konservativen wieder.

Florian mietete dauerhaft ein Hotelzimmer in Berlin an und verließ Wuppertal, um an der ersten Sitzungswoche teilzunehmen.

»Kann es sein, dass die Feministen und die Linken zusammen zwei Drittel aller Sitze geholt haben?«, fragte er Lukas, während er sich auf seinen Sitz im Bundestag fallenließ. Heute stellte ihnen Irene Fleischer ihr Kabinett vor und die Bundestagspräsidentin Dorothee Hart vereidigte die Ministerinnen.

Lukas sah ihn an und nickte langsam.

»Das kann ja heiter werden«, murmelte Florian und ließ einen Stapel Papier auf seinen Tisch fallen.

»Wem sagst du das«, erwiderte Lukas.

»Ich werde nun die Ministerinnen und Minister vereidigen«, begann Dorothee Hart. »Die Minister leisten bei der Amtsübernahme vor dem Deutschen Bundestag folgenden Eid: ‚Ich schwöre, dass ich meine Kraft dem Wohle des deutschen Volkes widmen, seinen Nutzen mehren, Schaden von ihm wenden, das Grundgesetz und die Gesetze des Bundes wahren und verteidigen, meine Pflichten gewissenhaft erfüllen und Gerechtigkeit gegen jedermann üben werde.' Ich werde nun die Bundministerinnen und Bundesminister zum Vereidigungsmikrofon bitten. Der Eid wird mit den Worten ‚ich schwöre es, so wahr mir Gott helfe' oder ‚ich schwöre es' geleistet.« Sie erhob sich von ihrem Platz und trat an das Vereidigungsmikrofon.»Ich rufe auf Frau Bundesministerin des Inneren, für Bau und Heimat, Laura Winkler.«

Eine blonde Schönheit trat vor. Sie warf Florian ein keckes Lächeln zu. Er runzelte die Stirn.»Guck an, so schnell geht das. Gestern noch Ministerpräsidentin von Brandenburg und heute einen warmen Logenplatz in einem Ministerium«, sagte Florian leise, ohne den Blick von ihr abzuwenden.

»Wenigstens ist sie keine alte Schachtel und du hast was zu glotzen«, erwiderte Lukas, während Laura Winkler durch den Saal schritt. Ihr langes blondes Haar wogte im Takt ihrer Schritte über ihre Schultern.

»Soll nochmal einer sagen, dass Feministinnen nur untervögelte Schabracken sind«, murmelte er in Lukas' Richtung.

»Ich schwöre es«, verkündete die Blonde.

»Keine religiöse Beteuerung?«, fragte Florian.

Lukas zuckte mit den Schultern.»Sind eben keine konservativen Christen. Das sind Feministinnen. Entweder glauben sie nicht an Gott, oder sie glauben, dass sie die Wahrheit gepachtet haben.«

»Oder beides.«

»Frau Bundesministerin der Justiz und für Verbraucherschutz, Franziska Seidner.«

Eine Frau mit raspelkurzen, roten Haaren kam im Stechschritt in die Mitte des Plenarsaals. Florian erkannte sie sofort. Sie hatte zuvor in der Opposition gesessen und dort ständig heftige Debatten darüber ausgelöst, dass es zu wenig Richterinnen an deutschen Gerichten gab.

Auch sie schwor ohne religiöse Beteuerung auf die Verfassung und ihr Schwur klang mehr wie eine Drohung. Florian hatte das Gefühl, dass Eiswasser an seiner Wirbelsäule herablief. Er setzte sich augenblicklich auf und schluckte trocken.

»Frau Bundesministerin der Verteidigung, Angelika Neubauer.«

»Sie brauchen nur noch den Finanzminister stellen«, brummte Florian verstimmt, während Frau Neubauer ihre Hand hob und ihren Schwur sprach. Ohne religiöse Beteuerung, wie Florian sich das gedacht hatte. Feministen brauchten keinen Gott. Und hatten keinen Gott, sie waren selbst Gott. Oder vielleicht lag es daran, dass Gott ein Mann war?

»Sie sollten noch eine Päpstin stellen«, murmelte er vor sich hin, als die Finanzministerin – dieses Mal von Der Sozialen – vereidigt wurde. Lukas gluckste, während er die Szene beobachtete. Er klopfte auf den Tisch, als die Finanzministerin vereidigt war.

»Dafür müssten sie religiös sein«, sagte Lukas. »Und das sind sie ja offenbar nicht. Außerdem ist die katholische Kirche ein reiner Männerverein.«

»Zum Glück. Ich glaube, mit einer feministischen Päpstin könnte ich nicht leben«, erwiderte Florian, während er zusah, wie sich eine übergewichtige Frau zu ihrem Amtseid in den Plenarsaal schleppte.

»Du entschuldigst mich.« Er stemmte sich hoch, als müsse er ein gewaltiges Körpergewicht bewegen. Als er stand, funkelte er Lukas amüsiert an. Dann drehte er sich weg, um den Saal zu verlassen. Die Blicke der Feministinnen spürte er im Rücken wie Messerstiche.

Die Debatten, die die Feministinnen in den ersten Regierungstagen anstrebten, waren in Florians Augen reine Zeitverschwendung. Mehr als einmal fragte er sich, warum er nicht einfach bei seinem BWL-Studium geblieben war, um die Geschäfte von NEP zu führen.

Aber nein, er hatte das Studium abgebrochen und lebte von der Firma, die sein Vater ihm nach seinem tödlichen Flugzeugabsturz hinterlassen hatte. Er erinnerte sich, wie es dazu gekommen war, dass er sich gegen sein BWL-Studium und für die Politik entschieden hatte. Sie hieß Annabell Maiberg und ihr glockenhelles Lachen hatte ihn davon überzeugt, dass es mehr im Leben gab, als noch mehr Geld zu verdienen.

Sie, ihre Stimme, ihr honigblondes Haar und die hellgrünen Augen hatten ihn dazu veranlasst, sein Studium abzubrechen und sein Leben zu überdenken. Sie hatte in ihm den Wunsch geweckt, sich für Menschenrechte stark zu machen.

Am Ende war es aber nicht Annabell gewesen, die ihn in die Politik getrieben hatte. Die Katastrophe von 2026 hatte ihm Annabell geraubt. Es war Lukas gewesen, der ihn aus einer Depression gezerrt hatte, indem er überredet hatte, eine Partei zu gründen. *Annabell hätte das gewollt!*

Wohin hatte ihn das gebracht? In einen dieser blauen Sessel im Bundestag, in dem er sich diese feministische Scheiße anhören musste. Bestimmt hatte Annabell das gewollt, als sie ihm von Menschrechtsverletzungen erzählt hatte.

»Was habe ich verpasst?«, fragte er, als er sich nach einer Zigarettenpause wieder auf seinen Platz fallen ließ.

»Bundeskanzlerin Irene Fleischer hat eine flammende Rede für die Gleichberechtigung von Mann und Frau gehalten. Und jetzt diskutieren wir gerade über den Sexismus, der hier im Bundestag vorherrscht«, antwortete Lukas leise.

»Welcher Sexismus denn?«, fragte Florian überrascht zurück.

»Also Frau Bundeskanzlerin dort drüben hat eben angestoßen, dass es im ganzen Gebäude keine Toiletten für Transsexuelle gibt.«

Florian runzelte die Stirn. »Wen interessiert das? Sollen sie einfach auf das Klo gehen, in dem sie sich wohler fühlen.«

»Nicht, wenn es nach den Feministen geht.«

»Aha. Da stellt sich doch die Frage, ob wir nichts Wichtigeres zu tun haben, als uns über Toiletten zu streiten«, bemerkte Florian. Noch während er das sagte, trat die Innenministerin hinter das Rednerpult.

»Meine sehr verehrten Abgeordneten«, begann sie mit ihrer Rede. »Wir haben jetzt sehr lange über das überaus wichtige Thema einer geschlechtsneutralen Toilette gesprochen.«

Florian sah Lukas an und der rollte mit den Augen.

»Aber was viel wichtiger ist: Wie häufig Frauen und Transpersonen auf offener Straße angegriffen werden. Alle dreißig Sekunden gibt es in Deutschland einen Angriff durch heteronormative Cismänner auf Personen anderer Geschlechter …«

»Bitte was?«, fragte Florian völlig perplex und sah Lukas an. Der stützte den Kopf auf, nahm ein Blatt Papier und schrieb *hetero-normativer Cis-Mann* darauf.

Florian beugte sich mit gerunzelter Stirn zu Lukas herüber und flüsterte: »Was heißt das jetzt?«

»Was heißt hetero?«, fragte Lukas zurück.

»Dass ich nicht wie du auf Männerhintern stehe.« Lukas rollte genervt mit den Augen und klopfte mit dem Kugelschreiber auf die Tischplatte.

»Richtig, das heißt, dass du auf Frauenärsche stehst. Und was glaubst du, heißt normativ?«

»Dass es normal ist, auf Frauenärsche zu stehen.« Florian grinste.

»Genau, das Wort heteronormativ sagt, dass du ein homophobes Arschloch bist, weil du Frauen hinterherpfeifst wie ein triebgesteuertes Tier.«

»Aber was ist ein Cismann?«

Lukas legte den Stift ab und streckte sich gelangweilt. »Das heißt, dass du als Mann geboren wurdest und auch ein Mann bleiben möchtest.«

»Was soll ich auch daran ändern können?«, fragte Florian zurück.

»Na ja, wenn du zum Beispiel lieber Titten statt einem Schwanz hättest, wärst du kein Cismann mehr, sondern transsexuell.«

»Ein Glück, dass ich sehr an meinen Kronjuwelen hänge.«

»Die hängen mehr an dir, als du an ihnen.«

Florian unterdrückte krampfhaft das Lachen. Er legte den Kopf auf die Unterarme und versuchte, zwischen seinem Prusten langsam und ruhig zu atmen.

»Dass Sie das lustig finden, Herr Pepperkorn, kann ich mir gut vorstellen!«, warf die Winkler ihm prompt vor. »Sie haben keinerlei Einfühlungsvermögen. Wie sollen Sie sich auch in eine Situation versetzen können, in der eine Frau mitten in der Nacht in einer S-Bahn belästigt wird? Sie sind in dem Privileg Ihres Geschlechts aufgewachsen, sich niemals fürchten zu müssen.«

Florian hob den Kopf und sah die Rednerin an. »Werfen Sie mir gerade vor, dass ich aufgrund meines Geschlechts keine Angst haben muss? Ist das etwa keine sexuelle Diskriminierung?«, erwiderte er.

»Herr Pepperkorn, ich verwarne Sie für Ihren Zwischenruf. Wenn Sie etwas zur Debatte beitragen wollen, warten Sie wie jeder andere im Saal darauf, dass Ihnen das Wort erteilt wird«, ermahnte die Bundestagspräsidentin ihn. Florian funkelte sie an. Dorothee Hart war ebenfalls von der Sozialfeministischen Partei. Er hatte sie nicht gewählt, aber was war seine Stimme gegen die überwältigende Mehrheit der feministischen Scheißregierung?

»Bei einem stinkreichen weißen Cismann kann man ja wohl kaum von sexueller Diskriminierung sprechen«, erwiderte Laura Winkler süffisant. Sie kehrte unter dem Applaus ihrer Partei zu ihrem Platz zurück.

»Schade, dass ich nicht sofort aufstehen kann, um Laura Winkler dieses Grinsen aus dem Gesicht zu wischen«, sagte Florian leise, verschränkte die Arme vor der Brust und ließ sich entspannt in das Polster sinken.

»So ist das. Jeder muss warten, bis er an der Reihe ist, etwas zu sagen«, tröstete Lukas ihn, während sich der Fraktionsvorsitzende der Konservativen erhob und seine Rede auf das Pult legte.

Florian schenkte seine Aufmerksamkeit nicht dem Redner, sondern Dorothee Hart. Er ließ sie nicht aus den Augen, während der alte Mann fragte, wie die Regierung denn plane, die vielen zusätzlichen Sicherheitskräfte zu bezahlen, mit denen die Minderheiten beschützt werden sollten.

»Es geht doch gar nicht um das Geld, alter Mann«, murmelte Florian. »Es ist die Tatsache, dass wir mehr Polizei auf den Straßen haben, über die eine Frau Laura Winkler dann das Sagen hat.«

»Formell«, lenkte Lukas ein.

»Formell? Das glaubst du doch selber nicht. Warte nur ab. Die hat nicht nur formell das Recht, Einfluss auf die örtliche Polizei zu nehmen, sie wird das auch mit entsprechenden Richtlinien tun.«

»Jetzt übertreibst du aber. Du tust ja gerade so, als wenn die Feministen gleich in der ersten Woche die demokratischen Strukturen dieses Landes zerstören.«

Die Sitzung war bereits am frühen Nachmittag zu Ende, damit die Abgeordneten das Wochenende und die folgende Woche zu Hause bei ihren Familien verbringen konnten.

»Fährst du nach Wuppertal?«, fragte Lukas, als sie das Reichstagsgebäude verließen.

»Ja«, antwortete Florian und steckte sich eine Zigarette an.

»Und? Sachen schon gepackt?«

Florian grinste. »Natürlich. Ich kann es kaum erwarten, aus dieser Sardinenbüchse herauszukommen. Das ist das Einzige, was mich am Hotel nervt. Die ganze Woche lebt man aus dem Koffer.«

Lukas klopfte ihm auf die Schulter. »Du hast ja heute Abend deine bergische Villa zurück.«

Florian zog an seiner Zigarette und blies den blauen Dunst in die Luft, ehe er nickte.

Er wollte eben Luft holen, um etwas zu erwidern, da unterbrach Lukas ihn: »Ich muss los, mein Flug geht gleich. Wir sehen uns nächste Woche.« Er winkte, um sich von Florian zu verabschieden. Der erwiderte den Gruß, warf seine Zigarette auf den Gehweg und trat sie aus. Erst nachdem Lukas verschwunden war, fiel ihm ein, dass sein Freund in Charlottenburg wohnte. Wo wollte er hin?

Florian fuhr grundsätzlich mit der Bahn. Natürlich ging es schneller, wenn er von Berlin nach Düsseldorf flog und sich dort von seiner Haushälterin Henriette abholen ließ oder ein Taxi nahm.

Aber Florian hatte Angst vor Flugzeugen. Vor vier Jahren, im März 2029 war eine große Passagiermaschine in den Alpen abgestürzt. Die Batterie des Elektroflugzeuges hatte Feuer gefangen. Sauerstoffmasken hatten die Menschen an Bord nicht retten können. Die hochgiftigen Dämpfe hatten die Menschen getötet, bevor das Flugzeug zwischen den Bergen auf dem Boden aufgeschlagen war.

Unter den Opfern war sein Vater gewesen, der Inhaber und Geschäftsführer des Energiekonzerns NEP. Das Erbe hatte Florian unvorbereitet getroffen. Er hatte jahrelang keinen Kontakt zu seinem Vater gehabt und alles in ihm hatte sich gesträubt, das Erbe anzutreten. Schließlich hatte er es auf Drängen seiner Mutter doch getan. *Pecunia non olet* – Geld stinkt nicht.

Aufgrund eines Personenschadens wurde der Zug auf der Rückfahrt nach Wuppertal aufgehalten. Florian hatte Henriette angerufen und ihr gesagt, dass sie nicht auf ihn zu warten brauchte, weil er nicht wusste, wann er ankam. Irgendein armer Tropf hatte sich vor den Zug geworfen und das dauerte jetzt. Er würde ganz einfach ein Taxi nehmen, dann konnte sie nach Hause fahren.

Er strandete mit anderen Reisenden für mehrere Stunden erst mitten im Nirgendwo auf dem Gleis, dann in Hannover am Hauptbahnhof. Erst am anderen Morgen fiel er auf sein Bett. Erschöpft schloss er die Augen. Soviel dazu, dass Bahnfahren entspannender war, als mit dem Auto zu fahren.

Er nahm den alten, mechanischen Wecker vom Nachttisch, den Annabell ihm zum Abitur geschenkt hatte und betrachtete die Zeiger. Halb fünf.

»Den Bürgerdialog morgen kann ich mir von der Backe putzen«, brummte er und schloss die Augen.

Natürlich konnte er sich den Bürgerdialog nicht von der Backe putzen. Immerhin wollte er auch in vier Jahren gewählt werden, am besten in die Regierung, und das ging nur, wenn er wusste, was in seinem Wahlkreis passierte. Je besser die Leute ihn kannten, desto eher würden sie ihm ihre Stimme geben, oder nicht?

Als Florian die kleine Halle in der *Börse* betrat, war der Raum so voll, dass einige Besucher auf den Stufen saßen. Überrascht sah er sich zwischen den Zuschauern um. Er hatte nicht damit gerechnet, dass derart viele Leute kommen würden, um ihn, den liberalen Sexisten und Geldhai, zu sehen.

Er klammerte die Finger fester um den schwarzen Vorhang, während sein Blick wachsam über den Zuschauerraum glitt, der in schummerigem Zwielicht lag. War das da in seinem Magen Lampenfieber? Er hatte doch während des Wahlkampfes so oft auf Bühnen und vor Menschen gesprochen. Aber so viele Leute waren gekommen, um ihn reden zu hören. Ihn, einen aus der Opposition!

»Ich will Sie auch nicht länger als nötig auf die Folter spannen. Bitte begrüßen Sie mit mir den Fraktionsvorsitzenden des Liberalen Bundes, Florian Pepperkorn!«

Das war sein Stichwort. Die Leute johlten und pfiffen, als er auf die Bühne trat. Florian hob die Hand und winkte. Er setzte sich auf einen Sessel, schlug die Beine übereinander und der Lärm ebbte ab.

»Herr Pepperkorn. Schön dass Sie es einrichten konnten.«

»Herzlich gerne.«

»Wir wollen hier heute über die innere Sicherheit Deutschlands sprechen und das Sicherheitskonzept, das auch von der neuen Bundesregierung fortgeführt wird. Und, Herr Pepperkorn, Sie erlauben mir sicher, die erste Frage zu stellen. Fühlen Sie sich in Deutschland sicher?«

»Ich glaube, es gab nie eine Zeit, zu der man sich in Deutschland unsicher fühlen musste. Wir haben seit über achtzig Jahren keinen Krieg in Deutschland. Es gibt keinen Bürgerkrieg, wir haben keine gefährliche Mafia. Wir leben in einer Demokratie, in der jeder frei sagen kann, was er denkt, ohne Gewalt zu fürchten. Ich glaube, diese übertriebene Sicherheit gefährdet unsere Freiheit.«

»Können Sie ausführen, wie diese übertriebene Sicherheit unsere Freiheit gefährdet?«

»Also zum Beispiel muss man seit der Demonstration gegen die Große Koalition 2025 einem Polizisten seinen Ausweis zeigen, wenn der das verlangt. Ich glaube nicht, dass diese Überwachung unsere Sicherheit verbessert.«

»Ich bin sicher, dass viele unserer Gäste an dieser Stelle einhaken wollen. Bitte, die erste Frage aus dem Publikum.« Der Moderator gab das Mikrofon an eine zierliche Frau weiter.

»Herr Pepperkorn. Ich kann Ihre Ansichten nicht teilen. Ich fühle mich auf den Straßen zunehmend unsicher. Was wollen Sie tun, um das Sicherheitsgefühl der Bürger zu verbessern, außer mehr Polizei einzusetzen?«

Florian richtete sich unwohl auf und betrachtete die Frau.

»Können Sie präzisieren, warum Sie sich unsicherer fühlen?«, fragte er. Diese Frage machte ihn nervös. Gewaltverbrechen konnte er natürlich nicht weghexen. Mehr Polizei mit umfassenderen Rechten einzusetzen, war für ihn aber kein Garant für höhere Sicherheit, sondern vor allem Nährboden für einen Überwachungs- und Polizeistaat.

»Nun, ich weiß nicht, ob Sie die Statistiken kennen. Aber die Bundesregierung hat eine Mitteilung herausgegeben, wonach es alle dreißig Sekunden zu einem Übergriff von heteronormativen, weißen Cismännern auf Personen anderen Geschlechts gibt.«

Florian schloss die Augen und atmete tief durch. Da waren sie wieder, diese Wörter. Diese seltsamen Wörter, die in seinen Ohren wie ausgedacht klangen. Wie eine Ausrede, ein Vorwand, um Ängste zu schüren und Gesetze durchzudrücken. Er öffnete die Augen und beugte sich zu der Dame vor.

»Ist Ihnen nie in den Sinn gekommen, dass die Regierung die Zahlen schönen könnte?«, fragte er sanft.

»Wie bitte?«

Die Dame starrte ihn an. Er hatte sich auf diese Frage vorbereitet, denn er hatte damit gerechnet, dass sie gestellt wurde. Deshalb hatte er seine Antwort aufgeschrieben und vor dem Spiegel geübt, bis sie saß. Gelassen fuhr er fort. »Ist Ihnen nie in den Sinn gekommen, dass sich die Regierung die Zahlen drehen könnte? Die Regierung spricht von Gewalt und definiert dieses Wort nicht genau. Gewalt kann alles sein. Wenn ich jetzt lauter im Ton werde, kann es sein, dass Sie das schon als Gewalt empfinden. Auch Personen anderen

Geschlechts ist nicht näher definiert. Die Regierung bewegt sich hier bewusst in schwammigen Formulierungen, um die Bevölkerung zu verunsichern.«

Für einen Moment herrschte Totenstille im Saal.

Dann begann der Moderator zögernd zu lachen und wurde immer lauter und hysterischer. »Ein Scherz, wirklich ein vortrefflicher Scherz, Herr Pepperkorn.«

Florian stützte die Ellenbogen auf die Knie. Er ließ den Kopf nach vorne fallen und rieb seine Nasenspitze zwischen Daumen und Zeigefinger, während er abwartete, dass sich der Moderator beruhigte.

Es dauerte, bis der Mann aufhörte zu lachen und Florian wieder seine Aufmerksamkeit schenkte. Der hob erwartungsvoll die Augenbrauen.

»Das… ist Ihr Ernst?«

»Mein voller Ernst, so wahr ich Florian Pepperkorn heiße.«

Der Moderator gluckste wieder und versuchte, Florian ein Lachen zu entlocken. Als er nicht reagierte, wurden seine Züge hart.

»Sie glauben an diese Verschwörungstheorie? Sie glauben, dass die Regierung Statistiken fälscht? Wollen Sie uns auch erzählen, dass die Erde eine Scheibe ist und der elfte September von der amerikanischen Regierung geplant wurde?«

Florian lächelte müde. »Fragen Sie beim Bundeskriminalamt nach der Kriminalstatistik und überzeugen Sie sich selbst von meiner Aussage.« Er drehte sich dem Publikum zu, die Hände entspannt gefaltet. »Bitte, die nächste Frage.«

Florian konnte sich die ganze Woche nicht richtig konzentrieren. Er konnte nicht glauben, dass die Leute sich von den Aussagen der feministischen Regierung so leicht beeinflussen ließen. Die Medien befeuerten die Behauptungen auch noch munter mit Studien, die völlig aus dem Zusammenhang gerissen wurden. Niemand machte sich die Mühe, die Quellen zu prüfen.

Viele der Anliegen, die auf seinem Schreibtisch lagen, musste er deshalb zweimal lesen. Und um ein Haar hätte er die Wahlkampfveranstaltung eines Bürgermeister- kandidaten verpasst, wenn Henriette ihn nicht im letzten Moment darauf aufmerksam gemacht hätte.

Es war seltsam beruhigend, am Samstagabend im Auto zu sitzen, und sich von Henriette zum Bahnhof bringen zu lassen. Gedanklich war er schon wieder in Berlin, saß in diesem blauen Sessel, hörte sich das feministische Gesülze an. *Privilegiertes Geschlecht-*

»Sind Sie sicher, dass Sie mit der Bahn fahren wollen?«, fragte Henriette ihn und riss ihn damit so plötz- lich aus seinen Gedanken, dass er zusammenfuhr. Orien- tierungslos sah er sich einen Moment um, dann begriff er, dass sie vor dem Bahnhof standen.

»Ja, ich bin mir sicher. Ich will nicht im Stau stehen, dann fahre ich lieber erster Klasse mit dem Zug. Und Flugzeug… Sie wissen schon.«

Henriette holte tief Luft. »Also schön, Herr Pepper- korn. Eine ruhige Woche.«

Ja, ruhig, dachte Florian, öffnete die Tür und stieg aus.

Florians Blick glitt über die Polizisten, die vor dem Ein- gang und im Gebäude patrouillierten. Sie trugen kugelsichere Westen und Maschinenpistolen im Anschlag. Florian runzelte die Stirn und stellte sich beim Bäcker an.

Noch immer klebte sein Blick an den Polizisten. Gab es eine Demonstration, von der er nichts mitbekommen hatte?

»Hallo? Sie sind dran?«, riss ihn die Verkäuferin aus seinem Tagtraum und sofort wandte Florian sich ihr zu.

»Einen Kaffee«, bestellte er und legte einen Fünfeuroschein auf die Theke. Die Dame stellte ihm einen Pappbecher vor die Nase, knallte das Wechselgeld auf den Tresen und wandte sich dem nächsten Kunden zu. Florian steckte das Geld ein und nahm den Kaffeebecher.

Als er sich abwandte, meinte er zu hören, wie ihn jemand einen liberalen Geldhai schimpfte, doch er war sich nicht sicher. Gedankenverloren setzte er den Becher an die Lippen und machte sich auf den Weg zum Gleis.

Auch dort wimmelte es von Sicherheitskräften. Er nippte an seinem Kaffee und warf einen Blick auf die Abfahrtsanzeige. Sein Zug hatte Verspätung. Florian betrachtete die Tauben, die auf den Lampen saßen, dann holte er sein Smartphone heraus und öffnete die App einer überregionalen Tageszeitung. Dort gab es keine Informationen zu einer Demonstration in Wuppertal. Er hob den Kopf und sah in die Richtung, aus der sein Zug einfahren würde.

Vielleicht war Wuppertals Fußballclub aufgestiegen und es war deshalb nötig, dass bewaffnete Polizisten im Bahnhof und auf den Bahnsteigen patrouillierten? Das war zwar sehr unwahrscheinlich, denn der WSV war schon seit Ewigkeiten in der Bedeutungslosigkeit versunken, aber es war nicht völlig ausgeschlossen.

Vielleicht gab es auch eine andere Großveranstaltung? Er konnte sich zwar nicht daran erinnern, dass es in Wuppertal jemals eine Großveranstaltung gegeben hatte, die eines derartigen Polizeiaufgebotes bedurft hätte, aber das hatte ja nichts zu bedeuten.

Am wahrscheinlichsten war eine Demonstration der Nazis und eine entsprechende Gegendemonstration der Antifaschisten. In beiden Lagern gab es in Wuppertal mehr als genug Anhänger, die sich gern die Zeit damit vertrieben, Parolen und Symbole an Hauswände zu schmieren oder sich freitagnachts irgendwo die Köpfe einzuschlagen. Das war keine Neuigkeit. Nicht für das lokale Käseblatt, und erst recht nicht für eine überregionale Zeitung.

Florian schob sein Smartphone in die Innentasche seines Jacketts, zog die Schultern hoch und trat von einem Bein auf das andere. Scheiß Herbstwetter!

»Gleis drei, Einfahrt ICE 559 nach Berlin Gesundbrunnen, ursprüngliche Abfahrt« Florian stellte den halb getrunkenen Kaffee auf einen Mülleimer und griff nach seinem Koffer.

»Hey, Sie!«, raunzte ihn eine Polizistin an.

Er bemerkte erst gar nicht, dass er angesprochen war, denn er konzentrierte sich auf den Zug, der sich dem Bahnhof näherte.

Die Polizistin beugte sich zu ihm vor. »Hallo? Ich rede mit Ihnen!«

Florian sah sie überrascht an. »Oh, Verzeihung.«

»Macht nichts. Höflichkeit und Umweltschutz gehören ja nicht zum Parteiprogramm des Liberalen Bunds.«

Irritiert sah Florian die Polizistin an. Es dauerte, bis die Bedeutung des Satzes zu ihm durchdrang. Er richtete sich auf. Hinter ihm fuhr der Zug mit kreischenden Bremsen ein.

»Soll das eine Beleidigung sein?«

Die Polizistin musterte ihn wie ein Insekt. »Werfen Sie Ihren Abfall weg, Herr Pepperkorn!«, befahl sie und wies auf den Kaffeebecher.

»Der ist nicht leer. Ich dachte, dass sich vielleicht ein Obdachloser dafür interessiert.«

»Ein sehr herzerwärmendes Menschenbild haben Sie da. So stellt sich der Liberale Bund also die Zukunft des Landes vor.«

Perplex starrte er die Polizistin an. Ein Pfiff schrillte über den Bahnsteig. Jetzt musste er seinen Kaffeebecher wegwerfen, sonst fuhr der Zug ohne ihn. Er lief zu dem Mülleimer, warf den Becher hinein und stieg dann in den Zug.

Die Zugbegleiterin stieg hinter ihm ein, die Tür schloss sich. Noch immer starrte er die Polizistin an, während der Zug sich in Bewegung setzte.

Was war da eben passiert? Hatte die Frau ihn gerade wirklich gezwungen, einen halbgetrunkenen Kaffee …? Er lachte auf, legte eine Hand über sein Gesicht und schüttelte seinen Kopf. Wenn er das Lukas erzählte!

»Ihr Ticket«, bat die Zugbegleiterin ihn, als der Barmer Bahnhof draußen vorbeizog. Noch immer kopf-schüttelnd holte Florian seine Brieftasche hervor und reichte der Frau seine Fahrkarte.

Ihr Platz ist in Wagen drei. Gehen Sie in diese Richtung«, erklärte sie, nachdem sie ihm sein Ticket zurückgegeben hatte, und wies auf eine Tür.

»Danke«, erwiderte er und folgte dem beschriebenen Weg, noch immer verwirrt von dem Umgang der Polizistin mit ihm.

Als er seinen Platz erreicht hatte, stellte er seinen Koffer in der dafür vorgesehenen Nische ab, legte seinen Aktenkoffer in das Gepäcknetz über seinem Kopf und verband sein Smartphone mit dem W-Lan des Zuges.

Dann lehnte er sich zurück und sah aus dem Fenster. Noch immer ging ihm das mehr als seltsame Gespräch mit der Polizistin durch den Kopf.

Erst jetzt fiel ihm auf, dass die Frau nicht nur deutlich eine politische Position bezogen hatte, sondern ihn auch noch ganz offenkundig beleidigt hatte.

Ich hätte mir ihren Namen geben lassen müssen, um mich über sie zu beschweren, dachte er. Aber dafür war es jetzt zu spät. Andererseits stellte sich die Frage, ob diese Aussage eine Dienstaufsichtsbeschwerde wert war. Vielleicht steigerte er sich einfach in etwas hinein, das die Aufregung nicht verdiente. Er stellte sich schon vor, wie Lukas ihm den Vogel zeigte, wenn er ihm erzählte, dass er eine Dienstaufsichtsbeschwerde gegen eine Polizistin wollte, die ihn gezwungen hatte, seinen Kaffeebecher wegzuwerfen.

»Das war vielleicht wirklich ein bisschen großspurig von mir, den Becher einfach auf den Mülleimer zu stellen, in der Annahme, dass sich irgendein Obdachloser für diesen Kaffee interessiert«, murmelte er für sich selbst.

Er lehnte den Kopf gegen das Fenster und schloss die Augen. Bald war er in einen leichten Schlaf gefallen.

»In Kürze erreichen wir Berlin-Spandau. Die Deutsche Bahn verabschiedet sich-« Florian erwachte, als das Wort Berlin seine Ohren erreichte. Verschlafen sah er aus dem Fenster. Die Sonne stand bereits tief am Himmel und ihr orangerotes Licht strahlte zwischen den Häusern hindurch.

Er warf einen Blick auf seine Uhr und holte dann sein Smartphone aus der Hosentasche. Jemand hatte ihm so viele Nachrichten geschickt, dass der Banner der App ihn lediglich über die Anzahl der Nachrichten unterrichtete. Florian entriegelte das Display und öffnete den Nachrichtendienst.

In Frankfurt ist irgendwas los. Nur Polizei in der Innenstadt, hatte Lukas ihm geschrieben. Frankfurt? Was wollte Lukas eigentlich in Frankfurt, er wohnte doch in Charlottenburg? Florian runzelte die Stirn, doch bevor er danach fragen konnte, fiel sein Blick auf die nächste Nachricht, die ihn eine Stunde später erreicht hatte. Hatte er wirklich so lange geschlafen?

Bin gerade in Berlin gelandet. Wo steckst du?

Der Zug hielt und Florian hob den Kopf, um sich zu vergewissern, dass er seinen Bahnhof nicht verpasst hatte. Er war in Spandau. Auf jedem Gleis standen Polizisten, die genauso ausgerüstet waren wie ihre Kollegen in Wuppertal. Florian verdrehte sich stirnrunzelnd den Nacken nach ihnen, als der Zug wieder anfuhr.

Sein Handy vibrierte und zog damit seine Aufmerksamkeit auf sich.

Hier sind überall Bullen in der U-Bahn. Einer wollte gerade meinen Ausweis sehen und wissen, wo ich hinfahre. Suchen die wen?

Er setzte zu einer Antwort an, brach aber ab, weil Lukas ihm eine weitere Nachricht sandte.

Ich fahr zum Hotel, wir treffen uns da.

»In Kürze erreichen wir Berlin Hauptbahnhof-«

Bis gleich, tippte Florian zurück, schob das Smartphone in die Hosentasche, holte seinen Aktenkoffer aus dem Gepäcknetz und stieg aus dem Zug.

In der Ankunftshalle wimmelte es von Polizisten. In Gruppen zu dritt standen sie zusammen und unterhielten sich, während sie Florian beobachteten, der den Blick nicht von ihnen wenden konnte.

Plötzlich löste sich eine Polizistin aus ihrer Gruppe und trat an ihn heran. »Ihren Ausweis«, verlangte sie.

»Warum?«, fragte Florian irritiert.

»Sie sind der Polizei gegenüber verpflichtet, sich auszuweisen. Wenn Sie sich weigern, nehmen wir Sie mit auf die Wache, stellen Ihre Identität fest und erheben ein Bußgeld.«

Mechanisch griff er in seine Innentasche, holte seine Brieftasche heraus und reichte der Polizistin das Plastikkärtchen.

»Florian Pepperkorn«, las die Beamtin vor.

»Ich weiß. Kann ich meinen Perso wiederhaben?«

»Wo wollen Sie hin, Herr Pepperkorn?«, fragte die Polizistin. Florian holte Luft, um etwas Schnippisches zu antworten. Dann überlegte er es sich anders. Wenn er pampig wurde, erreichte er damit gar nichts. Langsam ließ er die Luft über die Lippen strömen.

Die Polizistin hob eine Braue und musterte ihn eingehend.

»Sie sind auskunftspflichtig«, bohrte sie.

»Ich bin verpflichtet, Ihnen meinen Personalausweis zu zeigen. Ich muss Ihnen nicht sagen, wo ich hingehe. Geben Sie mir jetzt bitte meinen Ausweis zurück.«

Die Polizistin gab ihm mit kritischem Blick das Dokument zurück. »Wir behalten Sie im Auge, Herr Pepperkorn.«

»Ich bin Abgeordneter des Deutschen Bundestages, kein Verbrecher!«, beschwerte sich Florian, während er den Ausweis in seine Brieftasche zurücksteckte.

Die Polizistin beugte sich zu ihm vor und drohte: »Sehen Sie sich vor!«

Kapitel 3

»Hey«, begrüßte Florian seinen Freund, als er in die Hotellobby kam.

»Hey«, antwortete Lukas, erhob sich von der Couch und schlug in die angebotene Hand ein.

»Ich check eben ein«, erklärte Florian. Lukas presste die Lippen so fest aufeinander, dass sie schneeweiß wurden.

»Kann das einen Moment warten? Ich muss dich dringend sprechen.«

Florian atmete tief durch und sah auf seinen Koffer hinunter. »Klar, wenn du meinen Koffer schleppst und ich bei dir schlafen kann, wenn ich nicht einchecken kann. Ansonsten muss das leider noch zehn Minuten warten.«

Lukas schüttelte den Kopf. »Du hast doch sowieso ein dauerhaftes Quartier hier. Das sollte alles eigentlich kein Problem sein. Aber wenn du jetzt wirklich erst wegen deines Koffers diskutieren willst... Gib das Ding her!«

Lukas packte den Koffer und schleppte ihn voran in die Hotelbar, wo er ihn einfach vor der Theke abstellte. Florian folgte ihm mit unterdrücktem Lachen, ließ sich neben Lukas auf einen Barhocker fallen und bestellte zwei Whiskey auf Eis.

»Für mich ohne Eis«, bat Lukas, ehe er sich neben Florian setzte und sein Jackett öffnete.

»Also. Dann erzähl mal, was so wichtig ist, dass es keine fünf Minuten warten konnte«, fragte Florian, nachdem die Bestellungen aufgegeben waren.

»Abgesehen von den üblichen Sicherheitskontrollen am Flughafen, musste ich mich heute drei Mal ausweisen.« Lukas hob die Hand und strich sich die blonden Haare aus der Stirn. »Ich finde es ja gut, dass die sich um mehr Polizei kümmern, aber sehe ich bitte schön aus wie ein Verbrecher, oder warum bin ich heute gleich drei Mal kontrolliert worden?«

»Ich meine, Politiker, blond, blaue Augen. Vielleicht halten sie dich für einen Nazi?« Florian zuckte mit den Schultern.

»Ich? Ein Nazi? Sehe ich aus, als würde ich auf Demos Parolen brüllen, oder wäre aus einem Grab gekrochen? Habe ich eine rote Armbinde mit Hakenkreuz um den Oberarm?«

Florian nahm sein Whiskeyglas und fing dann an zu prusten. Lukas fiel in das Lachen ein. Er griff selbst nach seinem Glas und stieß mit Florian an.

»Bei Flughafen fällt mir ein, ich wollte dich fragen, was du in Frankfurt getrieben hast.«

»Das geht dich einen Scheiß an«, erwiderte er grinsend.

»Du willst es mir nicht sagen?«

Lukas grinste verschwörerisch. »Kein Sterbenswort.« Er legte eine Hand auf Florians Oberarm. »Aber du wirst es noch früh genug erfahren.«

Dann saßen sie einen Moment schweigend vor ihren Schnapsgläsern. Lukas stierte die Spüle hinter der Theke an. Plötzlich sagte er: »Vielleicht ist es gar nicht so schlecht, dass sie mehr Polizei einsetzen. Ich meine, es ist wirklich unsicher geworden. Und solange sie es schaffen, die Leute irgendwie zu bezahlen.«

Florian presste die Lippen aufeinander. »Von den Kosten ganz abgesehen, wir werden alle unter Generalverdacht gestellt, merkst du das nicht?«

»Wir werden ja sehen, ob das unser Land sicherer macht.« Lukas leerte sein Glas und legte eine Geldnote auf den Tisch, ehe er sich von seinem Barhocker erhob.

Anders als Lukas, der sich früh verabschiedet hatte, versackte Florian an der Bar, trank einen Whiskey nach dem anderen. Er wusste nicht, wann er ins Bett gegangen war. Er wusste nicht einmal, *wie* er dorthin gekommen war.

Aber es war trotz des Katers, mit dem er erwachte, beruhigend, sich allein und im eigenen Hotelbett wiederzufinden. Er schloss die Augen wieder und überlegte, einfach liegen zu bleiben und die Kopfschmerzen auszukurieren. Aber er war nicht hier, um einen blauen Montag zu verbringen. Er war hier, weil er in der Opposition eine Aufgabe zu erledigen hatte.

Mit seinem Schweinehund übereingekommen, dass er dieser Verpflichtung nachkommen musste, quälte Florian sich aus dem Bett. Im Halbdunkeln fiel er über seinen Koffer und stieß sich den Ellbogen. Wütend stierte er das Gepäckstück an, während er über die schmerzende Stelle rieb.

Als der Schmerz etwas nachgelassen hatte, zerrte er den Koffer heran und wühlte eine Aspirin heraus. Es war eine Brausetablette, die man eigentlich auflösen musste.

Eigentlich. Florian nahm sie einfach komplett in den Mund und zerkaute sie auf dem Weg ins Badezimmer.

Dort angekommen, öffnete er den Wasserhahn und spülte die Krümel mit einem Schluck Leitungswasser herunter. Besser. Gleich, sobald das Medikament wirkte, würde er sich auf den Weg in den Bundestag machen. Immer mit der Ruhe. Er war ja *krank*.

Er kam zu spät und zog damit die Blicke auf sich. *Setz dein schönes Kameralächeln auf! Zeig ihnen die Zähne!,* dachte Florian grinsend, während er sich auf seinen Platz neben Lukas setzte. Geräuschvoll ließ er seine Unterlagen auf das Tischchen vor sich fallen und unterbrach damit die Familienministerin, die ihn mit großen Augen anstarrte.

Sie sah aus wie ein Kind. Sommersprossen gaben ihrem Gesicht eine Niedlichkeit, so dass er sich kaum vorstellen konnte, dass diese Frau erwachsen war. Geschweige denn Ministerin für Familie, Senioren, Frauen und Jugend.

Sie sah auf ihre Rede herunter, fand ihre Sprache wieder und fuhr fort.

Florian fragte sich, wie eine solch niedliche Person es geschafft hatte, in den Bundestag gewählt zu werden. Ihre Rede machte den Eindruck jedoch zunichte, den er von ihr gehabt hatte.

»Frauen sind in unserer Gesellschaft nach wie vor benachteiligt«, kreischte sie in das Mikrofon. Ihre Stimme war so schrill, dass Florians Kopfschmerzen sofort wieder erwachten.

»Ich kann mir das nicht anhören. Das tut ja in den Ohren weh! Ich gehe ins Hotel zurück.« Er erhob sich und fing an, seine Sachen zusammen zu packen.

»Du kannst nicht gehen! Du wirst bezahlt, du hast hier eine Verpflichtung!«

»Ich hab hier keine Verpflichtung. Ich bin auf diese Diät nicht angewiesen. Ich bekomme Tantiemen von NEP.« Er griff nach seiner Aktentasche und winkte.

»Herr Pepperkorn, wo wollen Sie denn hin?«, fragte Dorothee Hart.

Florian drehte sich um und musterte die Frau, die ihn zurückhielt. Lukas warf ihm einen warnenden Blick zu. Florian zögerte. Dann kehrte er langsam zu seinem Platz zurück.

»Bitte schön, fahren Sie fort«, bat die Bundestagspräsidentin.

Die Familienministerin nickte und nahm ihre Rede wieder auf. »Wir müssen mit gutem Beispiel vorangehen, wenn wir etwas in diesem Land ändern wollen.«

Die kugelrunden Augen der Ministerin glitten über die Männer, die in der Opposition saßen. »Mein Ministerium hat ein Gesetz entworfen, damit wir eine Frauenquote im Bundestag einführen können.«

»Frauenquote im Bundestag?«, fragte Lukas entsetzt und starrte Florian an.

»Du hast richtig gehört mein Freund. Frauenquote. Ich frage mich-«

»Wie soll das aussehen?«, fragte Peter Grau, der Oppositionsführer, mit lauter Stimme.

»Ich bitte den Fraktionsvorsitzenden der Konservativen, sich wieder hinzusetzten und ruhig zu bleiben.

Sie sind verwarnt!«, rief Dorothee Hart. Der Mann knurrte und setzte sich. »Der Gesetzentwurf hat Ihnen zur Prüfung vorgelegen, wir bitten Sie um eine Abstimmung.«

»Mir hat kein Gesetzentwurf vorgelegen«, wandte Florian hörbar laut ein.

»Herr Pepperkorn! Gerade wollten Sie gehen, jetzt stören Sie mit Ihrem Zwischenruf zum zweiten Mal die Sitzung! Bei der nächsten Verwarnung sind Sie des Saales verwiesen.«

Florian verschränkte die Arme vor der Brust. »Ich glaube, ich höre schlecht, Lukas«, brummte er. »Ich glaube, das ist ein schlechter Scherz. Sag mir, dass ich träume. Das kann doch nicht wahr sein. Die wollen jetzt eine Abstimmung über ein Gesetz, das hier keiner gelesen hat?« So sah die Demokratie unter Irene Fleischer in diesem Land also aus? Über Gesetze wurde einfach so ohne aufwendige Lesungen abgestimmt? Verstieß das nicht gegen die Grundordnung dieses Staates?

»Wer stimmt für das Gesetz?«, fragte die Bundestagspräsidentin.

»Was ist Gegenstand des Gesetzes? Wann lässt man uns zu Wort kommen? Der Opposition hat das Gesetz nicht vorgelegen«, bemerkte Florian laut.

»Herr Pepperkorn, Sie stören zum dritten Mal die Sitzung. Verlassen Sie umgehend den Saal, wie Sie es geplant hatten!«

Florian erhob sich, stützte sich auf den Tisch vor seinem Sessel und beugte sich vor. »Das können Sie nicht machen! Sie können mich nicht von einer politischen Abstimmung entfernen!« Er flüsterte erst drohend, war dann aber lauter geworden.

»Entfernen Sie bitte den Fraktionsvorsitzenden des Liberalen Bundes!«

Zwei Polizisten packten ihn am Oberarm und wollten ihn hinausgeleiten. Er riss sich los, nahm seine Aktentasche und verließ vor den Polizisten den Saal.

Florian stand vor dem Reichstag und zog an seiner Zigarette. Er konnte nicht glauben, dass die Schabracke ihn der Sitzung verwiesen und von der Abstimmung ausgeschlossen hatte. Langsam atmete er aus und beruhigte sich.

Er ging auf dem Platz der Republik auf und ab, während er rauchte und auf Lukas wartete. Es dauerte, bis der aus dem Gebäude kam. Er seufzte und schüttelte den Kopf.

»Wie's aussieht, hat sich die Sozialfeministische Partei gerade durchgesetzt«, begrüßte er Florian.

»Wie sollte das auch anders sein? Wenn sie keine Mehrheit für die eigenen Gesetze bekommen, können sie auch nur schlecht regieren.« Florian klang gebrochen, während er das sagte. Er presste die Lippen aufeinander, nickte mit dem Kopf in Richtung des Wagens. Lukas stieg ein und Florian ließ sich schwerfällig neben ihn auf die Rückbank fallen.

»Und? Müssen wir jetzt unsere Plätze räumen und die Frauen in der Partei in den Bundestag holen?«, fragte Florian, während sich der Wagen durch den Stadtverkehr quälte.

»Richtig. Jetzt haben wir eine Frauenquote. Wir müssen unsere Plätze räumen und Frauen in den Bundestag entsenden.«

»Bis wann?«, fragte Florian weiter, als sie die Hotelbar betraten.

»Tja … Das Gesetz tritt zum nächsten Ersten in Kraft. Direktmandate sind davon ausgenommen.«

»Das heißt also, dass die Konservative sich keine Sorgen zu machen braucht, weil die überwiegend Direktmandate haben.«

Lukas nickte und setzte sich auf einen Barhocker. Mit einem Handzeichen bestellte er zwei Gläser Whiskey.

»Richtig. Und das heißt, dass wir uns überwiegend von unseren Kollegen verabschieden müssen, damit Frauen nachrücken können.«

Florian sah zu, wie die Getränke serviert wurden. »Zum nächsten Ersten? Ich will wissen, was die Konservative darüber denkt.«

Bevor der nächste Sitzungstag begann, legte Florian seinen Antrag auf einen Redepunkt vor. Jetzt musste das Parlament ihn anhören. Auch wenn er der letzte Redner des Tages war, sie mussten ihn hören.

Die Sozialfeministische Partei versuchte, seinen Wortbeitrag zu verhindern, aber das war unvermeidbar. Irgendwann war Florian dran und durfte sich endlich äußern.

»Meine sehr verehrten Damen und Herren«, fing er an. »Was sich in den letzten zwei Monaten hier in diesem Land abgespielt hat, ist eine Farce. Ich weiß nicht, wie es Ihnen auf Ihrem Weg nach Berlin ergangen ist, wenn Sie die Stadt letzte Woche verlassen haben. Aber ich wurde in Wuppertal am Hauptbahnhof von bewaffneten Polizisten in Empfang genommen. Hier in Berlin bin ich bei meiner Anreise drei Mal kontrolliert worden.

Wir haben gestern über ein Gesetz abgestimmt, und ich will an dieser Stelle betonen, in meiner Abwesenheit, denn ich wurde wie ein Verbrecher von der Polizei hinausgeleitet! Es wurde über ein Gesetz abgestimmt, das uns angeblich seit Wochen vorlag und doch konnten sich weder meine Parteifreunde noch die Kollegen von der Konservativen daran erinnern, den Gesetzentwurf jemals gelesen zu haben. Wir fragen uns, ob uns das Gesetz auf den offiziellen Kanälen zugegangen ist, oder ob die Sozialfeministische Partei es nicht in irgendeinem dubiosen Webforum veröffentlicht hat, das für niemanden einsehbar ist!«

»Das Gesetz wurde auf dem üblichen Weg vorgestellt!«, rief jemand aus der Fraktion der Sozialen.

»Dass das Gesetz auf dem üblichen Weg vorgestellt wurde, ist eine absolut dreiste Lüge!«, wehrte Florian sich.

»Herr Pepperkorn, passen Sie Ihren Ton an!«, mahnte Dorothee Hart.

»Wie geht es eigentlich, dass die Bundestagspräsidentin nur die Opposition ermahnt? Ist die Regierung etwa unschuldig? Warum werden Zwischenrufe der Regierung geduldet?«

»Setz dich hin, du sexistischer Geldhai!«, rief jemand.

Er atmete tief durch und funkelte in die Richtung, aus der die Störung gekommen war. War das nicht der Moment, in dem die Bundestagspräsidentin etwas sagen sollte? Den Zwischenrufer ermahnen sollte? Er wandte sich zu ihr um, aber sie machte lediglich eine scheuchende Handbewegung in seine Richtung. Florian presste die Lippen aufeinander und wandte sich wieder seiner Rede zu.

»Jede Regierung muss sich Kritik stellen. Auch die Regierung unter Irene Fleischer muss sich Kritik gefallen lassen. Wir erwarten Antworten, Frau Fleischer! Warum brauchen wir eine Frauenquote im Bundestag? Warum kann nicht die Person mit der besseren Qualifikation den Job-«

»Weil die Person mit der besseren Qualifikation nun mal häufig eine Frau ist, du Sexist!«, brüllte jemand.

»Woher nimmt sich die Regierung das Recht, zu behaupten, dass Frauen qualifizierter sind als Männer?!«, rief Florian. Ihm wurde das Mikrofon mitten in seiner Aussage abgedreht, doch Florian geriet in Rage. »Wie kommen Sie dazu, zu behaupten, dass wir Frauen aufgrund ihres Geschlechts benachteiligen?«

»Herr Pepperkorn! Ihnen ist das Wort entzogen worden, kehren Sie zu ihrem Platz zurück!«

Florian stand wie eingefroren am Rednerpult. Langsam wandte er sich um und traf auf den eisigen Blick von Dorothee Hart. Sie nickte auffordernd mit dem Kopf in Richtung seiner Fraktion. Florian knirschte mit den Zähnen. Dann raffte er seine Papiere zusammen und kehrte im Stechschritt zu seinem Platz zurück.

Lukas legte ihm beschwichtigend eine Hand auf die Schulter, doch Florian stieß sie weg und verschränkte die Arme vor der Brust. Das war eine Unverfrorenheit! Die Opposition kam ihrer Aufgabe nach und wurde dafür in Gemeinschaftsarbeit mundtot gemacht.

***

Laura sah aufmerksam zu, wie der Fraktionsvorsitzende des Liberalen Bundes zu seinem Platz zurückkehrte. Zurück stapfte wie ein aufgebrachter Fünfjähriger.

»Es ist wirklich unerträglich, dass dieser Mann im Bundestag sprechen darf«, murmelte Irene, die neben ihr saß.

»Reg dich nicht darüber auf. Früher oder später hat er nichts mehr zu sagen.« Laura sah auf ihre Notizen herunter und begann, geruhsam zu schreiben. Die kleine Show dieses Chauvinisten interessierte sie nicht im Geringsten. Anders als Irene, die von diesem Thema scheinbar nicht genug bekommen konnte.

»Es wäre mir wirklich lieb, wenn dieser Pepperkorn eher früher als später die Schnauze hält. Er wird zum echten Problem für unser neues Deutschland.«

Laura hielt in der Bewegung inne und sah auf. Dann setzte sie den Stift ab und betrachtete die Stenographen-plätze vor sich durch die Wimpern. Eine der Steno-graphinnen erhob sich eben und machte ihrer Kollegin Platz. *Unser neues Deutschland*, diesen Terminus benutzte Irene gerne. Es war der Traum von einer Welt ohne sexualisierte Gewalt.

Allerdings konnte so eine Aussage gegen die Opposition schnell falsch aufgefasst werden. »Pass ein bisschen auf deine Wortwahl auf. Sie können dir ganz leicht einen Strick daraus drehen. Nachher heißt es noch, du planst einen Mord an dem allseits beliebten Maskottchen der Liberalen.«

»Ach, Mord … Wo denkst du hin? Ich dachte dabei doch nicht an Mord. Wir müssen ihn natürlich ganz legal auf politischem Wege ausschalten.« Irene sah Laura tief in die Augen, dass ihr fast schwindelig davon wurde. »Du verstehst schon, meine Liebe.«

Sie griff nach ihrer Kaffeetasse und ließ sich in das Polster sinken. Der Redner von der Sozialen schloss eben seine Rede und kehrte unter dem Applaus seiner Fraktion zu seinem Platz zurück. Laura sah wieder auf ihre Notiz herunter. *Legal auf politischem Wege ausschalten.* Das hieß dann wohl, dass sie ihn irgendwie dazu bringen mussten, dass er sein Mandat niederlegte. Eine andere Möglichkeit sah Laura nicht.

»Nächste Woche fahren wir nach Füssen«, wechselte Irene plötzlich das Thema.

»Wir? Du hast also schon entschieden, dass ich mitkomme«, erwiderte Laura kurz angebunden. Dass Irene einfach so über ihren Kopf hinweg ihr Wochenende verplante, passte ihr überhaupt nicht. Sie mochte älter sein, sie mochte die Bundeskanzlerin sein, aber sie wollte immer noch selbst entscheiden, wenn sie wegfuhr.

»Du kannst natürlich auch hierbleiben. Dann schaue ich mir das Schloss Hohenschwangau allein an.«

Überrascht hob Laura eine Braue an. Irene lächelte wissend, was nicht unbedingt dazu beitrug, dass Laura verstand, was sie sagen wollte. Warum sollte Irene für ein Wochenende nach Füssen fahren, nur um das Schloss Hohenschwangau zu sehen? Der Weg war doch viel zu weit!

»Komm einfach mit und schau dir das Schloss mit mir zusammen an. Dann wirst du sehen, was so besonders daran ist.«

***

Florians Rede gegen die Frauenquote hatte nichts bewirkt. Die Regierung setzte die Forderung Mitte November durch. Und es fanden sich auch im Liberalen Bund weibliche Parteimitglieder, die liebend gern in den Bundestag nachrückten. Natürlich, jetzt waren sie näher an der Macht. Sie nahmen Florian seine Rede nicht übel, allerdings konnte er sich vorstellen, dass sie den Frauen, die ihnen den Weg in das Parlament geebnet hatten, durchaus zugetan waren.

Und das war ein Problem.

Er fand sich an diesem Freitagmorgen früh im Plenarsaal ein. Bevor die Sitzung eröffnet wurde, wollte er die Gelegenheit nutzen, einige Worte mit dem Fraktionsvorsitzenden der Konservativen zu wechseln.

Allerdings ließ sich der Mann entschuldigen und von einer Kollegin vertreten. »Was hält Ihre Fraktion von der Frauenquote?«, fragte Florian die Dame, ehe er seine Tasse von seinem Tischchen nahm und einen Schluck trank.

Die Frau musterte ihn, ehe sie ihre eigene Kaffeetasse nahm. »Es ist schon ein bisschen überdramatisiert, was die Feministinnen hier machen. Immerhin hatten wir unter der CDU bereits jahrelang eine Bundeskanzlerin. Und man darf durchaus sagen, dass es eine konservative Bundeskanzlerin war. Immerhin haben wir die CDU beerbt.«

Florian nickte bedächtig. Er erinnerte sich gut daran, wie sich die althergebrachten Volksparteien 2026 selbst zerlegt hatten. Im Jahr zuvor hatte es große Steuerreformen gegeben, um das bröckelnde Sozialsystem irgendwie zu stabilisieren. Die Große Koalition hatte eine CO_2- und eine Plastiksteuer eingeführt. Die Mehrwertsteuer war auf 56% gestiegen, und Benzin kostete über 15 Euro pro Liter. Gleichzeitig waren die Ausgaben für Rente und Sozialhilfe massiv gesunken.

Im Winter 2025 hatte Deutschland geblutet. Ohne Tafeln wären viele Menschen verhungert. Die Bevölkerung nannte diesen Winter den Tütensuppenwinter.

Im Tütensuppenwinter, genauer gesagt am 14. Februar 2026, einem Samstag, war es überall zu großen Demonstrationen gegen die regierende Große Koalition gekommen. Dieser Tag hatte sich für immer in Florians Gedächtnis eingebrannt. Denn Annabell war bei dieser Demonstration wie viele andere ums Leben gekommen.

Das war der Untergang von CDU und SPD gewesen und die Geburtsstunde der Konservativen und der Sozialen gewesen. Auch die Sozialfeministische Partei hatte damals schon versucht, in den Bundestag gewählt zu werden, jedoch ohne großen Erfolg. Dass sie jetzt plötzlich so erfolgreich waren...

»Aber, das müssen Sie zugeben, Herr Pepperkorn, ganz so schlecht ist die Idee mit der Frauenquote nicht.«

»Wie meinen Sie das?«, fragte Florian. Bewusst sprach er etwas lauter als gewöhnlich, denn er fürchtete, dass die traurige Erinnerung seiner Stimme einen brüchigen Klang geben könnte.

»Na, gerade Sie sollten sich doch über die vielen weiblichen Kolleginnen in Ihren Reihen freuen.« Sie stieß ihn mit dem Ellbogen an und Florian verschluckte sich augenblicklich an seinem Kaffee. Freuen? Darüber, dass Frauen aufgrund eines Edikts in das Parlament kamen, in dem vorher Männer gesessen hatten, die sich um ihren Sitz bemüht gemacht hatten?

»Nicht wie Sie wieder denken, Herr Pepperkorn«, tadelte die Kollegin der Konservativen ihn. »Ich meine das im ganz klassischen Sinne. Sie werden feststellen, dass mit den neuen Abgeordneten frischer Wind in die Sitzung kommt.«

Frischer Wind? »Aber … wir sind doch gerade erst drei Monate im Bundestag«, wandte er lahm ein.

»Auch nach drei Monaten kann ein bisschen Veränderung nicht schaden. Sie haben im allgemeinen natürlich recht. Die Person mit der besseren Qualifikation sollte im Bundestag sitzen. Aber jetzt haben wir die Frauenquote und müssen das Beste daraus machen.«

Er wollte noch etwas erwidern, als Dorothee Hart den Saal betrat und sich wie ein Sack Kartoffeln auf ihren Sessel fallen ließ. Florians Blick glitt von den knallroten Lippen zu dem pinken Blazer, der sich über ihre massige Gestalt spannte.

Sie taxierte ihn durch ihre dicke Hornbrille und Florian sah hastig weg.

»Ich bitte die Damen und Herren Abgeordneten Platz zu nehmen«, verlangte der Bundeskartoffelsack nasal und Florian kam nicht umhin sich zu fragen, ob sie schon immer so nasal geklungen hatte. War sie erkältet? Hatte sie Halsschmerzen?

Ihm lag eine sexistische Bemerkung auf den Lippen, doch er schluckte sie zusammen mit seinem Kaffee herunter und setzte sich.

Nachdem er seine Tasse abgestellt hatte, stieg ihm ein seltsam süßlicher Duft in die Nase. Er sah zur Seite und wollte Lukas eben fragen, ob er sich heute Morgen beim Griff zum Aftershave vertan hatte, als er die Schultern einer rundlichen Frau Mitte fünfzig sah.

Er biss sich auf die Zunge, zwang sich stattdessen zu einem Lächeln und gab der Sitznachbarin die Hand. Er hatte keinen blassen Schimmer, wer sie war. Augenblicklich wünschte er sich, dass Lukas neben ihm saß und er ihn fragen konnte, wer die Dicke neben ihm war.

Florian zerrte sein Smartphone aus der Hosentasche und wählte den Nachrichtendienst aus.

Wo bist du?, tippte er.

Er sah auf die Statuszeile des Chats und bemerkte, dass Lukas online ging. Die Nachricht wurde als gelesen markiert.

Unterwegs, tippte er zurück. Dann war er offline.

Warum lässt du mich hier mit so einer Fetten allein?, wollte Florian sofort wissen.

Lukas ging wieder online. *So so, der Herr Frauenheld steht also doch auf Männerärsche?*

Florian schüttelte den Kopf. *Nur über meine Leiche. Und jetzt sag mir, wo du steckst.*

Lukas tippte und es kam Florian wie eine Ewigkeit vor. *Entspann dich. Ich lass mich doch von denen nicht abschrecken.*

Erleichtert seufzte Florian und fiel in den gepolsterten Stuhl zurück. *Ein Glück. Ich dachte, du lässt mich mit den ganzen Weibern hier zurück.*

Wieso eigentlich nicht?, kam sofort die neckende Antwort. *Sollte doch ganz nach deinem Geschmack sein.*

Nein, tippte Florian. *Um ehrlich zu sein, sehne ich mich nach deinem haarigen Arsch. Also komm zu mir zurück, Romeo.*

Lukas sandte ihm ein lachendes Emoji, dann kehrte die Statuszeile zu ihrer Ausgangsinformation zurück: *Lukas Gärtner zuletzt online heute, 11. November 2033, 9:10*

»Wir beginnen mit dem ersten Tagesordnungspunkt.« Die Stimme der Bundestagspräsidentin war gelangweilt und monoton. »Der Austritt der Bundesrepublik Deutschland aus der Europäischen Union.«

Kapitel 4

»Ist das nicht wunderschön?«, fragte Irene, während sie voran spazierte. Laura schleppte sich hinter ihr her. Schließlich blieb sie schnaufend stehen und sah sich um.

Der Alpsee, an dem das Schloss Hohenschwangau lag, war in der Tat wunderschön. Es war ein milder Oktobertag und die Blätter färbten sich langsam orange und rot. In der Sonne eines warmen Herbsttages glitzerte das Wasser zwischen den Bergen türkis und dunkelblau.

Laura legte den Kopf in den Nacken. Sie sog den Duft des Waldes tief ein, dann sah sie Irene an.

»Warum sind wir nochmal zu Fuß unterwegs?«, fragte sie vorwurfsvoll. »Weißt du, von dort unten fahren Kutschen hoch zum Schloss.«

»Stell dich nicht so an, meine Liebe. Es ist doch herrliches Wetter. Oder willst du mir erzählen, dass du schlechter zu Fuß bist als ich?«

Laura, die die Hände in die Hüften gestemmt hatte, ließ sie jetzt sinken und wandte sich zu dem Weg um, der noch vor ihnen lag. Flehend sah sie Irene an.

»Komm, stell dich nicht so an. Wann haben wir denn schon mal die Gelegenheit, in den Bergen zu wandern?«

»So gut wie nie«, erwiderte Laura und setzte den Weg fort. »Aber wenn ich gewusst hätte, dass du mich zu diesem Schloss latschen lässt, hätte ich mich vielleicht dagegen entschieden.«

Irene schüttelte den Kopf und setzte sich wieder in Bewegung. »Du hast es ja gleich geschafft.«

Irgendwie sahen die steil aufragenden Felswände überhaupt nicht danach aus, dass sie es gleich geschafft hatten. Eher im Gegenteil. Laura fürchtete, dass das jetzt noch eine ganze Weile bergauf ging. Wie viel lieber wäre sie jetzt auf dem Ku'Damm shoppen gegangen?

Aber Irene bestimmte, wo es langging. Das hatte sie schon getan, als sie sie vor zehn Jahren kennengelernt hatte. Damals hatte Laura noch studiert und war verlobt gewesen. Mit einem Verbrecher, wie sich später herausgestellt hatte.

Als sie endlich am Schloss ankamen, stützte sich Laura an der gelben Mauer ab und ging keuchend in die Knie.

»Unglaublich, dass du bei deiner zierlichen Statur so untrainiert bist. Ich dachte, dass du etwas mehr Muskeln hast«, spottete Irene.

Laura warf ihr einen vernichtenden Blick zu. Nur weil sie die schlankere von beiden war, bedeutete das nicht, dass sie sich gerne sportlich betätigte. Außerdem war wandern in den Alpen weder ihr Vorschlag gewesen, noch ihre präferierte Sportart. Irene fing an zu lachen und wandte sich zu dem atemberaubenden Panorama um.

»Schau, da vorne ist Neuschwanstein.«

Erst jetzt schenkte Laura ihrer Umgebung ihre Aufmerksamkeit. Es war atemberaubend schön hier oben! Wie das Wasser unter ihnen im Licht der Nachmittagssonne schillerte! Wie süß die Luft roch. Sie schloss die Augen und atmete tief ein. Als sie sie wieder öffnete, strahlte Irene sie an.

»Habe ich dir zu viel versprochen?«, fragte sie und legte einen Arm um ihre Taille. Laura gab sich Mühe, zerknirscht auszusehen, aber sie konnte es nicht so recht. Die herrliche Aussicht war einfach zu überzeugend.

»Es ist wirklich schön«, bestätigte Laura und erwiderte die Umarmung. Irene legte die Lippen dicht an Lauras Ohrmuschel.

»Ich weiß, mein Schatz. Was hältst du davon, dieses wunderschöne Schloss zu kaufen?«

Laura hustete, löste sich und wich ein Stück zur Seite aus. »Was?«, keuchte sie.

Irene grinste ihr hinterhältiges Lächeln und eröffnete: »Ich habe beschlossen, Hohenschwangau zur Residenz der Bundeskanzlerin zu machen.«

***

Florian saß wie versteinert da und starrte die Bundestagspräsidentin an. Schließlich stammelte er: »Hat sie gerade …?«

»Hat sie«, erwiderte die Dicke. Florian löste sich aus seiner Starre, drehte sich um und musterte seine Sitznachbarin, als sei es ihre Schuld.

»Aber … Verhandeln wir jetzt darüber?«, fragte er entsetzt.

»Es hat das Wort Frau Bundesverteidigungsministern Angelika Neubauer«, fuhr Dorothee Hart ungerührt fort.

Eine verhärmte Frau mit Föhnfrisur trat an das Rednerpult.

»Meine sehr verehrten Personen«, fing sie an. Florian starrte sie an wie einen Geist. Hatte sie eben Personen gesagt? Das, was hier passierte, war unwirklich wie in einem Traum. Einem Albtraum. Er holte sein Smartphone aus der Hosentasche.

Lukas, wo bist du? Sie hat uns eben Personen genannt!

»Eines unserer Wahlversprechen während des Wahlkampfes ist es gewesen, unsere wunderschöne Nation aus dem Würgegriff der Europäischen Union zu befreien. Ich freue mich, dass es den Wahlpersonen …«

Das ist diskriminierungsfreie Sprache. Man kann nicht einfach mehr von Damen und Herren sprechen.

Florian starrte die Zeile an. Diskriminierungsfreie Sprache? Was passierte hier eigentlich? Bewahrheitete sich hier gerade George Orwells schreckliche Zukunftsvision? Hatte Neusprech Einzug in den Bundestag gehalten, zusammen mit all diesen Frauen, die die Feministinnen mit ihrer Frauenquote hier her zitiert hatten?

Er hob den Kopf und Angelika Neubauer, die Verteidigungsministerin, die sich jetzt der Außenpolitik annahm, sah von ihrem Blatt auf.

»Ich fordere die anwesenden Personen auf, ihre Stimmen für einen Austritt abzugeben.«

Dieser Satz löste Florian endlich aus seiner Schockstarre. Er erhob sich. »Nein!«, widersprach er mit fester Stimme.

»Herr Pepperkorn! Bei jeder Sitzung muss ich Sie zur Ruhe rufen. Verhalten Sie sich dem Haus angemessen!«

»Ich soll mich der Würde des Hauses angemessen verhalten? Während unter demselben Dach unsere demokratischen Strukturen von der Regierung mit Füßen getreten werden?«, erwiderte Florian ungehalten. »Und warum bin ich immer der Einzige, der etwas sagt? Bin ich denn allein die Opposition?«

»Herr Pepperkorn, es genügt! Ich verhänge über Sie wegen nachhaltiger, massiver Störungen der Sitzungen eine Sitzungssperre von drei Tagen!« Florian starrte Dorothee Hart an. Angelika Neubauer grinste süffisant.

»Sie sind nicht allein in der Opposition. Aber Sie sind der Lauteste und der, der sich am wenigsten benehmen kann. Nutzen Sie die Zeit zu Hause, um darüber nachzudenken, welches Verhalten im Plenarsaal angemessen ist.«

Noch während Dorothee Hart sprach, kamen Polizisten die Treppe herunter. Florian sah sie über seine Schulter an und verengte die Augen zu Schlitzen, ehe er seine Sachen in seine Aktentasche warf.

Er zeigte drohend mit dem Finger auf die Bundestagspräsidentin. Die hob belustigt die Augenbrauen. Dann warf er sich den Riemen seiner Tasche über seine Schulter und verließ wortlos den Saal.

Die Polizisten begleiteten ihn hinaus. Weniger, weil Florian Widerstand leistete, sondern offenbar, um zu überwachen, dass er das Gebäude auch tatsächlich verließ.

Draußen ließen sie ihn mit dem Novemberregen allein. Frustriert wandte er sich zu dem Reichstag um und betrachtete das Gebäude.

Als er durchweicht war, drehte er sich um, stieg in einen Wagen und kehrte zum Hotel zurück.

Florian lag auf dem Bett in seinem Berliner Hotelzimmer und starrte an die Decke. Drei Tage ausgeschlossen.

Dorothee Hart hatte ihn zu drei Tagen Hausarrest verdonnert. Und er konnte nichts weiter tun, als sich die Debatten im Fernsehen anzusehen.

Er wusste nicht einmal, ob er das wollte. Trotzdem konnte er nicht anders. Die Debatte zum EU-Austritt lief im Hintergrund. Mit leidenschaftlichen Worten versuchten die Konservativen, die Europäische Union zu verteidigen, doch Florian wusste, dass das keinen Sinn hatte. Die feministische Scheißregierung hatte doch schon entschieden.

Er setzte sich auf und verfolgte die Übertragung der Debatte im Parlament. Die Kameraperspektive wechselte und die Rednerin wurde gezeigt.

»... ein Fass ohne Boden, in dem deutsche Steuergelder verbrannt werden. Wir müssen uns von diesem enormen Kostenfaktor trennen ...«

»Du hast doch gar keine Ahnung von Wirtschaft«, brummte Florian. »Wenn wir aus der EU austreten, hat das schwerwiegende Folgen. Allein wenn ich an die Rohstoffe aus dem EU-Ausland denke. An unsere Währungsgemeinschaft will ich gar nicht denken. Du hast doch auch gar keine Ahnung, welche Auswirkungen das auf unser Zusammenleben hat. Die hassen uns doch jetzt schon.« Er fiel zurück auf das Bett und legte den Arm über die Augen. »Zölle, die Freizügigkeit, dass man...«

»... Wollen wir tatsächlich weiterhin Rumänen für einen Hungerlohn bei uns beschäftigen? Die nehmen uns doch die Arbeitsplätze weg!«

»Wäre doch schön, wenn sie dir deinen Arbeitsplatz wegnähmen«, erwiderte Florian. Mit dem Fernseher durfte er wenigstens ungestraft diskutieren. Dafür warf ihn niemand aus dem Hotelzimmer. Und dem Fernseher war auch egal, was er sagte.

»Und ich bin der Sexist und der Geldhai. Die müssten ihre Parolen mal hören.« Er stand auf, öffnete den Mini-kühlschrank und betrachtete den Inhalt. Wasser, Orangen-saft, ein Schokoriegel.

Florian nahm den Schokoriegel, schaltete den Fern-seher ab und zog seine Schuhe an. Mit dem Riegel in der Hand sprintete er die Treppenstufen hinunter.

»Guten Abend, Herr Pepperkorn, Sie sind aber früh zurück aus dem Parlament«, begrüßte ihn die Empfangs-dame, als er in die Lobby kam. Florian zwang sich zu einem Lächeln, gab sich allerdings keine besondere Mühe dabei. Sie sollte schon sehen, dass das der falsche Zeitpunkt für Smalltalk und Flirten war. Ganz davon abgesehen, dass diesem dämlichen Strohkopf nicht auf-gefallen war, dass er aus der falschen Richtung kam, um zu früh zurück zu sein.

Er riss das Papier des Schokoriegels mit den Zähnen ab, stopfte sich den kompletten Riegel in den Mund und warf das Papier in den Mülleimer vor dem Eingang. Bevor er angesprochen werden konnte, zog er sein Jackett zurecht und eilte auf die U-Bahnstation zu.

Blind ging Florian an den Fahrkartenautomaten vorbei und stieg in die erste U-Bahn, die im Bahnhof ankam. Die Bahn fuhr donnernd an und er griff eilig nach einer Stange, um sich festzuhalten. Am Fenster der Bahn hing ein Werbebanner der Charité.

Haben Sie Gewalt erfahren?, wollte die Werbung von ihm wissen. Daneben prangte ein Banner mit einer Regenbogenfahne, auf dem *Regenbogenstadt Berlin* stand. *FCK NSZ* hatte jemand auf das Glas darunter gekritzelt.

An der Station *Unter den Linden* stieg er aus. Als er auf der Straße stand, fing es an zu regnen. Trotz des kalten Novemberwinds hatte er keinen Mantel an. In der Hast, seinen aufgeheizten Kopf abkühlen zu müssen, hatte er ihn im Hotel vergessen.

Jetzt war es zu spät.

Er sah sich suchend um.

Betrachtete die Gebäude und runzelte die Stirn. Dann ging er einfach in irgendeine Richtung los. Erst ging er nur stramm, dann fing er an zu laufen. Als er am Lustgarten ankam, blieb er keuchend stehen.

Die Anlage bot an diesem verregneten Novembertag einen trostlosen Anblick. Tief holte er Luft. »Weißt du, Deutschland, was du dir mit dieser Regierung angetan hast? Weißt du, was dir blüht?«, fragte er den Park. Passanten sahen ihn irritiert an, während sie mit ihren Regenschirmen an ihm vorbeihasteten.

Noch während er da stand und die Anlage fragte, was sie sich dabei gedacht hatte, hörte es plötzlich auf zu regnen. Florian wandte sich um und sah die Person an, sie ihm ihren Regenschirm über den Kopf hielt.

»Sie sind Florian Pepperkorn«, stellte die Frau fest. Florian nickte langsam. Sie hielt ihm die Hand hin. »Maja Stein«, stellte sie sich vor.

Florian ergriff ihre Hand. »Freut mich«, erwiderte er.

»Kommen Sie, Sie sehen aus, als könnten Sie eine Tasse Kaffee vertragen.«

Florian wischte sich die Regentropfen aus dem Gesicht. Seine Haut war klamm und kalt. Jackett und Hemd waren durchnässt und unangenehm klebrig. »Ich glaube, einen Kaffee könnte ich wirklich vertragen«, stimmte er leise zu.

Weder sie, noch er kannten sich gut aus, also gingen sie eine Weile unter dem Regenschirm spazieren, bis sie an einem Selbstbedienungsbäcker vorbeikamen. Durch das Schaufenster konnte Florian einen laufenden Fernseher sehen.

»Wollen wir da reingehen?«, fragte Frau Stein. Florian zuckte mit den Schultern, nickte und ging vor.

»Was treiben Sie mitten im Regen ohne Jacke im Lustgarten?«, fragte sie, nachdem sie sich mit Pappbechern an einen kleinen Tisch geklemmt hatten.

»Sie klingen ein bisschen wie meine Mutter, wenn ich früher erst spät nach Hause kam«, erwiderte er amüsiert und hängte sein nasses Jackett über den Stuhl. Er schüttelte den Kopf. »Sie zuerst. Was treiben Sie bei strömendem Regen im Lustgarten?«

Frau Stein lächelte. »Ich bin Touristin. Ein bisschen Regen schreckt mich nicht ab.«

»So so. Dann kommen Sie wohl aus einem der Museen?«

Sie nickte. »In der Tat.«

»Und? Haben Sie etwas Spannendes gelernt?«

Sie lachte. »Waren Sie denn noch nie in einem der Museen?«

Florian seufzte. »Leider nein. Im Moment gibt es zu viel zu tun, als dass ich dafür Zeit hätte.« Er trank gedankenverloren von seinem Kaffee. Es war eine billige Sorte, die zu heiß gekocht war und sauer schmeckte. Er verzog das Gesicht und stellte den Becher ab.

»Wollen Sie mich nicht irgendetwas fragen? Wie ich dazu komme, so heftige Meinungen zu vertreten?«

»Doch schon, aber…«

»Nur zu. Ich bin unbequeme Fragen gewohnt.«

Interessiert beugte sie sich vor. »Also was ich schon immer wissen wollte ist, warum haben Sie sich für die Politik entschieden, wenn Sie einen großen Konzern hätten leiten können?«

Florian hielt einen Moment inne und betrachtete seinen Kaffeebecher. Das war eine schmerzhafte Frage. Er stellte den Becher auf den Tisch und sah sein Gegenüber an.

»Ich war verliebt. Wir wollten heiraten. Aber dann kam der Tütensuppenwinter-«

»Ist sie verhungert?«, fragte sie mit entsetztem Ton.

Florian versuchte, gegen den Schmerz zu lächeln, der ihm den Brustkorb zuschnürte. »Nein. Sie starb bei der Demonstration gegen die große Koalition. Totgetrampelt in der Massenpanik, die damals ausbrach.«

Plötzlich spürte er ihre Hand auf seiner. Sie war eisigkalt, aber trotzdem war ihr Trost wohltuend. Er sah auf und direkt in ihre Augen. Sanft strich sie über seine Fingerknöchel.

»Mein Beileid«, hauchte sie.

Er lächelte und entzog sich ihrer Berührung. »Schon in Ordnung. Das ist ja schon sehr lange her.« Dann saßen sie sich einen Moment schweigend gegenüber. Florian hielt seinen Kaffeebecher mit beiden Händen fest und wärmte sich die Finger daran.

»Und Ihre Freundin hat Sie damals überzeugt, in die Politik-«

Sie kam nicht dazu, ihren Satz zu beenden, denn jemand drehte den Ton des Fernsehers auf. »... hat es heute Nachmittag einen Anschlag auf das Bundesverfassungsgericht in Karlsruhe gegeben.«

Kapitel 5

Flankiert von zehn SJW-Frauen marschierte Franziska Seidner durch einen langen, hellen Flur. Laura starrte auf Franziskas Rücken, während sie ihr folgte. Am Nachmittag hatte Irene Franziska von ihrem Plan erzählt, Schloss Hohenschwangau zur Residenz der Bundeskanzlerin zu machen. Franziska war sofort Feuer und Flamme gewesen und hatte Irene versichert, sich um alles weitere zu kümmern.

Das Schloss gehörte dem Wittelsbacher Ausgleichsfonds, der es der Öffentlichkeit als Museum zur Verfügung stellte.

Es gehört dem Wittelsbacher Ausgleichsfonds bis zum 31. Oktober 2033.

An Halloween platzte Franziska, gefolgt von Laura, in das Büro des Mannes, der die Geschäfte des Wittelsbacher Ausgleichsfonds führte. Laura hatte gefragt, wie er hieß, aber Franziska hatte sich nicht einmal die Mühe gemacht, den Namen des Mannes in Erfahrung zu bringen.

Es war bereits dunkel draußen und der Mann arbeitete im Schein einer schwachen Bankerslamp. Langsam erhob er sich, als er die beiden Ministerinnen erkannte, und kam um den Tisch herum.

»Was kann ich für Sie tun?«, fragte er atemlos. Die Begrüßung hatte er in seiner Aufregung verschluckt. Franziska wandte sich zu einer SJW-Frau um und winkte ihr, die Tür zu schließen.

»Die Bundeskanzlerin möchte das Schloss Hohenschwangau von Ihnen kaufen«, erwiderte sie ohne Umschweife.

Laura war sich sicher, dass der Mann sie unter anderen Umständen lachend zum Teufel geschickt hätte. Doch hier standen zehn uniformierte Frauen. Zehn entschlossene Sonderpolizistinnen, die bei einer falschen Bewegung sofort die Waffe zogen und schossen. Er schüttelte nur verständnislos den Kopf. *Besser so,* dachte Laura. Sie presste missmutig die Lippen aufeinander.

»Ich verstehe nicht-«

»Spreche ich undeutlich?«, fragte Franziska spitz. »Die Bundeskanzlerin will das Schloss Hohenschwangau kaufen.«

Er kehrte zu seinem Platz zurück und setzte sich langsam, wie in Zeitlupe wieder hin.

»Aber… das Schloss steht nicht zum Verkauf!«

Das war die falsche Antwort. Ein ungutes Gefühl breitete sich in Lauras Magen aus und sofort richtete sie ihre Aufmerksamkeit auf die Justizministerin. Sie nickte einer der SJW-Frauen zu. Die zog augenblicklich eine Waffe und zielte auf den Geschäftsführer. Der Mann hob die Hände und starrte angstvoll in den Lauf.

Laura hielt den Atem an. *Wenn sie schießt, ist das das Ende der heilen Welt, wie Irene sie versprochen hat!,* dachte sie ängstlich. Und das wollte Laura nicht riskieren. Irene hatte ihr versprochen, dass keine Frau mehr vergewaltigt werden würde. Wenn sie erst an die Macht käme, müsse keine Frau mehr Angst haben, angegriffen zu werden.

Franziska fuhr ungerührt fort: »Sie verkaufen Hohen-schwangau an den Bund. Oder die Unterverteidigerin Schneider wird Ihnen in den Kopf schießen.«

Der Mann sah von der Mündung der Waffe zu Franziska.

»Wie… wie soll das gehen, ohne Notar?«, fragte er dann zögernd. Sie nickte, woraufhin eine SJW-Frau einen Kaufvertrag herausholte.

»Sie glauben doch wohl nicht, dass ich ohne Notar gekommen bin.« Sie beugte sich perfide grinsend vor, schob dem Mann den Kaufvertrag über den Tisch zu und hauchte: »Unterschreiben Sie!«

***

Florian starrte auf den Bildschirm, der im Verkaufsraum des Selbstbedienungsbäckers hing. »*Das Plenum des Bundesverfassungsgerichts hatte sich heute Nachmittag getroffen, um über den verstärkten Polizeieinsatz zu beraten*«, erzählte eine Stimme aus dem Off, während verwackelte Bilder einer Smartphonekamera eingespielt wurden. Riesige Flammen schlugen aus Fenstern und Türen des Gerichtsgebäudes in den Himmel. Über allem schwebte eine gigantische Rauchsäule. Das Bild wech-selte, die Moderatorin im Nachrichtenstudio sah mit erns-tem Gesicht in die Kamera und sagte: »*Wir schalten jetzt live nach Karlsruhe, wo unser Reporter vor Ort ist und Näheres berichten wird.*«

Ein grauhaariger Mann stand in eine Winterjacke gekleidet in einiger Entfernung vor dem Gebäude. Im

Hintergrund waren Feuerwehrleute damit beschäftigt, die Flammen mit zerstäubtem Wasser einzudämmen.

»Ich stehe hier vor dem Gebäude des Bundesverfassungsgerichts und hinter mir ist die Feuerwehr bei den Löscharbeiten. Wie wir erfahren haben, waren alle sechzehn Richterinnen und Richter im Gebäude, als die Tragödie sich ereignete.«

»Sie sprechen von einer Tragödie. Weiß man denn schon, was genau passiert ist?«, fragte die Moderatorin.

»Also, natürlich ist bisher alles noch reine Spekulation. Die Polizei geht derzeit davon aus, dass im Gebäude eine Bombe gezündet worden ist. Aber das ist bisher nur eine Vermutung, wenn auch die wahrscheinlichste Möglichkeit.«

Florian zerrte sein Smartphone aus der Hosentasche. Es explodierte förmlich vor Push-Nachrichten. Etliche Zeitungsapps informierten ihn über das Attentat auf das Bundesverfassungsgericht, eine mit schlimmeren Informationen als die andere.

Terroranschlag auf das Bundesverfassungsgericht!

Radikale stecken Bundesverfassungsgericht in Brand.

Deutschlands Justiz brennt lichterloh!

Sekündlich poppten neue Banner auf seinem Smartphone auf.

Er schob die Banner zur Seite und öffnete den Messenger. Das Gerät vibrierte lang und tief, als wenn es durch das Öffnen der App von einer unendlichen Last befreit wurde.

Geht's dir gut?, wollte seine Mutter von ihm wissen.

Wir werden alle sterben, dachte Florian voller Bitterkeit und öffnete den Chat mit Lukas, ohne die Nachrichten seiner Mutter abzurufen.

»Verehrte Personen, soeben teilt mir die Regie mit, dass die Regierungssprecherin auf dem Weg in den Presseraum des Deutschen Bundestages ist und sich in wenigen Minuten zu dem Vorfall äußern wird.«

Florian starrte wie ferngesteuert auf den Bildschirm des Fernsehers, ohne auf den Chat zu reagieren. Die Kamera zeigte den Presseraum des Deutschen Bundestages. Florian sah auf sein Smartphone. Lukas hatte ihm geschrieben.

Ich hab die Übertragung gesehen. Die Sitzung wurde unterbrochen. Jemand hat Fleischer informiert und die hat gleich den Redner vom Podium vertrieben und das Wort an das Parlament gerichtet.

Florian knirschte mit den Zähnen. *»Demokratie«* mein Freund. *»Demokratie«*.

Die Regierungssprecherin, die nach Florians Meinung eine greise Variante von Irene selbst hätte sein können, betrat den Raum und nahm an einem Tisch Platz. Jemand reichte ihr ein Glas Wasser, dann wurden Fotos geknipst. Die Frau räusperte sich. Augenblicklich wurde es totenstill.

»Es hat heute Nachmittag einen Angriff auf unsere Demokratie gegeben.«

Florian hob die Hände und raufte sich das Haar. Wie konnte das passieren? Wie konnte es sein, dass ein Gerichtsgebäude in die Luft flog und alle Richter darin ums Leben kamen?

»Bisher sind die Umstände nicht geklärt. Aber wir werden alles daransetzen, um diese schreckliche Tragödie aufzuklären und Missverständnisse auszuräumen.

Bitte bewahren Sie Ruhe! Ich kann verstehen, dass dieses Ereignis die Bevölkerung mehr denn je erschüttert, insbesondere in einer Zeit, die so unsicher ist wie die unsere. Aber bewahren Sie Ruhe! Die Umstände der Tragödie werden vollständig aufgeklärt. Derzeit kann die Polizei sich noch nicht zu dem Angriff auf unsere Demokratie äußern. Aber natürlich stehen wir hinter unserer Polizei und unterstützen die Aufklärungsarbeiten mit allen Mitteln. In Gedanken sind wir bei den Angehörigen der Toten.«

Florian wandte sich zu seiner Bekanntschaft um. »Es tut mir leid, aber ich muss jetzt gehen«, verabschiedete er sich und klaubte seinen Kaffeebecher vom Tisch.

Sie legte eine Hand auf seinen Unterarm und lächelte. »Ich kann das schon verstehen. Ein schwerer Schlag für Sie.«

»Für uns alle. Für die Demokratie, in der wir leben.«

Trotz der schrecklichen Nachricht kehrte Florian weniger kopflos ins Hotel zurück, als er es verlassen hatte. Er fuhr auch nicht mit den öffentlichen Verkehrsmitteln zum Hotel zurück, sondern bestellte sich mit einigen Klicks in einer App ein Taxi.

Als er ankam, standen in der Lobby Hotelgäste, die entsetzt auf die Bildschirme starrten und den immer gleichen Neuigkeiten ihr Gehör schenkten. Es gab keine weiteren Ermittlungsergebnisse. Niemand wisse, wer den Anschlag verübt hatte und wie er verübt worden war.

Die Medien spekulierten wild. Einige behaupteten, es sei ein terroristischer Anschlag gewesen. Jemand sagte, ein Verrückter habe im Gerichtsgebäude Feuer gelegt und sei mit dem Hitlergruß auf den Lippen in die Flammen gerannt. Und böse Zungen behaupteten, die Regierung selbst stecke hinter dem Anschlag.

***

»Ich glaube, ich muss meinen Aluhut polieren«, begrüßte Lukas ihn, als er in die Hotellobby kam und ihn dort in einem Sessel sitzend fand.

»Hä?«, fragte Florian zurück und erwiderte dessen Handschlag, ohne sich aus dem Sessel zu erheben.

»Na, ich rede von diesen Spekulationen, dass es sich um einen Anschlag unserer Regierung handelt.«

Florian seufzte. »Das ist ein bedauerlicher Einzelfall.« Er drehte sich zu dem Fernseher um und schenkte den verwackelten Bildern seine Aufmerksamkeit. »Was gibt's Neues aus dem Parlament, aus dem ich ausgeschlossen wurde?«, fragte er beiläufig.

»Ich bin reingekommen und die haben mich auch gleich rausgeworfen.«

»Ach stimmt. Die Frauenquote«, murmelte Florian.

»Ich habe mir die Debatte trotzdem im Livestream angesehen. Zwei Drittel für einen Austritt aus der Europäischen Union.« Lukas legte seinen nassen Mantel über die Rückenlehne des freien Sessels, der Florian gegenüberstand, und legte seine Unterarme auf der Rückenlehne ab. Florian lachte kurz und bitter auf.

»Das werden die bereuen. Die Unternehmen werden ihnen dafür die Hölle heiß machen.«

»Ich fürchte, dass das Ganze im Schatten dieser Tragödie mit dem Verfassungsgericht untergeht«, widersprach Lukas.

Florian sah ihn an. »Die Unternehmen werden Sturm laufen, dagegen. Egal, ob jemand da ein Gericht in die Luft gesprengt hat. Du kannst dir sicher sein, dass ich dafür sorgen werde, dass mein Geschäftsführer da Stress macht.«

Lukas zuckte mit den Schultern. »Du mit NEP wirst vielleicht Stress machen. Aber vermutlich auch nur, weil der Laden dir gehört.« Er sah zum Fernseher. »Wirklich was Neues gibt's da noch nicht, oder?«

»Die Löscharbeiten sind seit etwa einer Stunde beendet und jetzt sucht die Feuerwehr nach Überresten«, erwiderte Florian.

»Haben Sie schon wen gefunden?«

Florian schüttelte mutlos den Kopf und kämpfte sich aus dem Sessel hoch. »Nein. Sie haben ein paar Leichen geborgen, wenn man zermatschte Köpfe und Körper als Leichen bezeichnen kann. Aber nichts, das jetzt irgendwie neu wäre oder sensationelle Erkenntnisse gebracht hätte. Lass uns irgendwohin gehen und etwas essen. Ich verhungere sonst noch.«

Florian hatte sich schon in Bewegung gesetzt, als sein Smartphone vibrierte. Lukas ließ sich wieder in seinen Sessel fallen, während Florian das Gerät heraus holte.

»Ach, guck an«, sagte er. »Irene Fleischkloß hat uns den Rest der Woche freigegeben.«

Lukas schüttelte langsam den Kopf und mahnte ihn: »Pass bloß auf, wen du wie in der Öffentlichkeit nennst.«

***

Wenn er schon frei hatte, wollte Florian auch nach Hause fahren. Auf dem Weg vom Restaurant zum Hotel zurück, kam er am Reichstag vorbei.

Die Fahne vor dem Reichstagsgebäude hing auf halbmast. Florian sah an dem Fahnenmast hoch und betrachtete die schwarze Schleife, die über der Fahne angebracht worden war. Irene Fleischer hatte es für pietätlos erklärt, weitere Sitzungen zu halten, während der Bund um sein wichtigstes Gericht trauerte.

In ihrer Ansprache hatte sie erklärt, den Fall restlos aufklären zu lassen. Sie könne verstehen, wenn die Bevölkerung um die Sicherheit im Land besorgt ist, und sie werde alles tun, damit sich jede Person auf den Straßen sicher fühle. Natürlich seien ihre Gedanken heute Abend aber bei den Personen, die geliebte Menschen verloren hatten.

Florian betrachtete das Relief über den Säulen.

Dem deutschen Volke

Er fuhr mit der Zunge über seine Lippen. Es war ein schwarzer Tag.

Schwärzer als das Band, das mit der Flagge im Novemberwind flatterte.

Als Florian am Wuppertaler Hauptbahnhof ankam, empfing ihn Regen. Sein Zug hatte mächtig Verspätung und so kam er erst nachts in Wuppertal an. Er wagte es nicht, Henriette aus dem Bett zu klingeln, nur um sich von Bahnhof abholen zu lassen. Zwar hatte sie ihm angeboten, wach zu bleiben, doch Florian fand es unzumutbar, sie aus dem Bett zu jagen. Er würde einfach ein Taxi nehmen. Als er aus dem Bahnhofsgebäude kam, fuhr die Schwebebahn noch, was ihn überraschte. Florian prüfte seine Armbanduhr und stellte fest, dass es so früh war, dass die Schwebebahn *schon wieder* fuhr. Er zog seinen Rollkoffer hinter sich her zum Taxistand. Der Taxifahrer ließ das Fenster herunter und betrachtete ihn.

»Guten Morgen«, grüßte Florian.

»Guten Morgen.«

Florian stieg ein, nannte dem Mann die Adresse und schloss dann erschöpft die Augen. Er war froh, dass der Taxifahrer auch keinen Wert auf Smalltalk legte.

Zu Hause angekommen, zog er im Flur seine Schuhe aus und ließ sie einfach stehen. Er wohnte allein in dem Haus. Es gab nur seine Haushälterin, die tagsüber darauf Acht gab, dass weder er, noch das Haus verwahrlosten. Henriette war ein Engel und er wusste nicht, was er ohne sie tun sollte. Wenn er nach Hause kam, stellte er ihr einfach seinen Koffer hin und wenn er in der Woche darauf sonntags nach Berlin zurückfuhr, war der wieder gepackt.

Sie sorgte dafür, dass es im Gefrierfach immer irgendetwas zu Essen gab und das Haus nett dekoriert war. Sie war die weibliche Hand, die ihm sonst gefehlt hätte.

Er hängte den nassen Mantel im Flur an einen Garderobenhaken und betrat die Küche. Aus dem Gefrierfach holte er eine Tiefkühlpizza und schob sie in den Ofen, ohne vorzuheizen. Dann setzte er sich auf den Barhocker, der an der Küchentheke stand. Nur das Licht des Backofens erhellte das Zimmer.

Doch das spärliche Licht hatte etwas Heimeliges. Es beruhigte ihn, dass kein kaltes, weißes Licht auf ihn herniederbrannte. Das Halbdunkel gab ihm ein Gefühl von Geborgenheit. Als lägen die schrecklichen Nachrichten Monate zurück. Als stünden in der Dunkelheit Wachsoldaten, die ihn vor der Welt draußen schützten.

Florian streckte die Arme auf der Theke aus und bettete den Kopf auf den Oberarm. Er starrte die Pizza im Ofen an. Langsam schmolz der Käse. Die Luft füllte sich mit dem Duft von Tomaten und Salami.

Während er auf die Pizza wartete, überkam ihn in der Stille Einsamkeit. Seit er Bundestagsabgeordneter geworden war, hatte er keine Zeit mehr für sich gehabt. Er hatte nur Lukas und seine Assistenten getroffen. Mit gerunzelter Stirn überlegte er, wann er das letzte Mal eine Frau abgeschleppt hatte, und stellte fest, dass das lange vor der Wahl gewesen war.

Die Eieruhr klingelte. Mühsam rappelte sich Florian von der Theke auf und öffnete die Ofentür. Heißer Pizzadampf schlug ihm entgegen und sofort lief ihm das Wasser im Mund zusammen. Er stellte das Backblech auf den Herd, öffnete eine Schublade und holte den Pizzaschneider heraus.

Während er die Pizza in sechs ungleichgroße Stücke teilte, beschloss er, den folgenden Tag im Bett zu bleiben und abends feiern zu gehen. *Man muss die Seele baumeln lassen und dafür muss man sich Zeit nehmen.*

Nachdem er die Pizza gegessen hatte, befiel ihn eine derart bleierne Müdigkeit, dass er ohne Umschweife ins Bett ging. Er schlief bis zum Mittag des folgenden Tages, dann stand er auf, stellte sich an das Fenster und öffnete die Vorhänge. Draußen regnete es. Die Obstbäume im Garten hatten die Blätter abgeworfen. Es wurde Winter.

Florian wandte sich vom Fenster ab und wollte gerade ins Badezimmer gehen, um sich zu waschen, als sein Smartphone auf dem Nachttisch vibrierte. Er nahm das Gerät auf und las den Namen des Anrufers.

»Hey Lukas! Nicht mit dem Arsch deines neuen Betthäschens beschäftigt?«

»Lass das! Ich steh in Berlin am Flughafen. Du kannst mich in zwei Stunden in Düsseldorf abholen.«

»Hört, hört! Was verschafft mir die Ehre?«

»Du liest wirklich nie deine Mails, oder?« Lukas klang ziemlich wütend. Florian malte sich aus, wie seine blonden Brauen eine missgestimmte Wellenlinie über den blauen Augen bildeten. Er grinste.

»Nein. Dafür habe ich ja dich.«

Lukas stöhnte genervt. »Irene Fleischer hat eine Trauerfeier organisiert. Pack also dein Zeug zusammen und hol mich am Flughafen ab.«

»Langsam glaube ich, dass deine Befürchtungen sich bewahrheiten«, begrüßte Lukas ihn, als er zu ihm ins Auto stieg. Florian hielt ihm die Hand für einen Handschlag hin, während Lukas nach dem Sicherheitsgurt griff. Eine Weile schwebte Florians Hand wartend in der Luft. Erst als der Wagen angefahren war, hatte Lukas sich angeschnallt und ergriff sie.

»Was meinst du damit?«, fragte Florian.

»Na ja, an den Flughäfen bin ich Frauen in sehr seltsamen Uniformen begegnet.«

Florian runzelte die Stirn und sah den Freund an. »Geht's auch noch schwammiger, Herr Gärtner?«

»Na ja, das waren Zweierteams, ganz in schwarzen Uniformen mit lila Zierstreifen.« Florian runzelte die Stirn und Lukas zerrte sein Smartphone hervor.

»Hier guck mal.« Er hielt Florian das Gerät hin und der nahm es gleich an sich. Es zeigte eine Aufnahme von zwei Frauen in einer schwarzen, militärisch anmutenden Uniform.

»Vielleicht ausländische Soldaten. Erinnert mich ein bisschen an die Uniformen der italienischen Carabinieri«, erwiderte er wegwerfend.

»Ach, echt? Mich erinnern die an SS-Offiziere.«

Florian beugte sich zu Lukas hinüber und sah ihm tief in die Augen.

»Wir wollen ja nicht in die Nazikiste greifen, Herr Gärtner. Gerade Sie als Abgeordneter sollten aufpassen, was Sie sagen.«

Lukas schob sein Smartphone in seine Hosentasche zurück und starrte aus dem Fenster. »Genau, gerade ich als Abgeordneter sollte mit offenen Augen durch die Welt gehen.«

Florian drehte sich auch um und betrachtete den Grünstreifen am Fahrbahnrand.

Nachdem sie eine Weile geschwiegen hatten, seufzte Lukas schließlich. »Du findest die Politik von Irene Fleischer also richtig?«

Florian riss sich von dem Anblick der Fahrzeuge und des Grünstreifens los und wandte sich zu Lukas um. »Wie meinst du das?«, fragte er zurück.

»Nun, ich meine: Glaubst du, dass die Politik von Bundeskanzlerin Irene Fleischer okay ist? Kann man das Land so regieren, wie sie es tut? Kann man so viel Polizei einsetzen, ohne sich Gedanken darüber zu machen, was die Bevölkerung davon hält? Kann man einfach so eine Frauenquote einführen und so tun, als sei alles ordentlich abgestimmt worden? Und kann man« Er drehte sich Florian etwas zu und beugte sich zu ihm vor. Florian stieg der blumige Duft seines Aftershaves in die Nase. »Kann man einfach so Soldaten, seien es nun eigene oder fremde, über öffentliche Plätze patrouillieren lassen?«

Florian fuhr mit der Zungenspitze über seine Unterlippe. Er warf sich in die Brust und beugte sich vor, um ihm seine Erkenntnis zu zuraunen: »Welche Soldaten, Lukas?«

Er sah ihm durch seine Wimpern tief in die Augen. Lukas blinzelte, runzelte die Stirn und lehnte sich zurück.

»Dann willst du mir sagen, dass du die Soldaten auf den Plätzen noch nicht gesehen hast?«, fragte er irritiert zurück.

»Ich will damit sagen, dass ich von vornherein gesagt habe, dass diese Regierung gefährlich ist. Ich kann nicht glauben, dass es sich bei dem Vorfall am Bundesverfassungsgericht wirklich um einen *bedauerlichen Einzelfall* handelt. Ich kann auch nicht glauben, dass es ein

97

Anschlag von demokratiefeindlichen Lagern gewesen ist, wie die Regierung uns weismachen will. Da steckt doch mehr dahinter.« Er warf Lukas einen vielsagenden Blick zu. Lukas schüttelte verständnislos den Kopf. Florian erwiderte den fragenden Blick. War Lukas wirklich derart naiv, dieses Schauspiel zu kaufen? Er musste wohl deutlicher werden.

»Nun, seien wir doch mal ehrlich: Braucht Deutschland mehr Polizei, um all die Gewaltverbrechen zu verhindern, die wir jeden Tag auf der Straße beobachten? Tritt Deutschland aus der Europäischen Union aus, weil das dem Willen des Volkes entspricht? Weil uns die EU auf der Tasche liegt? Und plötzlich tauchen Uniformierte auf unseren Bahnsteigen auf, die nie jemand zuvor gesehen hat? Hier ist was faul, Lukas. Die Sache stinkt zum Himmel.«

Lukas lehnte sich zurück und schloss die Augen.

»Und soll ich dir etwas sagen, mein Freund? Ich habe von Anfang an gepredigt, dass eine Regierung unter Irene Fleischer der Untergang sein wird. Aber mir hat niemand zugehört. Ich bin ja ein liberaler Geldhai. Ein Sexist.« Er hob abwehrend die Hände und lehnte sich ebenfalls zurück.

Wieder schwiegen sie und Florian starrte aus dem Fenster. Schließlich holte Lukas Luft und Florian drehte sich in seine Richtung, um ihm zu zuhören.

»Aber die Öffentlichkeit steht auf diesen feministischen Scheißdreck.«

Wieder hob Florian die Hände. »Was soll ich jetzt sagen? Das Volk hat Irene Fleischer gewählt und jetzt bekommt es Irene Fleischer. Sie wollten feministisches Rosa, also bekommen sie feministisches Rosa.«

Lukas seufzte. »Wie konnten Radikale wieder an solche Macht kommen? Haben wir denn nichts aus unserer Vergangenheit gelernt?«

»Offenbar haben wir nichts gelernt.«

Der Wagen hielt vor dem abgebrannten Gerichtsgebäude in Karlsruhe. Das erste, was Florian von den Journalisten mitbekam, war das Klicken der Auslöser und die Blitze der Kameras. Die Türen dämpften die Stimmen und mischten sie zu einem Tonbrei zusammen. Und trotzdem wusste Florian instinktiv, was ihn erwartete. Er hatte es in den letzten Jahren oft genug erlebt.

Er wandte sich zu Lukas um und sah ihn mit festlicher Trauermiene an. »Showtime!«

Die Tür schwang auf, Florian warf sich den langen, dunkelblauen Schal über die Schulter und stieg aus dem Auto. Sofort standen Journalisten um ihn und Lukas herum, machten wie verrückt Fotos von ihnen und versuchten, sie zu einem Statement zu bewegen.

»Natürlich«, antwortete Florian dem Journalisten, der im Stechschritt neben ihm herlief und ihm das Mikrofon unter die Nase hielt, »ist die Tat ein barbarischer Angriff auf unsere freiheitliche Demokratie und man muss alles daransetzen, um diesen Verbrecher dingfest zu machen. Aber Sie werden sicherlich verstehen, wenn wir uns nicht weiter zu dieser abscheulichen Tat äußern können.«

Er lächelte und beeilte sich dann, sich von dem Journalisten loszureißen. Er wollte die Rede der Bundeskanzlerin hören, wollte den Angehörigen kondolieren. Und natürlich wollten er und Lukas die politische Situation ausloten.

Bundeskanzlerin Irene Fleischer und Bundesinnenministerin Laura Winkler traten gemeinsam vor die ausgebrannte Ruine und legten einen Blumenkranz nieder. Weiße und rosa Rosen.

Dann reichte jemand der Bundeskanzlerin ein Mikrofon und sie trat an das Rednerpult.

»Keine deutsche Person kann fassen, was für eine grausame Tat hier verübt worden ist«, fing sie an und sofort sah Florian zu Lukas hinüber. Der erwiderte den Blick. Dann blickten sie wieder nach vorne.

»Es ist ein rabenschwarzer Tag und ein unübersehbarer Angriff auf unsere Demokratie. Wir alle müssen jetzt erstmal verarbeiten, dass uns das Herz aus der Brust gerissen wurde.« Sie legte die Hand auf ihren Brustkorb und Florian täuschte einen Hustenanfall vor, um sein Lachen über diese Geste zu verbergen. Sie sah albern aus, wie sie sich an ihr Herz griff und übertrieben betroffen gab. Liefen da sogar Krokodilstränen über ihre Wange?

»Natürlich setzt die Bundesregierung alles daran, unser demokratisches Herz so schnell wie möglich wieder zum Schlagen zu bringen.« Kaum hatte sie das gesagt, hielt Florian die Luft an. Sie brauchten neue Richter – schnell.

Er hob den Kopf und sah Lukas wieder an. Er brauchte den Mund nicht öffnen, denn Lukas verstand ihn ohne Worte: Er hatte sich nicht verhört. Sie brauchten neue Richter – und die Bundesregierung hatte sie schon ausgewählt.

Kapitel 6

»Florian Pepperkorn vom Liberalen Bund hat das Wort.«

Florian erhob sich unter dem Applaus seiner Fraktion und trat an das Rednerpult, das in der Mitte des Plenarsaals stand. Er ließ das Papier auf die Unterkante der Seite fallen, um es zu bündeln, und legte es dann auf dem Pult ab. Einen Moment schwieg er, um auf die nötige Ruhe im Saal zu warten. Dann holte er Luft, sah auf die erste Zeile seiner Rede, lächelte und hob den Kopf.

Das Lächeln verschwand.

»Meine sehr verehrten Damen und Herren«, fing er an und erntete damit sofort wütende Zwischenrufe.

»Es heißt Personen, du Sexist!«, brüllte jemand. Florians Blick glitt suchend über die Köpfe, um den Störenfried auszumachen, doch er erkannte ihn nicht. Und eigentlich war es auch egal. Er amüsierte sich viel zu sehr, dass es so leicht war, dieses feministische Pack zu reizen und zu provozieren.

»Meine sehr verehrten Damen und Herren!«, wiederholte er lauter. »Wir sind heute hier, nachdem sich in unseren Reihen eine Tragödie von nicht zu bezifferndem Schaden ereignet hat.«

»Dir geht es wohl nur um Geld, du elender Kapitalist!«

Florian hob den Kopf und konnte sich eines amüsierten Grinsens nicht erwehren. »Ich spreche nicht nur von dem materiellen Schaden, der entstanden ist. Sondern vor allem von dem namenlosen Verlust, der uns durch den Tod von sechzehn Richterinnen und Richtern und zahllosen Angestellten des Staates ereilt hat. Plötzlich und ohne Vorwarnung wurde uns, um Frau Bundeskanzlerin Fleischer zu zitieren, *unser demokratisches Herz aus der Brust gerissen.*

Deutschland braucht jetzt mehr denn je neue Richter, die sich der Demokratie dieses Landes verpflichtet fühlen.« Er machte eine Pause und ließ den Blick über die Reihen der Abgeordneten und die Besucherränge wandern. Unter den Besuchern saß eine Schülergruppe, die sich kein bisschen für die Rede interessierte, sondern mit ihren Smartphones spielte. Nur die Lehrerin in der letzten Reihe fixierte ihn argwöhnisch.

»Wir brauchen neue Richter. Und sie werden von Bundestag und Bundesrat gewählt. Ich mahne jeden Mann und jede Frau-«

»Du elender Sexist, es heißt Person!«, brüllte wieder jemand und dieses Mal war er sich fast sicher, dass der Zwischenruf aus den Reihen der Sozialen gekommen war.

»Ich mahne jeden Mann und jede Frau, jeden Anwesenden, seinem Gewissen zu folgen und den besten Kandidaten für unser Vaterland zu wählen.«

»Herr Pepperkorn, Sie werden hiermit offiziell aufgefordert, diskriminierungsfreie Sprache zu verwenden!«, maßregelte die Bundestagspräsidentin ihn und heimste damit gleich den Applaus der Feministen und der Sozialen ein.

Florian schloss die Augen und atmete tief durch.

»Denken Sie daran, dass Sie dem deutschen Volk dienen, wenn Sie Ihre Stimme abgeben!«, rief Florian in den Applaus und nahm seine Rede von dem Pult. Die

Mitglieder seiner Fraktion erhoben sich von ihren Plätzen und klatschten, um ihren Fraktionsvorsitzenden in ihre Reihen zurückzuholen. Doch ihr Applaus ging in schmähenden Pfiffen und beleidigenden Worten unter.

Die schmählichen Worte und Beleidigungen der regierenden Parteien blieben ungerügt. Florian stierte die Bundestagspräsidentin an, doch die ignorierte ihn geflissentlich. Dass sie ihre Lieblinge hatte, war der Opposition natürlich lange bekannt. Es gab hier im Bundestag keine Gleichbehandlung von Regierung und Opposition.

Man gestand dem Liberalen Bund wie den Konservativen lediglich zu, sich gelegentlich zu äußern. Unter Pfiffen und Zwischenrufen, die eher an einen Pausenhof erinnerten als einen Plenarsaal.

Die Bundesverfassungsrichterinnen und Richter wurden vom Parlament, also Bundestag und Bundesrat, gewählt. Doch das änderte nichts an der Tatsache, dass die Kandidaten von der Bundesjustizministerin Franziska Seidner vorgeschlagen wurden.

Florian betrachtete die lange Liste an Namen, die ihm vorgelegt worden war. Lukas hatte ihn eingeladen, den Nachmittag bei ihm in Charlottenburg zu verbringen, damit sie sich die Vorschläge der Justizministerin gemeinsam ansehen konnten.

»Sag, mein Freund, was war noch mal die Aufgabe von Franziska Seidner?«, fragte Florian. Natürlich kannte er die Antwort. Aber er wollte die Fakten noch einmal aus Lukas' Mund hören. Dann lagen sie für alle sichtbar auf dem Tisch.

»Sie muss eine Liste über alle möglichen Kandidaten für das Amt des Bundesverfassungsrichters führen.«

Florian blätterte durch den Stoß Papier auf seinem Tisch.

»Und wir haben wie lange, um für geeignete Kandidaten abzustimmen?«

»Wir sind gesetzlich verpflichtet, uns innerhalb von vier Wochen zu entscheiden, sonst kann das Gericht Druck auf uns ausüben«, erwiderte Lukas und schob dann nach: »Was denkbar schwierig wird, weil wir derzeit kein Gericht haben.«

Florian ließ das Papier auf den Tisch fallen. »Wir haben also vier Wochen, um uns über all diese Kandidaten zu informieren«, fasste er das Offensichtliche zusammen.

»Exakt. Aber das ist nicht nötig. Franziska Seidner hat mit Sicherheit dafür gesorgt, dass nur die auf der Liste stehen, die auch regierungstreu sind. Sonst hätte sich ja der ganze Angriff auf das Gericht nicht gelohnt.«

Florian lehnte sich zurück, ließ einen Arm vom Stuhl baumeln und bedeckte mit der anderen Hand das Gesicht. »Weißt du, wie man das nennt, Lukas? Das nennt man schöne Scheiße.«

»Mach einfach irgendwo dein Kreuz. Es ist sowieso egal, wen du da wählst.«

Florian nahm die Hand vom Gesicht und sah seinen Freund zweifelnd an, dann griff er erneut zu der Liste mit den Kandidaten. Seufzend richtete er sich wieder auf und betrachtete die Namen.

Für die ersten Bewerber ließ er sich noch Zeit, gab die Namen in die Suchmaschine seines Smartphones ein und las, was er an Informationen zusammentragen konnte. Zu vielen Kandidaten fand er heraus, an welchen Universitäten sie studiert hatten und an welchen Gerichten sie vorher gearbeitet hatten. Es gab auch Urteile, die die Richter gefällt hatten.

Nur zur persönlichen politischen Einstellung fand Florian nichts. Das hatte Lukas ihm prophezeit und strenggenommen wäre es fatal, wenn er einfach so die Ansichten der Richter im Internet gefunden hätte.

Florian starrte auf die Namensliste, bis die Buchstaben vor seinen Augen verschwammen. Es war eine Wahl, die ihm keine Wahl ließ.

***

»Ist es nicht wunderschön hier?«, fragte Irene Laura leise und legte einen Arm um ihre Schulter.

Laura nickte verkniffen, während sie die schneebedeckten Tannen vor dem Schlossfenster betrachtete. Wunderschön war es in diesem arschkalten Schloss. Sie hätte ihr Penthouse in Berlin diesem eisigen Gemäuer vorgezogen.

»Warum machst du so ein Gesicht?«, fragte Irene.

»Das weißt du genau«, zischte Laura und riss sich von ihr los. Irene kam gleich nach und hielt sie sanft zurück.

»Ist es wegen der Bombe?«, fragte sie leise.

»Ja, es ist wegen der Bombe! Und wegen der Art und Weise, wie du dir dieses Schloss unter den Nagel gerissen hast! Die werden dir schneller auf die Schliche kommen, als du Ermittlung sagen kannst. Die erste Bundeskanzlerin im Gefängnis! Was sollen die Leute von uns denken?«

»Laura, Liebling«, beschwichtigte Irene sie, legte die Arme um sie und zog sie an sich. Sie legte eine Hand unter ihr Kinn und hob ihren Kopf an, um ihr in die Augen sehen zu können. »Warum machst du dir solche Sorgen um die Polizei? Du bist die Bundesinnenministerin. Wenn jemand die Ermittlungen behindern oder in eine andere Richtung lenken kann, dann du. Und du wirst doch alles tun, damit ich nicht ins Gefängnis muss, oder?«

Laura wusste, was Recht und was Unrecht war, und es behagte ihr ganz und gar nicht, die Ermittlungen zu behindern. Sie spürte, dass ihre Unterlippe zu zittern begann.

»Irene, ich-«

Die legte ihr einen Finger auf die Lippen und lächelte aufmunternd. »Ich weiß, dass dir das nicht gefällt«, erwiderte sie leise. »Aber du träumst doch auch von dieser gewaltfreien Welt, in der jeder Mensch so akzeptiert, so geliebt wird, wie sie ist.«

Laura nickte. Natürlich träumte sie von dieser Welt! Seit Irene ihr die Augen dafür geöffnet hatte, träumte sie davon.

Irene nahm den Finger von ihren Lippen und streichelte ihre Wange.

»Ich weiß, dass du einen gewaltlosen Weg bevorzugt hättest. Aber wir müssen das Übel mit der Wurzel ausreißen. Und dazu brauchen wir Gewalt. Ich kann verstehen, dass du mit dir haderst. Aber es gibt keinen anderen Weg. Glaub mir, ich wollte auch kein Blut vergießen.«

Lauras Bauchgefühl sagte ihr, dass Irene sie belog. Aber dieses Lächeln, dieser mitfühlende, zärtliche Ausdruck in ihren Augen versicherte ihr, dass es anders war. Dass sie sie liebte und sie niemals belügen würde.

»Du willst doch nicht, dass ich ins Gefängnis gehe, oder? Du willst doch auch, dass der Mann bestraft wird, der dich vergewaltigt hat?«

Laura senkte den Blick und biss auf ihre Unterlippe. Ihr eigener Verlobter hatte sie während ihres Studiums vergewaltigt. Er hatte sie manipuliert, mit ihm ins Bett zu gehen. Das war ebenfalls eine Vergewaltigung, hatte Irene ihr erklärt. Hätte sie ihr nicht gesagt, dass das gegen ihren Willen geschehen war, hätte sie es gar nicht gemerkt.

»Laura«, hauchte Irene. »Sag mir, dass es das ist, was du willst. Sag mir, dass du Rache willst!«

Ihre Augen begannen zu brennen, während sich Tränen darin sammelten. Das Weinen schnürte ihr die Kehle zu. Sie sah zur Seite und nickte schwach. Irene beugte sich vor und küsste sie.

***

Florian konnte sich nicht enthalten. Er musste sich entscheiden und eine Wahl treffen. Während er sich intensiv mit den Kandidaten auseinandergesetzt hatte, war der November an ihm vorbeigezogen und Weihnachten kam ihnen mit langen Schritten entgegen.

An Samstagnachmittag des dritten Advents stand er mit Lukas und dessen neuem Freund Philipp an einem Glühweinstand auf dem Berliner Weihnachtsmarkt. Lukas hatte sich das gewünscht, damit sie sich kennenlernen konnten.

»Möchtest du eine Tasse Glühwein?«, fragte Lukas den Mann an seiner Seite. Der schloss seine spinnenbeinartigen Finger um einen Handwärmer und nickte. Lukas löste sich von dem Stehtisch, an dem sie zu dritt standen, um die Getränke zu holen. Florian musterte Philipp aus den Augenwinkeln. Er war blond und ein ganzes Stück kleiner als Lukas. Aber bei Lukas' beachtlicher Größe waren die meisten Leute kleiner, Florian eingeschlossen. Dieser Mann war jedoch so zierlich, dass er sich sicher war, dass Lukas ihn irgendwann einfach zerbrach.

Florian fummelte eine Schachtel Zigaretten aus der Innentasche seines Mantels, schob sich eine Zigarette zwischen die Lippen und zündete sie an. Philipp runzelte die Stirn und knetete ein bisschen fester auf seinem Handwärmer herum. Florian kannte diesen Blick. Es war der gleiche strafende Ausdruck, mit dem seine Mutter ihn immer ansah, wenn er sich im Wohnzimmer vor Gästen eine Zigarette angesteckt hatte.

»Lukas darf jetzt bestimmt auch nicht mehr rauchen«, bemerkte er laut und stieß die Asche der Zigarette in den Aschenbecher, der auf dem Tisch stand. Es passte ihm überhaupt nicht, mit Lukas und seinem neuen Freund Zeit auf dem Weihnachtsmarkt zu vertrödeln. Sie hatten Wichtigeres zu tun! Zum Beispiel feministische Richterinnen verhindern. Lukas' permanentes Strahlen und sein verliebtes Gesäusel trugen nicht unbedingt dazu bei, dass sich Florians Laune besserte.

»Ich bin der Letzte, der ihm irgendwelche Vorschriften macht«, gab Philipp zurück. Florian blinzelte irritiert, während Lukas mit drei Tassen Glühwein zurückkam.

»Mach nicht so ein langes Gesicht, Flo. Wir haben erstmal frei!«

Florian rollte mit den Augen, setzte die Tasse an die Lippen und trank einen Schluck. »Das muss ausgerechnet von dir kommen. Dass dir dein dämliches Grinsen nicht bei der ganzen Scheiße im Halse stecken bleibt.«

Lukas, der bis eben noch gestrahlt hatte, sah ihn sofort pikiert an, doch er schimpfte unbeirrt weiter: »Du brauchst gar nicht so zu gucken. Dir geht sowieso alles am Arsch vorbei, solange du nur so viel Zeit wie möglich bei deinem neuen Freund in Frankfurt verbringen kannst! Die vergewaltigen uns vor laufender Kamera und alles, was wir ihnen entgegensetzen, sind unsere Stimmen für ihre Richter.«

»Jetzt halt aber mal die Luft an!«, fuhr Lukas ihn an.

Florian schüttelte den Kopf und knallte seine Tasse auf den Stehtisch. »Weißt du was? Ich setz mich in den Zug und fahr nach Karlsruhe. Ich will wissen, wie der Stand der Ermittlungen ist.«

»Die werden dir einen Scheiß erzählen.«

»Ach ja?«, schleuderte Florian zurück. »Das werden wir ja sehen. Viel Spaß noch!« Er funkelte Lukas an, machte auf dem Absatz kehrt und ging in Richtung des Bahnhofs davon.

Er war völlig überstürzt und ohne vorher darüber nachgedacht zu haben nach Karlsruhe aufgebrochen.

Unterwegs dorthin hatte es angefangen zu schneien und als Florian vor das Bahnhofsgebäude trat, bedeckten fünf Zentimeter Neuschnee die Straße. Es war finstere Nacht.

Welcher Teufel hat mich geritten?, fragte er sich vorwurfsvoll. Er zog den Mantel enger um sich und betrachtete den Himmel. Immer weiter fiel Schnee herab und landete in seinem Haar. Es war eine Schnapsidee gewesen, einfach nach Karlsruhe zu fahren. Mitten in der Nacht. In der beknackten Hoffnung, irgendjemanden nach Ermittlungsergebnissen zu fragen.

Statt einfach das Telefon in die Hand zu nehmen und anzurufen. Oder anrufen zu lassen. Oder gleich eine Kommission zu gründen, die nach dem Ermittlungsfortschritt fragte.

Nein.

Er musste ja wieder im Alleingang nach Karlsruhe fahren, um dort in irgendeinem Polizeipräsidium nach einer Auskunft zu fragen.

Er war ein Idiot.

Leider war er nun einmal hier. Also nahm er sich vor, das Beste daraus zu machen. In der Innenstadt fand er noch eine Unterkunft, die ihn um diese gottlose Zeit ein Bett für einige Stunden gewährte. Wenigstens brauchte er nicht unter der Brücke zu schlafen.

Dankbar, für ein paar Stunden seinen müden Kopf auf ein weiches Kissen zu betten, checkte er in das Hotel ein. In dem winzigen Zimmer angekommen, zog er nicht einmal das Jackett aus. Die Schuhe flogen durch den Raum.

Er ließ den nassen Mantel von seinen Schultern rutschen, legte seinen Schal dazu und fiel auf das Bett.

Morgen sah die Welt vielleicht schon anders aus und nicht mehr ganz so böse. Wer wusste das schon? Er gähnte, schloss die Augen und war nur eine Sekunde später eingeschlafen.

Er erwachte davon, zur Toilette zu müssen. Widerwillig quälte er sich aus dem warmen Bett hoch und in das angrenzende Badezimmer.

Das kalte, grelle Licht ging automatisch an, als Florian die Tür öffnete. Die Dusche war durch einen Vorhang aus Plastik vom Rest der Nasszelle getrennt. An der Wand war ein Duschgelspender angeschraubt, aus welchem beständig dunkelblaues Duschgel tropfte. Es stank entsetzlich nach einem chemischen Reiniger, der Florian an den Geruch im Schwimmbad erinnerte.

Er betrachtete die Kacheln an der Wand gegenüber. *So muss es im Gefängnis sein*, dachte er und schloss die Augen. Als er sie wieder öffnete, saß auf exakt dieser Fliese eine riesige Kakerlake und putzte sich die Fühler.

Die Hölle, dachte Florian. *Die Hölle*.

Er erhob sich und trat an das Waschbecken. Am Wasserhahn prangte ein dicker Kalkrand. Während er sich das Gesicht wusch, fiel ihm ein, dass er mal gelesen hatte, der Mensch esse im Schlaf Insekten, ohne es zu merken. Unwillkürlich fragte er sich, wie viele Kakerlaken er heute Nacht verspeist hatte, ohne es zu wissen.

Er schauderte, schüttelte sich das Wasser von den Händen und beschloss, das Handtuch nicht zu benutzen. Wer wusste schon, welche Bakterien und Pilze darin

111

nisteten? Er wollte auch nicht in dieser Absteige frühstücken. Stattdessen würde er in der Innenstadt etwas essen. Und einen Whiskey trinken, denn er hatte plötzlich einen widerwärtigen Geschmack im Mund.

Hastig zog er sich an, schlüpfte er in seine Schuhe, schnappte sich seinen Mantel und verließ das Zimmer, um so schnell wie möglich zu zahlen – und zu gehen.

Wenn er schon einmal hier war, dann konnte er wenigsten beim nächsten Polizeipräsidium versuchen, noch weitere Informationen zu dem Fall zu bekommen. Der Versuch machte ihn ja nicht dümmer. Er rechnete sich keine allzu hohen Chancen aus – aber: Die Hoffnung stirbt ja bekanntlich zuletzt.

Florian holte sein Smartphone aus seiner Jackentasche, nur um festzustellen, dass das Gerät aus war. Stirnrunzelnd versuchte er, es einzuschalten. Nichts geschah. War es defekt?

Er drehte es um und betrachtete die Rückseite, um es nach den Folgen eines Sturzes zu untersuchen. Doch das Gehäuse war unbeschädigt. Also war ihm das Gerät aller Wahrscheinlichkeit nach nicht heruntergefallen.

Er drehte das Gerät wieder um und versuchte ein zweites Mal, es einzuschalten. Für einen kurzen Moment flackerte das Logo des Herstellers über das Display. Triumphierend strahlte Florian. Doch nicht kaputt. Doch das böse Erwachen folgte auf dem Fuße: Der Bildschirm zeigte ihm eine stilisierte Batterie in knallrot, dann war es wieder schwarz.

Er hatte das Smartphone nicht geladen. Wie auch? Er war einfach aufgebrochen und hatte sich in den nächstbesten Zug gesetzt. Er hatte nicht einmal Socken mitgenommen. Wie sollte er da ein Ladegerät für sein Smartphone dabei haben?

Als er das Gerät in die Hosentasche gleiten ließ, erinnerte sein Magen ihn mit einem bösartigen Knurren daran, dass auch er nicht von Luft und Liebe lebte. Wenigstens an seine Kreditkarte hatte er gedacht. Und am nächsten Geldautomaten bekam er Geld, dann konnte er sich ein Frühstück organisieren. Instinktiv griff er nach seinem Smartphone, weckte es völlig automatisch mit einem Druck auf einen Button an der Seite des Gehäuses, sah hinab und stellte erneut fest, dass das Display schwarz war. Richtig. Der Akku war leer.

Und er war ein Idiot.

Florian besorgte sich die Informationen, die er sonst ergoogelt hätte, auf altmodische Weise: Er fragte einen Passanten.

Mit einer Brezel in der Hand und einem Zwanzigeuroschein in der Tasche fühlte er sich gleich wohler. Er hatte auch nach dem nächsten Polizeirevier gefragt. Noch bevor er von der Brezel hatte essen können, hatte er sich in einen überfüllten Bus gequetscht und war vier Stationen gefahren.

Wann er das letzte Mal mit dem Bus gefahren war, wusste Florian nicht mehr. Seine Schulzeit hatte er in einem Internat verbracht. Nur in den Ferien war er in Wuppertal gewesen. In dieser Zeit bis zum Abitur musste das gewesen sein.

Der Bus hielt und Florian quetschte sich zwischen den anderen Fahrgästen durch nach draußen. Er stand vor dem Polizeipräsidium und hatte immer noch die Brezel in der Hand. Er musste erst aufessen, bevor er nachfragen konnte. Eilig stopfte er sich die Brezel in den Mund, kaute sie grob und würgte sie herunter.

»Wie haben Sie sich das vorgestellt, Herr Pepperkorn?«, fragte die Polizistin ihn, nachdem er sein Anliegen vorgetragen hatte.

»Nun … ich möchte Informationen zu dem von mir beschriebenen Fall haben. Wie weit sind die Ermittlungen? Können Sie mir zu irgendetwas Auskunft geben?«

Die Frau rollte mit den Augen und sah ihn an. »Also erstens sollten gerade Sie wissen, dass wir das hier hinter der Theke nicht einfach so herausposaunen können. Und zweitens-«

»Ja, schon gut«, unterbrach Florian sie. »Sagen Sie mir wenigstens, wen ich fragen kann?«

Die Frau blinzelte ihn an. »Dafür habe ich wirklich keine Zeit. Bitte verlassen Sie jetzt das Gebäude!«

Florian presste die Lippen aufeinander. Er hatte verloren und konnte hier nichts mehr erreichen. Wütend klaubte er sein Portemonnaie von der Theke. »Herzlichen Dank. Einen schönen Tag noch«, knurrte er, machte auf dem Absatz kehrt und verließ das Gebäude vor Wut schäumend.

»Verlassen Sie jetzt das Gebäude«, brummte Florian ungeduldig, als er auf der Straße stand. Einem Automatismus folgend schob er die Hand in die Innentasche seines Mantels und holte seine Zigaretten hervor. Er zündete sich eine an, inhalierte den Rauch und atmete langsam durch die Nase aus.

Er brauchte trotzdem Informationen. Er wollte wissen, wie weit der Stand der Ermittlungen war. Sie hatten neue Richter gewählt, aber wer hinter der abscheulichen Tat steckte, war bisher ungeklärt.

Langsam atmete er aus. Bis zum neuen Jahr bewegte sich da vermutlich nichts mehr. Im Bundestag gab es mit Sicherheit einen Ausschuss, den er zu der Sache befragen konnte. Aber erst im neuen Jahr, wenn die Sitzungen in Berlin wieder aufgenommen wurden. Bis dahin musste er sich wohl oder übel gedulden.

Er stieß die Zigarette auf die Straße und holte sein Smartphone aus der Hosentasche. Er musste zurück nach Berlin und seine Sachen von dort holen. Außerdem musste er sich bei Lukas für seinen dramatischen Abgang entschuldigen. Er wusste nicht, welcher Teufel ihn geritten hatte, als er einfach so zum Bahnhof gestürmt war.

Er seufzte und schaltete das Gerät ein. Nichts geschah. »Ach ja. Akku alle«, erinnerte er sich und presste die Lippen aufeinander. Dann eben auf die altmodische Art und Weise.

Er verbrachte Weihnachten in Wuppertal. In der riesengroßen, bergischen Villa, die er allein bewohnte. Am Heiligen Abend saß er mit einer Flasche Rotwein im Wohnzimmer und sah sich eine Wiederholung von *Kevin - Allein zu Haus* an.

Als der Film endete, war Florian so tief in das Polster eingesunken, dass er das Gefühl hatte, die Couch wolle ihn verschlingen. Er schaltete den Fernseher aus und schloss die Augen. Bis vor ein paar Jahren noch hatte er Weihnachten immer mit seiner Mutter verbracht und sich angehört, dass er ein ewiger Junggeselle blieb, wenn er nicht langsam ans Heiraten dachte.

Dann, im Sommer 2030, war sie nach Kanada ausgewandert. Einfach so. Jetzt lebte sie am Kawagama Lake und schickte ihm gelegentlich Fotos per Mail. Sie war glücklich mit ihrem neuen Freund.

Es war nicht so, dass Florian ihr das Glück neidete. Sie hatte es verdient, endlich jemanden zu finden, mit dem sie glücklich sein konnte. Aber musste sie unbedingt noch einmal mit einer Internetbekanntschaft durchbrennen?

Aus der Musikanlage dudelte *Stille Nacht, Heilige Nacht.* Florian verfluchte den Tag, an dem er seiner Mutter gezeigt hatte, wie Singlebörsen im Internet funktionierten.

Er kämpfte sich seufzend von der Couch hoch, schleppte sich in die Küche und schob ein Fertiggericht in die Mikrowelle. Es war dunkel in der Küche. In der Luft lag der widerliche Duft künstlicher Aromen und heißen Plastiks.

Florian holte eine Flasche Rotwein aus dem Weinregal, schraubte den Deckel ab und überlegte kurz, den Wein in ein Glas zu schütten.

Dann lachte er tonlos auf. Er hatte eine Flasche Rotwein mit Schraubdeckel in der Hand. Am Heiligen Abend. Allein.

Er setzte die Flasche an die Lippen und trank. Die Mikrowelle piepte und Florian stellte die Weinflasche auf die Arbeitsfläche, um sein Festtagsessen heraus zu holen. Ente, Kartoffel und Rotkohl. Bereits fertig gekocht und liebevoll von irgendeiner Maschine eingeschweißt.

Florian riss die Folie von der Plastikschale und betrachtete die in gelblicher Brühe schwimmenden Würfel, die sich Kartoffeln schimpften. Dann holte er eine Gabel aus der Schublade und stieß die Kartoffelstücke an, als wollte er testen, ob sie lebten und sich bewegten, wenn man sie anstieß.

Sie klatschten von seiner Gabel in ihre matschige Plörre zurück. Florian hielt die Nase über die Plastikschale und roch an dem Zeug, das da vor ihm lag und behauptete, Essen zu sein. Es stank.

Er verzog das Gesicht und lehnte sich weg.

Vielleicht hatte irgendwo ein Steakhaus auf? Oder er fand irgendwo eine Trattoria? In der Innenstadt gab es einige türkische Restaurants, die mit etwas Glück an Weihnachten geöffnet hatten.

Was auch immer er tat, er weigerte sich, Ente essen, bei der man nicht sicher sein konnte, wann sie zubereitet worden war.

Er fegte die Plastikschale beherzt in den Mülleimer, schnappte sich seine Jacke und seinen Schlüssel und verließ das Haus.

Der Vorgarten war mit einer feinen Schicht Neuschnee bedeckt, der in der kalten Winternacht gefroren war. Er knirschte unter den Schuhsohlen. Florian steuerte sein

Auto an, öffnete den Wagen und setzte sich hinter das Steuer.

Wann war er das letzte Mal selbst gefahren? Irgendwann im Studium. Orientierungslos sah er sich in seinem eigenen Auto um und versuchte, sich an das zu erinnern, was er in der Fahrschule gelernt hatte.

Autofahren. Das musste doch funktionieren wie Fahrrad fahren, oder? So schnell konnte man das nicht verlernen. Er nahm den Schlüssel in die Hand und wollte ihn an die gewohnte Stelle unter dem Lenkrad schieben nur... dort war keine Aufnahme für einen Schlüssel. Stattdessen gab es dort einen Knopf auf dem *Start/Stop* stand.

Langsam ließ Florian den Schlüssel sinken und legte ihn in eine Ablage vor den Schaltknüppel. Er betrachtete den Knopf misstrauisch. Sowas hatte er noch nie gesehen. Langsam streckte er die Hand aus und betätigte den Knopf.

Der Motor sprang an und brummte zufrieden.

»Gut«, machte Florian sich selbst Mut. »An ist er schon mal.« Er betrachtete den Schaltknüppel. Automatik. Er legte den Rückwärtsgang ein und schloss die Hand um die Handbremse, die sich zu seinem Glück weder optisch noch in ihrer Handhabung großartig verändert hatte.

Es knackte vertraut, als er die Handbremse löste, dann rollte der Wagen rückwärts aus der Einfahrt.

Er hatte Glück. In der Innenstadt bekam er auch am Heiligen Abend noch etwas zu essen. Gesättigt entschied er sich dafür, in seiner Stammbar einen Drink zu nehmen.

Als er dort ankam, war das Lokal allerdings geschlossen. Eigentlich hätte er sich das denken können, es war schließlich der Heilige Abend.

Er streunte eine Weile durch die Innenstadt. Der frostkalte Wind stach ihm in die Wangen und er sehnte sich inzwischen mehr nach einem heißen Kaffee, als einem Drink.

Schließlich sah er in einem Fenster Licht brennen, und als er die Tür öffnete, wehten ihm warme Luft, Gelächter und Weihnachtsmusik entgegen.

Er trat ein, zog seine Mütze und seinen Schal aus und setzte sich auf einen Barhocker. Hinter der Theke stand eine junge Frau. Sie kam sofort herüber und beugte sich vor.

»Wir schließen gleich«, erklärte sie ihm mit einem entschuldigenden Lächeln.

»Wie schade«, erwiderte Florian leichthin. »Sie wissen nicht zufällig, wo man noch einen Kaffee bekommen kann?«

Die Frau betrachtete ihn einen Moment und schlug dann hastig vor: »Ich kann Ihnen auch einen Kaffee aus meiner Kaffeemaschine anbieten.«

»Da sage ich bestimmt nicht nein«, nahm Florian an, beugte sich zu ihr vor und streckte ihr schließlich die Hand hin. »Florian. Freut mich.«

Sie griff danach. Ihre Hände waren kalt und schwitzig. »Johanna«, flüsterte sie aufgeregt.

Er stand in einem fremden Schlafzimmer, vor einem fremden Bett. Die weinroten Wände wurden von warmem Licht angestrahlt. Es roch angenehm süß und blumig. Florian stellte die Kaffeetasse auf den Nachttisch und setzte sich auf das Bett. Vor ihm stand Johanna, die offenbar eben allen Mut zusammen genommen hatte, um ihn einzuladen.

Jetzt zitterte sie aufgeregt. Sie lehnte unsicher an einer Kommode, auf der eine altbackene Porzellanschale stand und vermied es strikt, ihn anzusehen. Gelegentlich traten ihre Fingerknöchel weißlich hervor. Florian ließ den Blick über ihren splitternackten Körper wandern. An ihrer Gänsehaut konnte er erkennen, dass sie diesen Blick spürte. Er ließ sich Zeit. Immer wieder schauderte sie, strich mit den nackten Zehen nervös über den Fußrücken. Wie eine Ertrinkende klammerte sie sich an der Kommode in ihrem Rücken fest.

Schließlich erhob er sich und kam auf sie zu. Sie zitterte stärker. Er nahm ihr Gesicht, drehte ihren Kopf und schob das Haar zurück. Ihre Wangen waren glutrot. Verlegen grub sie die Zähne in die Unterlippe.

»Hast du Angst vor mir?«, fragte er sie leise.

Sie schüttelte den Kopf so heftig, dass das Haar hin und herflog. Er beugte sich herab und hörte, wie sie die Luft einsog und dann den Atem anhielt. Wie paralysiert starrte sie ihn an. Ein Lächeln spielte um seine Lippen.

»Du musst nicht so nervös sein«, flüsterte er dicht an ihrem Mund. Sie schauderte abermals heftig. Er stützte sich hinter ihr auf der Kommode ab. Versehentlich stieß er die Porzellanschale herunter. Sie zerbrach mit einem hellen Klirren. Erschrocken fuhr die Frau zusammen, schaffte es jedoch nicht, sich von ihm zu lösen.

Florian schob ihr das Haar hinter das Ohr, betrachtete ihre zitternden Lippen und beugte sich dann zu ihrem

Hals vor. »Willst du mir erzählen, was du in den Schubladen hast?«, raunte er.

Sie antwortete ihm nicht. Er lachte an ihre Haut und wieder schauderte sie. Er stützte den Ellbogen auf der Kommode hinter ihr auf und presste sie mit seinem Körpergewicht gegen das Möbelstück in ihrem Rücken. »Dann muss ich es wohl selbst in Erfahrung bringen?«, fragte er, während er mit den Fingerspitzen über ihren Hals fuhr.

Sie nickte, die Finger noch immer in das Holz der Kommode gekrallt. Florian konnte sehen, dass er sie quälte. Er betrachtete die geröteten Wangen und die Zähne, mit denen sie die Unterlippe festhielt. Wieder wandte sie das Gesicht ab, hielt ihm aber im selben Moment den Hals hin.

Florian strich noch einmal mit den Fingerkuppen über die weiche Haut zu ihrem Kiefer hinauf, dann legte er einen Arm um ihre Taille und schmiegte die Lippen an ihren Hals. »Florian«, keuchte sie mit bebender Stimme. Er zog sie fester an sich und küsste ihren Hals und ihr Schlüsselbein.

»Florian, bitte«, keuchte sie wieder. Er hob den Kopf und traf ihren flehenden Blick. Er grinste amüsiert, nahm ihr Gesicht und schmiegte seine Lippen an ihre.

Endlich löste sie die Hände von der Kommode in ihrem Rücken und schlang sie um seinen Nacken. Ohne den Kuss zu lösen, packte er sie in der Taille und hob sie an. Sie quietschte überrascht, löste sich aus dem Kuss und grub ihr Gesicht in seiner Halsbeuge, während er sich mit ihr im Arm umdrehte und sie auf ihr Bett fallen ließ.

Wieder betrachtete er sie und sie versteckte sich abermals unter ihrem Haar. Er lachte, strich das Haar aus ihrem Gesicht und küsste sie wieder.

Er lag mit Johanna noch im Bett, als sein Handy klingelte. »Wer ruft mich denn an Weihnachten an?«, fragte er sie, während er das Gerät entriegelte und die Nachricht abrief.

»Ich weiß nicht«, erwiderte sie und strich schon wieder über seine Brust. Florian grinste, dann nahm er das Gespräch entgegen. Ihre Schüchternheit hatte sie irgendwann in der Nacht abgelegt.

»Pepperkorn?«, meldete er sich und verzog erregt das Gesicht, weil ihre Hände in seinen Schritt wanderten.

»Hallo Herr Pepperkorn, hier ist Peter Grau. Es tut mir leid, dass ich Sie an Weihnachten störe.« Peter Grau. Der Fraktionsvorsitzende der Konservativen. Florian schloss die Augen und fuhr im nächsten Moment zusammen, denn ihr Kopf war zwischen seinen Oberschenkeln versunken.

»Es passt schon«, erwiderte er gepresst. »Ihr Anruf muss ja wichtig sein, also immer raus mit der Sprache.«

»Das ist er in der Tat. Ich habe eben erfahren, dass die Bundesinnenministerin Laura Winkler die Ermittlungen zum Anschlag auf das Bundesverfassungsgericht persönlich leitet.«

Kaum hatte Peter Grau das gesagt, war seine Erregung dahin. Er schob Johannas Kopf von sich und kämpfte sich aus dem Bett.

»Sie macht das selber?«, fragte er ungläubig, während er seine Kleidung auflas und umständlich anfing, sich anzuziehen.

»Ja. Das hat unsere Nachfrage beim Innenministerium ergeben. Mehr kann ich Ihnen im Moment aber auch nicht sagen.« Graus Stimme klang fern und unwirklich. So, als gehöre er zu einem Hörspiel und nicht zur Wirklichkeit.

»Danke. Ich mache mich sofort auf den Weg nach Berlin«, erklärte Florian und schlüpfte in seine Schuhe. Wortlos hastete er aus dem Schlafzimmer in den Flur der kleinen Wohnung.

»Du willst schon gehen?« Florian hielt inne und drehte sich zu Johanna um. Sie stand nackt in der Schlafzimmertür. Die Enttäuschung stand ihr ins Gesicht geschrieben.

»Tut mir leid. Dringende Angelegenheit«, verabschiedete er kurz angebunden, während er den Mantel anzog. Als er fertig war, beugte er sich vor und küsste sie zum Abschied. „Irgendwann anders", versprach er, „Frohe Weihnachten."

Auf dem Weg nach Hause versuchte er fünf Mal, Lukas zu erreichen, aber der ging nicht ans Telefon. Auch etwas später im Zug bekam er ihn nicht an den Hörer. Florian verfluchte sich, dass er weder Philipps Nummer, noch eine Nummern von Lukas' Drillingsbürdern hatte.

Er probierte, die kleine Schwester anzurufen, doch die Nummer, die er von Bettie hatte, war noch aus Studienzeiten und nicht mehr vergeben.

Wieder rief er bei Lukas direkt an. Nichts. Florian stöhnte frustriert und die anderen Fahrgäste drehten sich zu ihm um. Er ignorierte das geflissentlich, öffnete den Nachrichtendienst und wählte den Chat mit Lukas.

Laura Winkler leitet die Ermittlungen. Wir müssen reden!

In Charlottenburg war niemand zu Hause. Florian lehnte sich gegen die Tür, nahm das Smartphone wieder heraus und wählte den Chat erneut.

Lukas Gärtner, zuletzt online 24. Dezember 2033, 22:37

Hör auf mich zu ignorieren. Es ist verdammt dringend!

Florian bedeckte das Gesicht mit den Händen. Scheißaktion, das alles. Kein Wunder, dass Lukas ihn nicht sprechen wollte.

Lukas meldete sich erst am 27. Dezember wieder. Dafür allerdings in aller Herrgottsfrühe. Florian lag in seinem Berliner Hotelbett und schlief noch, als er anrief.

»Tut mir leid, dass ich nicht ans Telefon gegangen bin«, entschuldigte er sich, ohne Florian zu Wort kommen zu lassen. »Ich hatte Philipp versprochen, das Smartphone über die Feiertage nicht anzurühren. Er meinte, es passiert ja nichts Wichtiges.«

»Ist ja auch nichts Wichtiges passiert. Nur dass Laura Winkler sich dummdreist die Ermittlungen in Sachen *Anschlag auf das demokratische Herz* selbst unter den Nagel gerissen hat.« Obwohl Florian eben noch geschlafen hatte, war er bei der Erinnerung an das Thema hellwach. Für ihn war offensichtlich, dass die Feministen die Demokratie gefährdeten. Deshalb wäre er sofort aus dem

Bett gesprungen, wenn Lukas ihm vorgeschlagen hätte, sie zu verhaften. Oder zu entführen.

»Ich weiß«, erwiderte Lukas.

»Und was machen wir jetzt deshalb?« Florian setzte sich im Bett auf.

»Gar nichts.«

»Gar nichts, Lukas? Gar nichts?« War das sein Ernst? Sie hatten vielleicht endlich etwas gegen die Feministen in der Hand und Lukas wollte *gar nichts* tun? »Aber wie willst du sie dann aufhalten?«, flüsterte Florian heiser in den Hörer.

»Hör zu, zwischen den Tagen können wir sowieso nichts reißen.«

Florian brummte unzufrieden, aber Lukas sprach unbeirrt weiter.

»Spann ein bisschen aus, ja? Philipp und ich sind zu Silvester wieder in Berlin. Bettie hat eine Feier organisiert. Komm doch vorbei, dann können wir in Ruhe darüber sprechen.«

Florian nickte, ohne darüber nachzudenken, dass Lukas das nicht sehen konnte. Er legte auf, ließ sich zurückfallen und bedeckte das Gesicht mit dem Unterarm. Also dann. Würde er eben *gar nichts* tun und auf Silvester warten.

Bettie war in die Vollen gegangen und hatte ein gewaltiges Fest auf die Beine gestellt. Sie hatte derart viel Prunk in einem teuren Hotel auffahren lassen, dass sie auch die Queen hätte einladen können.

Florian stand mit einem Glas Sekt am Fenster, während draußen mit lautem Getöse das neue Jahr gefeiert wurde. Doch er schenkte dem spektakulären Panorama von Berlin keine Beachtung, sondern versuchte, mit Lukas zu sprechen.

»Hast du mir überhaupt zugehört?«, fragte er.

Lukas war heute Abend nicht bei der Sache, denn seine Aufmerksamkeit wanderte immer wieder zu dem blonden Mann, der sein Herz offensichtlich im Sturm erobert hatte.

Jetzt auch. Lukas antwortete nicht, sondern schmachtete Philipp an, während der sich Häppchen vom Büffet holte. »Sieht er nicht hinreißend aus?«, fragte er und Florian seufzte genervt.

»Lukas, hörst du bitte eine Sekunde auf, Philipp auf den Hintern zu starren, und konzentrierst dich auf das, was wir hier diskutieren?«

Lukas wandte sich von dem Anblick des Hinterns in der weißen Hose ab und dem Gespräch mit Florian wieder zu. »Du willst wirklich öffentlich anprangern, dass die Bundesinnenministerin die Ermittlungen des Anschlags unterstützt? Ich halte das für keine gute Idee. Du stocherst da in etwas herum, das dich in ersthafte Schwierigkeiten bringen könnte.«

Philipp kam zurück und hielt Lukas den Teller hin. Der strahlte sofort verliebt und bediente sich an den Häppchen, die er mitgebracht hatte. »Du bist so ein Schatz«, lächelte er und küsste ihn auf die Wangen.

Florian rollte mit den Augen und sah aus dem Fenster. Hoffentlich hielt das zwischen den beiden nicht lange. Er konnte den Kerl nicht leiden, denn er nahm seinen Parteifreund zu sehr in Beschlag.

Er seufzte, setzte das Glas an die Lippen und leerte es in einem Zug. »Ich glaube, mir wird schlecht«, brummte er missgestimmt.

»Du bist ganz schön mies drauf, heute Abend«, bemerkte Lukas.

»Mies drauf? Ich?«, wiederholte Florian und sah dann Philipp an. »Mir ist egal, dass du Lukas' neuer Freund bist. Lass uns einfach mal ein paar Minuten in Ruhe, ja?«

Lukas legte eine Hand auf Philipps Schulter. »Mach dir nichts daraus. Er meint es nicht so. Eigentlich ist er ganz umgänglich.«

Florian stellte sein Sektglas auf einen Stehtisch, der in weißes Papier gewickelt war. »Jedenfalls bin ich umgänglich, wenn mein Parteifreund mir zuhört, statt seinem neuen Freund auf den Hintern zu starren.«

»Du hast mir auf den Hintern gestarrt?«, fragte Philipp sofort und es klang ein bisschen anklagend.

»Dem ist ja auch nicht zu widerstehen«, flirtete Lukas gleich drauflos, legte die linke Hand auf Philipps Kehrseite, beugte sich vor und küsste den Mann. Florian blies genervt die Wangen auf und trommelte auf dem Tisch herum.

»Lukas, ich muss mit dir reden. Hör also mal eine Sekunde mit dem Fummeln auf und hör mir zu! Ihr könnt euch anschließend ein Zimmer nehmen und so lange, wie ihr wollt, aneinander rumspielen. Aber hör mir endlich eine Sekunde konzentriert zu!«

Philipp, der auf den Zehenspitzen gestanden hatte, um Lukas zu küssen, ließ sich auf die Füße zurückfallen.

»Soll ich gehen?«, fragte er ihn leise.

»Endlich mal ein vernünftiger Vorschlag!«, stimmte Florian sofort begeistert zu. Philipp löste sich von Lukas und wandte sich ab.

»Du musst nicht gehen«, hielt Lukas ihn zurück. Philipp blieb stehen und küsste ihn nochmal flüchtig.

»Ich gehe schon mal ins Bett und warte da auf dich«, versprach er und verschwand, ohne sich von Florian zu verabschieden.

»Was für ein Mann«, seufzte Lukas hingerissen.

»Ja, eine echte Diva«, stimmte Florian missmutig zu.

»Was sollte diese Szene gerade?«

»Was das sollte? Willst du mich verarschen? Ich versuche, mit dir über die Bundesinnenministerin und das Verfassungsgericht zu sprechen, und alles, was du tust, ist, deinen neuen Lover mit Blicken auszuziehen.«

Lukas stöhnte genervt: »Können wir uns nicht einmal treffen, ohne über diese Scheiße zu sprechen? Ich will nicht mehr hören, was die Feministen sich schon wieder ausgedacht haben. Philipp hast du den Silvesterabend schon verdorben und mir verdirbst du ihn gerade auch.«

»Ja, ist das dein Ernst? Ich versuche dir seit über einer Stunde zu sagen, dass die Feministen die Ermittlung zum Attentat auf das Verfassungsgericht selber leiten, und alles, woran du denkst, ist der nackte Arsch deines neuen-«

»Weißt du was, Florian?«, fauchte Lukas ungewohnt aggressiv und stellte sein Sektglas ab. »Mach du dir doch weiter Gedanken, ob es wirklich so schlimm ist, wenn eine Bundesinnenministerin ein Verbrechen aufklären lassen will. Aber ich habe keine Lust mehr, mir diese Scheiße anzuhören. Ich kann sowieso keinen Einfluss darauf nehmen. Ich werde jetzt in mein Zimmer gehen. Da wartet nämlich dieser nackte Arsch auf mich, von dem du gesprochen hast.«

Er wandte sich ab und stolzierte hinaus. Florian presste wütend die Lippen aufeinander.

Sie sprachen in den ersten beiden Wochen des neuen Jahres nicht miteinander. Und Florian musste auch nicht fürchten, dem Freund im Parlament zu begegnen, als die Sitzungen wieder begannen. Immerhin verhinderte die Frauenquote, dass Lukas an den Sitzungen teilnehmen konnte.

Florian ließ seine Papiere auf seinen Tisch fallen. Neben ihm saß wieder die fette Frau mit den strohigen, dunkelbraunen Haaren. Sie hatte sich vorgestellt. Mehr als einmal. Aber ihr Name war ihm nicht wichtig genug gewesen, als dass er ihn sich gemerkt hatte.

Er zwang sich zu einem Lächeln und nickte ihr zu, dann nahm er neben ihr Platz. Wie ihm Lukas fehlte. Der hätte jetzt mit ihm über die Feministen und ihren neusten Plan gewettert. Aber er lag jetzt sicher in irgendeinem Hotelbett und schlief mit diesem Philipp seinen Liebesrausch aus. Oder sie vergnügten sich gerade wieder. Wer wusste das schon.

Florian schluckte den Ärger herunter. Lukas konnte nichts dafür: Die Quote hatte ihn aus dem Bundestag verbannt. Und dass ihn die Situation frustrierte, war mehr als nur verständlich. Es war sogar verständlich, dass er jetzt, wo er keinen direkten Einfluss mehr nehmen konnte, die Politik etwas hintenanstellte. Und am Ende, das musste Florian sich eingestehen, freute er sich doch, dass Lukas glücklich war. Er hatte es verdient. Trotzdem fehlte er ihm an seiner Seite im Bundestag.

Die Bundestagspräsidentin erhob sich von ihrem Platz, um die Sitzung zu eröffnen. Florian stützte den Kopf in die Hände. Er hörte der Verlesung der Tagesordnungspunkte zu, dann ging es zum ersten Tagesordnungspunkt. Irgendetwas mit Geldern, die zur Straßensanierung eingesetzt werden sollten. Oder für Kindertagesstätten? Jedenfalls irgendeine Infrastrukturscheiße, die Florian nicht das Geringste interessierte. Er holte sein Smartphone aus seiner Hosentasche.

Tut mir leid, tippte er und betrachtete die Zeile. Zwei Häkchen zeigten ihm an, dass Lukas die Nachricht gelesen hatte. Er ging sofort wieder offline.

Ich hab mich echt scheiße verhalten. Sag auch Phillip, dass es mir leidtut.

Lukas' Antwort kam prompt: *Er heißt Philipp, du ignorantes Kapitalistenarschloch.*

Ich hab mich entschuldigt!, verteidigte Florian sich.

Und du meinst, du kannst jetzt einfach so weiter machen, als sei nichts gewesen? Großes Kino, Herr Pepperkorn. Großes Kino. Die Medien haben wohl doch recht.

Florian seufzte und sperrte das Display. Sie mussten persönlich darüber sprechen und er musste sich persönlich bei Lukas entschuldigen. Und bei Philipp, auch wenn ihm das kein bisschen schmeckte. *Was soll's*, dachte er. *Man muss eben auch mal größer sein als sein Ego.*

Als er den Kopf hob, hatte sich die Finanzministerin, das Streifenhörnchen von Der Sozialen, vom Rednerpult gelöst. Dorothee Hart sah ihn an. »Herr Pepperkorn, Sie haben das Wort.«

Er hatte das Wort? Hatte er etwas sagen wollen? Wo waren sie? Er war von dem kleinen Streit mit Lukas die halbe Sitzung abgelenkt worden.

Die Dicke neben ihm stieß ihm in die Rippen und schob ihm seine Rede zu. Florian erhob sich von seinem Platz, zog sein Jackett zurecht und ging mit langen Schritten und dem Blatt in der Hand auf das Rednerpult zu. Worum ging es überhaupt?

Er richtete seine Krawatte, um Zeit zu schinden. Die Uhr für seine Rede lief bereits. Florian griff nach dem Wasserglas auf dem Pult und trank einen Schluck. Auf der Stirn der Dicken standen Schweißperlen. Sie wirkte angestrengt und besorgt.

Er sah noch einmal auf die erste Zeile seiner Rede.

Dass der schreckliche Angriff auf unsere Verfassung noch nicht aufgeklärt ist...

Florian betrachtete die Zeile. Darum ging es also. Er zerknitterte langsam vor aller Augen das Papier in einer bedeutungsschwangeren Geste und ließ es zu Boden fallen. In seinen Augen blitzte die Angriffslust.

»Meine sehr verehrten Damen und Herren«, fing er an.

»Personen!«, brüllte jemand und Florian konnte sich eines spöttischen Lächelns nicht erwehren.

»Ich will Sie, die Sie hier heute abwesend sind, fragen: Ist es nicht irgendwie seltsam, dass unsere Bundesregierung sich einen feuchten Dreck darum schert, den Angriff auf unser *demokratisches Herz* aufzuklären? Man kann den Eindruck bekommen, dass die Regierung nicht an einer Aufklärung der Sache interessiert ist.«

»Du stocherst in einer Tragödie herum!«, schallte es aus der letzten Reihe.

»Ja. Der Angriff auf das Bundesverfassungsgericht ist eine Tragödie nicht zu bemessenden Ausmaßes. Und trotzdem bemüht die Regierung sich anscheinend überhaupt nicht darum, den Fall aufzuklären«

»Das ist Polizeiarbeit!«

»Ja, das ist Polizeiarbeit«, stimmte Florian zu und versuchte, sich nicht dem erhitzten Temperament im Plenarsaal hinzugeben. »Polizeiarbeit unter der Leitung des Bundesinnenministeriums. Polizeiarbeit unter der Federführung von Bundesinnenministerin Laura Winkler.« Er sah die Innenministerin an. Die richtete sich in ihrem Stuhl auf, reckte das Kinn vor und funkelte Florian angriffslustig an. Ihr Blick sprach Bände. *Komm doch, Florian. Komm doch und versuch, mich anzugreifen! Wir werden schon sehen, wer am längeren Hebel sitzt.*

»Wir müssen uns fragen, wie demokratisch es sein kann, wenn unsere Justizministerin uns die Vorschläge für die neuen Verfassungsrichter macht! Wenn unsere Innenministerin die Ermittlungen in dem Fall höchstpersönlich leitet! Und wenn beide am Ende im Bundestag nebeneinander sitzen und die Gesetze so erlassen, wie es ihnen passt!«

»So sind die Gesetze in diesem Land!«

»So sind die Gesetze in diesem Land, aber-«

Ein Gong kündete vom Ende seiner Redezeit. Florian unterbrach sich und zwang sich, sich nicht zur Bundestagspräsidentin in seinem Rücken umzudrehen. Es hätte sowieso keinen Sinn gehabt, sie um mehr Sprechzeit zu bitten. Es gehörte zu ihren Aufgaben, die Redner nach ihrer Redezeit zu ihren Plätzen zurückzuschicken und sie würde für ihn auf gar keinen Fall eine Ausnahme machen.

Nach einigen Sekunden betretenen Schweigens standen die Ersten seiner Partei auf und fingen verhalten an zu klatschen. Am Anfang nur die Männer, denen nach weiterem Zögern die Frauen folgten. Florian sah die klatschenden Fraktionsmitglieder an.

Er trat von dem Podest herunter und wollte zu seinem Platz zurückgehen.

»Nehmen Sie Ihren Müll mit, Herr Pepperkorn«, forderte Dorothee Hart.

Florian hielt inne und zögerte, das Papier aufzuheben.

»Dein Müll. Ist schließlich nicht dein Büro!«, pöbelte jemand in seinem Rücken. Florian drehte sich zu der Bundestagspräsidentin um und ließ sie nicht aus den Augen, während er langsam in die Knie ging und den zerknüllten Zettel aufhob. Um zu seinem Platz zurückzukehren, musste er den Augenkontakt abbrechen. Er verengte die Augen zu Schlitzen, wandte sich abrupt um und kehrte zu seinem Platz zurück. Nachdem er sich gesetzt hatte, trafen ihre Blicke sich wieder. Sie lächelte ihn an, als sei er ein Schuljunge, dem sie eben eine wichtige Lektion beigebracht hatte.

Ein Mitglied der SFP ging mit langen Schritten durch den Plenarsaal und reichte ihr einen Zettel nach oben.

Dorothee Hart las ihn, dann beugte sie sich zum Mikrofon vor.

»Es hat das Wort Frau Bundesinnenministerin Laura Winkler.«

Unter tosendem Jubel erhob sich die Bundesinnenministerin. Sie warf Florian ein vernichtendes Lächeln zu, ehe sie in ihren High Heels auf das Podest stieg, das Mikrofon herunterknickte und Papier auf dem Pult glatt strich. Sie hob den Kopf, sah auf die Uhr vor sich und holte Luft.

»Eine wirklich schöne Rede hat uns Herr Pepperkorn da gehalten, liebe anwesenden Personen«, begann sie mit zuckersüßem Unterton und Florian hätte am liebsten auf den Boden gekotzt.

»Unser lieber Herr Pepperkorn erklärt uns, dass der Angriff auf das Bundesverfassungsgericht ein Angriff auf unser demokratisches Herz ist und dass uns dieser Angriff in unserer Mitte erschüttert hat.« Sie sah Florian an. »Und das hat er auch, Herr Pepperkorn! Dieser Angriff hat unser demokratisches Herz erschüttert. Er hat unser Land in tiefe Unsicherheit gestürzt. Wir sind alle betroffen. Aber alles, was Sie hier tun, ist, in aller Öffentlichkeit Salz in die frischen Wunden zu reiben. Ja wir müssen rasch handeln und rasch neue Richter in die Ämter heben, denn unser Leben muss weitergehen und wir dürfen uns nicht davon unterkriegen lassen, dass antidemokratische Strömungen unser freiheitliches Leben und unsere Demokratie in Gefahr bringen.« Sie klang, als erkläre sie ihrem Kind, wie man sich die Schuhe zuband, warum es nötig war, vor dem Essen die

Hände zu waschen oder seine Hausaufgaben zu erledigen.

»Wir dürfen uns doch nicht davon ins Bockshorn jagen lassen, dass jemandem unsere Demokratie nicht passt.

Ja, es ist richtig, dass die Bundesverfassungsrichter auf den Vorschlag der Bundesjustizministerin hin gewählt werden. Es gehört nun mal zu den Aufgaben der Bundesjustizministerin, diese Liste zu führen. So sieht es das Gesetz vor. Wollen Sie jetzt unsere Gesetze infrage stellen, Herr Pepperkorn? Oder wollen Sie der Bundesjustizministerin vorwerfen, dass sie ihrer Pflicht nicht zur vollsten Zufriedenheit aller nachkommt?« Angriffslustig beugte sich die Bundesinnenministerin vor.

»Sie werfen uns vor, dass wir unsere Aufgaben nicht ernst nehmen. Finden Sie das nicht schlimm genug, Herr Pepperkorn?« Sie flüsterte laut und erntete damit den Applaus der regierenden Parteien. Selbst auf den Zuschauerrängen applaudierten die Zuhörer. Laura Winkler sonnte sich einen Moment darin.

Dann wandte sie sich wieder ihren Notizen zu. »Aber ich will auf Ihren eigentlichen Punkt kommen, Herr Pepperkorn. Sie sagen, dass ich und mein Ministerium die Ermittlungen in dieser Angelegenheit führen. Und ich muss Sie jetzt in aller Deutlichkeit fragen: Was wollen Sie? Wollen Sie, dass die Regierung sich darum kümmert, dass diese Tragödie aufgeklärt wird? Oder wollen Sie, dass die Regierung sich nicht einmischt?«

Jetzt standen die Abgeordneten der regierenden Fraktionen auf, klatschten, pfiffen und johlten laut. Auch auf den Rängen waren die Zuschauer aufgestanden und applaudierten.

Laura Winkler nahm ihre Notizen, warf ihr langes blondes Haar über ihre Schulter und stolzierte zu ihrem Platz zurück.

»Die hat doch den Arsch offen«, murmelte Florian in Lukas' Richtung. Nur war der nicht da. Stattdessen wandte sich die Fette, die neben ihm saß, zu ihm um und starrte ihn an, als habe er eben gefragt, wie er denn dem Teufel am besten einen Heiratsantrag machen konnte.

»Sie sind wirklich ein Sexist«, flüsterte sie schockiert.

Florian sah sie überrascht an. »Was? Nein! Was hat das mit Sexismus zu tun?«, fragte er, dieses Mal lauter.

Die Feministinnen sahen feixend zu ihm herüber.

»Möchte noch jemand etwas zur Sache sagen?«, fragte die Bundestagspräsidentin genervt und sah Florian strafend an. Der schüttelte den Kopf. Es meldete sich niemand mehr, der noch etwas zum Thema hätte sagen wollen.

»Dann schließe ich den Tagesordnungspunkt zwei«, fuhr Dorothee Hart fort und Florian fragte sich, worum es in Tagesordnungspunkt eins gegangen war. Um diese lästige Infrastruktursache, oder? Er wusste es nicht. Hatte er Papiere dazu? Er blätterte in dem Stoß herum, der auf seinem Tisch lag.

»…Tagesordnungspunkt drei. Antrag auf Anhebung der Legislaturperiode von vier auf zwölf Jahre.«

Kaum hatte sie das gesagt, hörte Florian auf zu blättern. Hatte er eben richtig gehört? Antrag auf bitte was? Dass die Regierung die Legislaturperiode hatte anheben wollen, hatte Florian bereits aufgeschnappt. Aber er hatte es für ein Gerücht gehalten.

Trotzdem hatten sie schon parteiintern darüber diskutiert, sogar schon mit der Konservativen gesprochen. Zwölf Jahre waren eine unerhört lange Zeit. Lukas hatte angedeutet, dass es unmöglich werden würde, die Forderung durch den Bundestag zu bekommen. Es würde schon unmöglich werden, auch nur ein Jahr durch den Bundestag zu drücken. Immerhin musste die SFP Die Soziale dazu bewegen, ihnen zuzustimmen. Und die wollen schließlich selbst gewählt werden.

Florian schluckte und ließ das Papier auf den Tisch zurückfallen. Zwölf Jahre bedeutete, dass sie diese feministische Scheißregierung für eine kleine Ewigkeit behielten. Das war ein gottverdammter Albtraum. Das war der Beginn einer Diktatur.

Einer Diktatur, von der Florian schon sprach, seit die Feministinnen die Wahl gewonnen hatte. Er erinnerte sich daran, dass ihn keiner ernst genommen hatte. Keiner hatte hören wollen, was er gesagt hatte. Keiner hatte hören wollen, dass von diesen faschistischen Frauen Gefahr ausging – und jetzt hatte er es schwarz auf weiß.

»Nein!«, wehrte er sich. »Nein! Das kann nicht wahr sein! Nein! Zwölf Jahre?« Er starrte die Bundeskanzlerin an. Das konnte nicht wahr sein. Er fühlte sich wie im Drogenrausch, als hätte er Pilze gegessen und jetzt einen Horrortrip.

»Herr Pepperkorn, ich ermahne Sie, nehmen Sie Platz!«

Die Fette zog an seinem Jackett. »Finger weg, das ist Kaschmir!«, fuhr Florian sie an und entriss ihr den Saum. »Zwölf Jahre? Nein! Das kann doch hier keiner dulden!«

»Herr Pepperkorn, wenn Sie etwas zur Sache sagen möchten, dann haben Sie die Möglichkeit, wie jeder andere auch auf dem offiziellen Weg an der Diskussion im Plenum teilzunehmen. Aber jetzt sind Sie nicht an der Reihe. Nehmen Sie Platz!«

»Sind Sie denn blind und taub? Hier braut sich eine Diktatur zusammen! Über unseren Köpfen!«

Es herrschte Totenstille. Alle starrten ihn schockiert an. Er wollte Luft holen und sagen, dass sie ihn nicht anzustarren brauchten, weil er sich erlaubte, die Wahrheit zu sagen. Doch soweit kam es gar nicht.

»Entfernen Sie Herrn Pepperkorn aus dem Plenarsaal«, flüsterte Dorothee Hart. Ihre Stimme klang gebrochen, als sei sie den Tränen nahe.

»Sie entfernen mich ohne Vorwarnung aus dem Plenarsaal?«, warf Florian ihr vor, während er Schritte hinter sich hörte. Er drehte sich um und sah Polizisten auf sich zulaufen. »Sie führen mich wie einen Verbrecher ab, weil ich die Wahrheit sage?«

»Ich entferne Sie, weil Sie ein impertinenter Kapitalist sind, der fortwährend die Sitzungen stört!«, rief Dorothee Hart. »Sie müssen endlich lernen, die Regeln dieses Hauses zu akzeptieren!«

Danach passierte alles wie in Zeitlupe. Er sah die Bundestagspräsidentin mit offenem Mund diskutieren. Sie wies mit dem Finger auf ihn. Drohend und mahnend. Doch er hörte kein Wort von dem, was sie sagte.

Zwei Polizisten griffen nach seinen Oberarmen und zerrten ihn mit sich. Die Bundeskanzlerin grinste ihn an. Triumphierend und selbstgefällig. Florian glaubte, etwas in ihren Augen blitzen zu sehen, aber er war sich nicht sicher. Er war sich nicht sicher, ob er diesen Angriff wirklich gesehen hatte.

Die Polizisten schleiften ihn rückwärts die Treppe hinauf. Er spürte, wie sich sein Mund bewegte. Seine Lunge, seine Stimmbänder und sein Hals brannten, als habe er Säure getrunken. Schrie er? Es fühlte sich so an. Seine Kehle schmerzte. Doch er hörte sich nicht.

Seine Fersen schlugen gegen die Stufen. Die Griffe der beiden Männer, die ihn gewaltsam aus dem Saal entfernten, waren schmerzhaft. Florian versuchte, ihnen die Arme zu entreißen, doch es gelang nicht. Wieder schlug er mit der Ferse gegen eine Stufe. Ein reißender Schmerz schoss sein linkes Bein hinauf. Seine Sicht trübte sich. Nickte die Bundeskanzlerin da?

Sie zerrten ihn durch die Tür. Dann war es vorbei.

Als Florian aus seiner Trance erwachte, saß er in einem Büro. Orientierungslos sah er sich um. War er noch im Reichstagsgebäude? Oder im Hotel? Er erkannte den Raum nicht.

Seine Kehle schmerzte, als wenn er den ganzen Abend gesungen hätte. Hatte er gebrüllt? Er sah sich nach Personen um und stellte fest, dass er allein war. War er in einem Verhörraum?

Er schloss die Augen und wurde sich der dröhnenden Schmerzen hinter seiner Stirn bewusst. Vermutlich hatte er sich die Lunge aus dem Hals geschrien, als sie ihn aus dem Saal geschliffen hatten.

Als er die Augen wieder öffnete, erkannte er, wo er sich befand. Er saß im Parteibüro des Liberalen Bundes im Reichstagsgebäude. Ein junger Mann betrat den Raum und schenkte ihm eine Tasse Kaffee ein. Florian nickte dankbar, nahm die Tasse und hob sie an die Lippen. Der Kaffee war ungewöhnlich bitter und brannte unangenehm in der Kehle. Aber das Koffein und die Wärme taten ihm gut.

Er blinzelte den Kerl an, bevor er die Tasse zurückstellte. Er wollte ihn fragen, was im Plenarsaal passiert war, aber das war keine gute Idee. Nachher hielt er ihn noch für unzurechnungsfähig und das konnte Florian nicht gebrauchen. Gerade jetzt musste er zeigen, dass er alles andere als unzurechnungsfähig war. Immerhin hatte er sich eben hingestellt und laut verkündet, dass die Regierung antidemokratisch war.

Er gluckste. Die Bundestagspräsidentin und die Bundeskanzlerin hatten ihn angestarrt, als sei er der Teufel persönlich. Vielleicht war er ihnen so gewaltig auf die Füße getreten, dass sie sich die Anhebung der Legislaturperiode noch einmal überlegten. Florian nahm sich vor, Stunk gegen die Pläne der Regierung zu machen. Er grinste den jungen Mann an und holte dann sein Smartphone aus der Hosentasche.

Starkes Stück, hatte Lukas geschrieben.

Florian grinste breit. Offenbar hatte Lukas seinen Auftritt im Bundestag verfolgt. Und vielleicht hatte er ihm sogar den Streit vergeben. Er fuhr mit der Zungenspitze über seine Lippen.

Danke, Mann, tippte er zurück. Er überlegte einen Moment, dann tippte er: *Wegen Philipp... Ihr müsst mal zum Essen vorbeikommen. Auch wenn Wuppertal eine Weltreise ist.*

Lukas las die Nachricht, das zeigten ihm die Häkchen. Dann ging er offline. Florian starrte die Statuszeile an. Hatte er ihm etwa noch nicht vergeben? War Lukas nachtragend? Oder ...?

Lukas ging wieder online. Dann fing er an zu tippen. *Nächsten Dienstag. 18.00 Uhr. In Wuppertal. Du kochst.*

Florian gluckste. Er konnte nicht kochen, aber er würde sich für den Freund bemühen.

Einverstanden. Bring Philipp mit!

»Ich kann nicht glauben, dass du wirklich selbst kochst«, amüsierte sich Lukas. Sie befanden sich in der großen, offenen Küche seiner Wuppertaler Villa. Florian stand am Herd. Lukas lehnte gegen die Arbeitsfläche und sah zu, wie er kochte.

»Wenn ich mich an ein Rezept halte, geht's«, erwiderte er und grinste kurz. »Aber ich mag nicht jeden Tag kochen. Das ist mir zu anstrengend.«

»Wirklich anstrengend, jeden Tag selber zu kochen«, erwiderte Lukas, als sei es das Qualvollste, das er sich vorstellen konnte. Er tauschte mit Philipp ein amüsiertes Grinsen, dann setzte er sein Rotweinglas an die Lippen. Er trank und ließ das Glas sinken, um das Etikett der Flasche zu studieren. Florian hielt auffordernd die Hand hin. Lukas gab ihm die Weinflasche zurück und Florian löschte die Soße ab.

»Ich glaube, ich sehe nicht richtig. Den teuren Châte-auneuf-du-Pape kippst du ins Essen? Du Barbar«, tadelte Lukas ihn.

»Ich kann ja nicht den letzten Tetrapakwein ins Essen schütten«, erwiderte Florian und rührte mit dem Koch-löffel durch die Pfanne. Er drehte sich um und bot seinen Gästen den Rand seines Glases zum Anstoßen an. Die beiden Männer beugten sich vor und stießen mit ihm an.

»Ich hab schon getrunken«, entschuldigte sich Lukas, während sie tranken.

»Macht ja nichts. Dann bist du eben als Erster blau«, erwiderte Florian, stellte sein Glas ab und wandte sich den Kartoffeln zu, denn das Kochwasser drohte überzu-kochen.

»Was hast du jetzt eigentlich wegen der Feministen vor?«, fragte Lukas. Philipp rollte mit den Augen. Lukas stellte sein Glas ab, nahm Philipps Taille und zog ihn in seine Arme. »Mach nicht so ein Gesicht, Liebling«, mur-melte er.

Philipp wand sich aus der Umarmung, nahm sein Glas wieder an sich und brachte etwas Abstand zwischen sich und Lukas. Der schmollte.

Florian wandte sich wieder der Pfanne zu.

»Die Feministinnen? Ich muss diese Legislaturscheiße auf jeden Fall verhindern. Ich weiß aber noch nicht genau wie. Ich will erstmal mit Peter Grau sprechen.«

»Mit dem Fraktionsvorsitzenden der Konservativen?«

»Genau mit dem. Die konservativen Mühlen mahlen zwar langsam, aber das ist nach wie vor besser als nichts.« Es war doch die Aufgabe der Opposition, die Arbeit der Regierung zu überwachen, und die Konservative gehörte dazu. Außerdem brauchten sie Verbündete, wenn sie sich mit den Feministinnen und den Sozialen, mit der Regierung anlegen wollten.

Florian drehte sich mit der Pfanne in der Hand um und trat an die Küchentheke, an der Lukas lehnte. Der wich zur Seite aus.

»Es kann auf jeden Fall nicht schaden, mit den Konservativen mal zu sprechen.«

»Ich hab mit Peter Grau schon kurz telefoniert«, bemerkte Florian, während er Fleisch und Soße drapierte. »Er geht davon aus, dass wir nicht wirklich etwas gegen den rosaroten Block unternehmen können. Ich will ihn vom Gegenteil überzeugen. Lieber, wir versuchen es, als dass wir uns nachher Vorwürfe machen müssen, weil wir nichts unternommen haben.«

»Wir sollten auch an die Öffentlichkeit gehen. Es kann eigentlich nicht im Sinne des Volkes sein, wenn die Legislaturperiode auf zwölf Jahre angehoben wird. Ich kümmere mich darum.«

Florian ließ die Pfanne ein Stück sinken und musterte Lukas. Er sah müde aus. Der ständige Kampf hinter den Kulissen musste kräftezehrend sein.

»Das würdest du tun, Lukas?«

Lukas stellte sein Weinglas auf die Arbeitsfläche und nickte dann. »Klar würde ich das tun. Ich bin nach wie vor der Generalsekretär des Liberalen Bundes. Diese Sache ist mir genauso wichtig wie dir und wie sie uns allen sein sollte, die wir Bürger dieses Landes sind.«

Florian lächelte erleichtert. »Ich … ich weiß nicht, wie ich dir danken soll.«

Lukas nickte in Richtung der Teller und zuckte dann mit den Schultern. »Du könntest zum Beispiel zum Essen rufen.«

Florian gluckste. Eilig stellte er die leere Pfanne in die Spüle und ließ Wasser hineinlaufen. »Also bitte schön. Greift zu! Guten Appetit.«

Bei dem Abendessen in Wuppertal hatte Lukas versprochen, dass er sich um die Medien kümmern werde. Er werde die Pressemitteilung schreiben und an vorderster Front in Nachrichtensendungen und politischen Talkshows auftreten.

»Keine Sorge, Florian. Wir schaukeln das.«

Florian hatte genickt und ihm dankbar das Feld überlassen.

Lukas' erster Auftritt war am Samstagabend darauf. Florian saß vor dem Fernseher, um den Beitrag zu verfolgen.

Die Journalistin moderierte die Sendung an: *»Der Bundestag diskutiert die Anhebung der Legislaturperiode. Die Legislaturperiode soll von ursprünglich vier Jahren auf zwölf Jahre angehoben werden. Dadurch soll verhindert werden, dass Gesetze vorschnell beschlossen werden können. Außerdem soll das Gesetz zur Sanierung des Haushalts durch den Abbau von Altschulden dienen.«*

Sie sah ernst in die Kamera, dann wurde ein Einspieler mit einer Aufnahme aus dem Bundestag gezeigt. Florian schlug die Beine übereinander und sah sich eine Aufnahme davon an, wie er sich im Saal gegen die Anhebung der Legislaturperiode wehrte.

Der Einspieler endete damit, dass er selbst aus dem Saal gezerrt wurde. Peinliche Bilder, das musste Florian zugeben.

Die Journalistin sah in die Kamera.

»Und bei mir im Studio ist jetzt der Generalsekretär des Liberalen Bundes, Lukas Gärtner.« Sie drehte sich ihm zu und begrüßte ihn: *»Guten Abend, Herr Gärtner.«*

»Guten Abend«, erwiderte Lukas. *Sehr artig,* dachte Florian spöttisch und schob sich die Hände hinter den Kopf. *Schön dressiert Bitte und Danke sagen, mein Freund.*

»Herr Gärtner, warum sollte die Legislaturperiode angehoben werden?«, fragte sie ihn. Florian sah, wie er die Stirn runzelte. Diesen Ausdruck konnte er gut verstehen. Hatte sie nicht eben gesagt, dass er vom Liberalen Bund kam? War nicht gemeinhin bekannt, dass der Liberale Bund eine gegenteilige Meinung vertrat?

»Also, die Regierung behauptet, dass eine kurze Legislaturperiode dazu führe, dass voreilige Entscheidungen getroffen werden. Gerade in der zweiten Hälfe der Legislaturperiode, um möglichst viele Wähler davon zu überzeugen, dass die Politik gute Arbeit macht. Da geht es um Erhöhungen von Sozialleistungen, Steuersenkungen, und andere Forderungen, die regelmäßig aus dem Volk kommen.«

»Bravo, Lukas«, applaudierte Florian vor dem Fernseher.

»Das heißt, dass Politiker den Wählern nicht richtig zuhören?«, fragte die Journalistin und wieder runzelte Lukas die Stirn. Stellte sie ihm eine Falle?

»Das heißt, dass die Regierung ihren Wählern vor allem gegen Ende einer Legislaturperiode zuhört. Dabei verlieren die Menschen aus den Augen, dass in der ersten Zeit einer Legislaturperiode unbequeme Entscheidungen getroffen werden. Zum Beispiel die Einführung von flächendeckender Kameraüberwachung 2025. Das war eine Entscheidung, bei der die Altparteien gehofft haben, dass die Bürger sie bis zur nächsten Wahl vergessen. Oder die Erhöhung der Mineralölsteuer bei gleichzeitiger Kürzung von Sozialleistungen.«

»Das hat ja damals zu großen Protesten geführt. Glauben Sie, dass sich solche Proteste wiederholen können?«

»Ich will hoffen, dass die Menschen sich dagegen wehren, nur noch alle zwölf Jahre zur Wahlurne gebeten zu werden.«

Die Journalistin bedachte ihn mit einem kleinen Lächeln.

»Scheiße, Lukas. Du bist ihr auf den Leim gegangen!«, fluchte Florian und setzte sich auf. Er glaubte, in Lukas' Gesicht Stress zu sehen und schloss daraus, dass er es selbst gemerkt hatte.

»Sie sagen also, der Liberale Bund hofft auf eine Demonstration wie im Tütensuppenwinter 2025?«

Florian hatte richtig gelegen. Er hatte ihr mit dieser Antwort eine Steilvorlage geliefert. Jetzt hatte sie ihn, wo sie ihn haben wollte und würde ihn zur Strecke bringen. Florian wusste nicht, ob er sich das weiter ansehen wollte. Aber er konnte auch nicht weggucken.

»Es ist sehr wichtig, dass die Menschen wieder demonstrieren. Natürlich wollen wir nicht, dass sich eine Massenpanik wie 2025 wiederholt. Damals sind viele

Menschen totgetrampelt worden. Aber wir wollen, dass die Menschen deshalb keine Angst haben, auf die Straße zu gehen.«

Florian sah die Schlagzeile schon vor sich: *Lukas Gärtner geht für politische Ziele auch über Leichen.*

»Herr Gärtner, können Sie unseren Zuschauern die Vorteile einer längeren Legislaturperiode erklären?«

Lukas neigte entschuldigend den Kopf in die Richtung der Journalistin. *»Es tut mir leid, dass ich das nicht tun kann. Meine Partei spricht sich gegen dieses Gesetz aus. Ich kann ihnen beim besten Willen nicht erklären, welchen Vorteil das haben soll.«*

Die Journalistin lächelte ihn mit einer seltsamen Mischung an. *»Natürlich. Herr Gärtner, ich danke Ihnen herzlich, dass Sie heute Abend bei uns waren und mit uns über dieses wichtige Thema gesprochen haben.«*

»Herzlichen Dank.« Lukas klang zerknirscht. Florian sah, dass er sich um Fassung bemühte. Aber selbst ein Blinder hätte gesehen, dass Lukas wütend war.

Die Kamera schwenkte herum und die Journalistin kündigte den nächsten Beitrag an.

Florian stellte den Fernseher stumm und rieb sich über das Gesicht. Lukas tat ihm leid. Er hatte versucht, ernsthaft über das Thema zu sprechen. Aber alles, was er erreicht hatte war, dass die Medien nun einen Sendebeitrag gegen den Liberalen Bund hatten. Es ging nicht darum, eine kritische Ansicht zu hören. Es ging darum, politischen Konsens zu suggerieren. Und den Liberalen Bund so blöd wie möglich hinzustellen.

Ihm fiel ein, dass die Medien den Auftrag hatten, regierungsfreundlich zu berichten. Sie hätten sich denken können, dass sie keine Kritik zu dem geplanten Gesetz hatten hören wollen. Vermutlich war ihnen im Vorfeld sogar verboten worden, kritisch darüber zu berichten. Zuzutrauen war den Feministinnen alles.

Florian erhob sich von der Couch und hastete die ausladende Treppe nach oben in sein Arbeitszimmer. Dort lag sein Laptop auf dem Schreibtisch. Florian nahm nicht einmal Platz, sondern beugte sich über die Rückenlehne des Schreibtischstuhls. Er öffnete das Gerät und schaltete es ein.

Ungeduldig wartete er, bis der Laptop hochgefahren war und sich im W-Lan angemeldet hatte. Florian öffnete seine Social-Media-Profile.

Das nennen Sie also freien, unabhängigen Journalismus. Sie haben versucht, unserem Generalsekretär eine positive Äußerung zur Anhebung der Legislaturperiode zu entlocken! Schämen sollten Sie sich! Der Liberale Bund bekennt sich gegen die Anhebung der Legislaturperiode. Dieses Gesetz gefährdet unsere Demokratie.

Er betrachtete die Zeilen und setzte dann Tags, mit denen seine Aussage gefunden werden konnte. Keine dreißig Sekunden später hatte das Nachrichtenmagazin seine Antwort geteilt.

Florian Pepperkorn. Wie immer laut, unüberlegt und polemisch.

Darunter seine eigenen Worte. Er ballte die Hände zu Fäusten und knirschte mit den Zähnen.

Sie täten gut daran, ordentliche Berichterstattung zu machen, statt der Regierung nach dem Mund zu reden.

Er tippte auf die Entertaste und schloss die Augen. Er brauchte eine Zigarette. Dringend. Florian klappte den

Laptop zu, holte die Schachtel aus seiner Hosentasche und zündete sich eine Zigarette an.

Tief inhalierte er den blauen Dunst und beruhigte sich langsam. Als er die Zigarette geraucht hatte, öffnete er den Laptop wieder. Die Social-Media-Plattform, auf der er den Beitrag gepostet hatte, explodierte förmlich mit seinem Tag.

Florian betrachtete die vielen Kommentare.

Sowas fällt natürlich nur diesem Pepperkorn ein. Schießt seinem eigenen Mann ins Bein.

Dieser Pepperkorn sorgt endlich für ein bisschen Stimmung im Bundestag.

Eines muss man dem lassen, der hat wenigstens keine Angst vor der Wahrheit.

Hätte besser die Klappe gehalten.

Der Kerl ist ein sexistisches Arschloch.

Florian ließ sich auf seinen Schreibtischstuhl fallen. Er wollte eben auf einen Kommentar antworten, als es an der Haustür klingelte. Irritiert sah er auf seine Uhr. Es war halb elf abends. Wer kam denn noch so spät vorbei?

Er runzelte die Stirn, erhob sich, schob den Stuhl an den Tisch und ging langsam die Treppe hinunter. Er überprüfte das Display der Kameraüberwachung. Jemand hielt einen Ausweis in die Linse. Florian versuchte, den Namen und die Behörde zu erkennen, doch das war unmöglich.

Allerdings war offensichtlich, dass es sich bei den späten Besuchern um Staatsdiener handeln musste. Was wollten sie jetzt noch von ihm? Florian konnte sich kaum vorstellen, dass sie ihn zu dem Angriff auf das Bundesverfassungsgericht befragen wollten. Und sonst?

Die Beamtin klingelte noch einmal. Florian trat an die Gegensprechanlage. »Bitte schön?«, fragte er und konnte einen gereizten Ton nicht aus seiner Stimme halten.

»SJW. Öffnen Sie die Tür, bevor wir uns gewaltsam Zutritt verschaffen«, verlangte eine schrille, viel zu jugendlich klingende Frauenstimme.

»SJW?«, wiederholte Florian irritiert. »Warum sollte ich Ihnen aufmachen?«

»Wollen Sie mich auf den Arm nehmen? Wir sind eine Spezialeinheit der Polizei. Öffnen Sie die Tür!«

Florian zögerte. Dann holte er Luft. »Verschwinden Sie sofort von meinem Grundstück, bevor ich die Polizei rufe!«

»Wir sind die Polizei! Öffnen Sie freiwillig, oder wir verschaffen uns gewaltsam Zutritt!« Wieder hielt die Frau den Ausweis in die Kamera. Florian schaltete die Lampe am Tor ein. Jetzt konnte er ihn lesen. Neben dem polizeilichen Wappen von Nordrhein-Westfalen prangte ein lila Venussymbol und darunter standen die Worte *Social Justice Warrior.*

Die Frau sprach die Wahrheit. Sie waren von der Polizei.

Mit einem mulmigen Gefühl öffnete Florian das Tor und ließ die Frauen auf das Grundstück. Sie trugen schwarze Uniformen mit lila Streifen. Schön und beängstigend.

Florian stand in der offenen Tür. Eine der Frauen zog ihre Pistole. Sie zielte direkt auf seinen Kopf. Er erkannte den Ernst der Lage und hob langsam die Hände. Die SJW-Frau spannte den Hahn.

»Ihre Partei ändert den Kurs. Sie äußern sich nur noch positiv über die Anhebung der Legislaturperiode.«

Kapitel 7

Florian starrte in den Lauf der Waffe. Hatte er verloren? Konnten die Social Justice Warrior, wie sie sich nannten, ihn dazu zwingen, sich nicht mehr zu den Vorgängen zu äußern?

Die Waffe in der Hand der Uniformierten war unzweifelhaft echt und die SJW-Frau wirkte nicht so, als plane sie zu zögern, falls Florian sich weigerte. Über seinen Rücken lief ein eisiger Schauer, als er bemerkte, dass ein Schalldämpfer auf die Waffe geschraubt war. Diese Frau hatte keine Skrupel zu schießen und bis es jemand bemerkte, wären sie längst mit seiner Leiche verschwunden. Was nützten ihm die Bilder seiner Überwachungskameras, wenn er tot war? Was nützten sie ihm, wenn er nicht zur Polizei gehen konnte, weil eine polizeiliche Sondereinheit ihn bedrohte?

Die SJW-Frau kam näher und hielt ihm das eisige Metall direkt an die Stirn. »Ich habe Sie nicht gehört, Herr Pepperkorn.«

Florian schluckte und hörte sich selbst sagen: »Ich habe mich geirrt. Wir müssen den Kurs ändern. Der Feminismus ist das Beste, was diesem Land passieren konnte.«

Sie ließ die Waffe sinken. »Sehr gut, Herr Pepperkorn. Einen schönen Abend noch.«

Florian nickte. Er stand noch in der Tür, als die SJW-Frauen längst von seinem Grundstück verschwunden waren. Wann war diese Spezialeinheit gegründet worden?

Was war ihm da entgangen? Konnte die Bundesinnenministerin das einfach machen? Ohne… ohne Parlamentsbeschluss?

Er schloss die Augen und atmete tief und langsam durch. Sein Herz pumpte das Blut hart durch seine Adern. Er hörte, wie es arbeitete, als er die Augen schloss. Das war knapp gewesen.

Ein falsches Wort, und die Frau hätte ihn auf der Stelle getötet.

Er hatte in der Nacht von Samstag auf Sonntag kaum geschlafen. Zwar hatte er jetzt Bildmaterial, mit dem er zur Polizei gehen konnte. Aber das war ein Selbstmordkommando, das wusste Florian selbst. Wenn eine Sondereinheit der Polizei ihm eine Waffe an den Kopf halten konnte, dann würde die Polizei ihn erst recht ohne Grund einsperren.

Die Fahrt nach Berlin war ihm endlos vorgekommen. Er hatte sich mit Lukas treffen wollen, um mit ihm persönlich über das Interview, die Drohung und den weiteren Verlauf zu sprechen. Doch Lukas war nicht zu Hause und auf die Frage wo er sei, schrieb er zurück *in Frankfurt*.

Klar, bei Philipp, dachte Florian, *Wunden lecken. Oder lecken lassen.*

Von Sonntag auf Montag schlief er gar nicht. Drei Mal legte er sich in sein Hotelbett, tat kein Auge zu und stand wieder auf. Rastlos ging er auf und ab. Um fünf Uhr morgens machte er sich auf den Weg zum Reichstag.

Deshalb saß er als Erster auf seinem Platz. Er hatte den Kopf auf die Unterarme gebettet und beobachtete, wie der Plenarsaal sich langsam mit Abgeordneten füllte. Der Raum füllte sich allmählich mit Stimmgewirr, bis schließlich auf die Bundestagspräsidentin erschien und die Sitzung gleich mit der Gesetzesänderung begann. Der Änderung des Gesetzes, das den Feministinnen zu zwölf langen Jahren Herrschaft verhalf.

»Wenn alle Urnen von Schriftführungspersonen besetzt sind, eröffne ich die Abstimmung«, erklärte Dorothee Hart. Schwerfällig erhob sich Florian. Seine Beine fühlten sich an wie Blei. Er hatte es nicht gewagt, in der Partei zu fragen, wem noch gedroht worden war. Ihm steckte die Angst vor den SJW-Frauen in den Knochen. Der Schock saß tief.

Es war keine freie Wahl und das zu behaupten, wäre eine dreiste Lüge. Bei einer freien Wahl wurde dem Wählenden nicht die Waffe an den Kopf gehalten.

Obwohl Florian wusste, wohin sein Herz gehörte, wohin sein Gewissen gehörte, hing er an seinem Leben. Die Hand, mit der er sein blaues Stimmkärtchen festhielt, zitterte. Das war die bitterste Entscheidung seines Lebens.

Er wollte schreien, als er mit seiner persönlichen Stimmkarte an die Wahlurne trat. Er zögerte. Die Plastikkarte fühlte sich unnatürlich schwer an. Fast so, als wolle sie ihm aus der Hand fallen und sein Schicksal für immer besiegeln.

Florian öffnete die Hand und das Kärtchen rutschte durch den Schlitz. *Zwölf Jahre*, dachte er, biss auf seine Zungenspitze und machte dann Platz, damit die anderen

Abgeordneten ihre Stimmen abgeben konnten. Er sah niemanden, der eine rote Karte in der Hand hatte.

Als alle zu ihren Plätzen zurückgekehrt waren, schloss Dorothee Hart die Abstimmung. Es folgte minutenlanger Applaus, der in seinen Ohren dröhnte. Er musste an Veranstaltungen im kommunistischen China denken, wo auch minutenlang geklatscht werden musste, wenn ein hoher Parteifunktionär eine Rede gehalten hatte.

Florian sah sich in seiner Fraktion um. Auf seiner Stirn stand Schweiß. Er hatte das Gefühl, den teuren Anzug durchgeschwitzt zu haben. Er wollte ganz schnell hier raus. Ihn interessierte auch nicht, wie die Abstimmung ausgegangen war. Er wollte bloß so schnell wie möglich verschwinden. Zurück nach Hause am besten. War doch egal, dass die Sitzungswoche gerade erst angefangen hatte.

Die Abstimmung beherrschte die Schlagzeilen des Abends. Florian erfuhr das Ergebnis bereits im Zug, auf dem Weg nach Wuppertal. Sein Handy summte ohne Unterlass und er musste es lautlos stellen.

Als er in Wuppertal ankam und aus dem Zug stieg, hatten alle größeren Zeitungen eine Schlagzeile zum Ergebnis. Die Legislaturperiode wurde angehoben. Von vier auf zwölf Jahre. Mit absoluter Mehrheit hatten die Abgeordneten für das Gesetz gestimmt. Nicht eine einzige Gegenstimme hatte es gegeben.

Aber das war auch nicht weiter verwunderlich. Die Abstimmung war nicht geheim, denn die Namen der Abgeordneten waren auf die Stimmkarten gedruckt und ein jeder konnte im Internet nachlesen, welcher Abgeordnete sich wie entschieden hatte. Vermutlich hatten alle Gegner des Gesetzes Besuch von SJW-Frauen bekommen.

Er hob den Kopf und sah zwei der paramilitärischen Polizistinnen. Florian hätte gerne öffentlich gefragt, wie es dazu gekommen war, dass sich diese Todesschwadron hatte bilden können.

Aber sie hatten ihn gerade erst bedroht. Ihnen zu sagen, was er von ihnen hielt, war gefährlich. Für so eine Frage würden sie ihn verprügeln. Oder töten? Er musste ehrlich mit sich selbst sein und sich eingestehen, dass es wichtiger war, die eigene Haut zu retten, als sich einer politischen Meinung anzuschließen.

Die SJW-Frauen sahen zu ihm herüber. Florian schlug den Kragen hoch, senkte den Blick und zerrte seinen Rollkoffer hinter sich sehr, während er versuchte, ungesehen vom Gleis zu kommen. Wer wusste schon, was diese Menschen sich ausdachten? Nachher verhafteten sie ihn noch, einfach nur, weil er ein Mann war!

»Hey, Sie da!«, rief ihm einer der Frauen nach. Florian beschleunigte seinen Schritt. Er hastete durch das Bahnhofsgebäude. Die *Social Justice Warrior* liefen ihm nach und brachten ihn schließlich in der Bahnhofshalle zum Stehen.

»Wo wollten Sie denn so eilig hin?«, fragte die eine. Die andere packte ihn an der Schulter. Schmerzhaft grub sie die Finger in sein Schultergelenk. Er verzog das Gesicht.

»Nach Hause. Nach Beyenburg«, presste er hervor. Er funkelte die SJW-Frau an, die ihm in die Schulter kniff. »Sie tun mir weh!«

Die Frau grinste ihn selbstgefällig an und drückte noch etwas fester zu.

»Tue ich das?«, spottete sie. Ihr sadistischer Spaß daran, Florian Schmerzen zuzufügen, war unüberhörbar.

»Ich will Ihre Dienstnummer und den Namen Ihres Vorgesetzten. Ich bin Abgeordneter!«, verlangte Florian.

Die Frau packte noch ein bisschen stärker zu. »Das ist doch schon Verbrechen genug, Pepperkorn«, sagte die andere SJW-Frau. Florian blinzelte.

Plötzlich ließ die Frau von ihm ab. »Achten Sie in Zukunft darauf, wem Sie welche Blicke zuwerfen. Und wie Sie der SJW gegenüber auftreten. Einen schönen Tag noch.«

Florian starrte den beiden Frauen nach, die ihn offen bedroht hatten. War das gerade wirklich passiert? Musste er sich in diesem Land in Zukunft Sorgen um seine körperliche Unversehrtheit machen?

Verstohlen rieb er sich über die Schulter. Die SJW-Frauen drehten sich noch einmal zu ihm um. Er schlug rasch den Blick nieder und verließ das Gebäude.

Hatte er sich eben allen Ernstes von zwei Frauen einschüchtern lassen? Hatte diese Partei bereits solche Macht, dass sie ohne großes Federlesen eine Schlägertruppe aus der Taufe heben konnte, die Angst und Schrecken verbreitete?

Florian sah kein zweites Mal über seine Schulter, um zu den beiden Uniformierten zu sehen. Stattdessen hastete er zu den Taxiständen.

Auch auf dem Bahnhofsvorplatz tummelte sich die SJW. Florians Blick glitt unruhig hin und her. Wann waren es so viele geworden? Gab es in Wuppertal wieder Demonstrationen? Die Linken gegen die Rechten? Antifaschisten gegen Neonazis?

Die SJW-Frauen gingen stets in Paaren. Die capeähnlichen Mäntel umflatterten ihre Beine wie ein überlanger Schatten. Florian versuchte, sich unauffällig zu verhalten. Wer wusste schon, ob sie ihn wieder anmachen würden? Ihre Anwesenheit gab ihm ein beklemmendes Gefühl. Sie waren einfach überall.

Er hastete zu einem Taxi, warf seinen Koffer auf die Rückbank und stieg ein. »Nach Beyenburg«, keuchte er, nachdem die Tür hinter ihm zugefallen war. Er hatte den Taxifahrer gar nicht angesehen. Langsam wandte er den Kopf zu ihm um und erwartete, eine SJW-Frau dort sitzen zu sehen.

Es war ein Türke, der ihn freundlich anlächelte. »Beyenburg ist groß. Wohin genau?« Florian atmete erleichtert aus, lehnte sich zurück und nannte dem Mann die Straße.

Der Mann fuhr vom Taxistand ab und ordnete sich in den Verkehr auf der Talachse ein. Florian konnte sich von dem Anblick der SJW-Frauen nicht losreißen, die auf der Brücke über der B7 entlang marschierten.

»Sie haben wohl Angst vor denen?«, fragte der Türke ihn.

Er sah den Taxifahrer an, der gerade an einer roten Ampel hielt.

»Nicht direkt«, erwiderte er, denn er wollte nicht offen zugeben, dass es so war. »Aber ich weiß nicht so ganz, was ich davon zu halten habe.«

»Sind nicht die freundlichsten Gesellen«, stimmte der Türke ihm zu.

»Dann haben Sie ebenfalls Ihre Erfahrungen mit denen gemacht?«, fragte Florian. Der Taxifahrer wiegte den Kopf. »Meine Fahrgäste erzählen mir Einiges. Sie sollten sich in jedem Fall von diesen Weibern fernhalten. Die mögen Ihnen vielleicht ungefährlich erscheinen, aber die sind alle bestens ausgebildete Soldaten.«

Florian nickte langsam. »Die erinnern mich viel zu sehr an eine dunkle Zeit, an die ich nicht auf diese Weise erinnert werden wollte«, murmelte er, während er beobachtete, wie zwei der Uniformierten auf einen Mann zugingen, ihn festhielten und irgendetwas fragten. Der Mann schüttelte den Kopf und gab seinen Ausweis heraus. Die SJW-Frauen sahen sehr aggressiv aus. Sie beugten sich angriffslustig vor, warfen dem Mann dann den Ausweis vor die Füße, traten darauf und rieben die Schuhsohle auf dem Dokument.

Das Taxi fuhr an und Florian verdrehte sich den Hals. Er sah noch, wie eine, aus dieser selbsternannten Spezialeinheit, mit der Faust ausholte, dann war das Taxi um die Ecke gefahren. Florian fiel in den Sitz zurück. Sie hatten ihn geschlagen, das war unverkennbar gewesen.

»Halten Sie den Wagen an«, bat er den Taxifahrer.

»Sie wollen da raus? Sind Sie verrückt geworden?«, fragte der sofort.

Florian schüttelte müde den Kopf. »Irgendjemand muss doch etwas unternehmen und diesem Wahnsinn ein

Ende machen! Wir sind Verbrecher im eigenen Land. Wir müssen doch irgendetwas tun. Diese sogenannte Polizei stellt uns doch alle unter Generalverdacht!«

Der Taxifahrer schüttelte den Kopf. »Aber so können Sie nichts erreichen. Alles, was die machen werden, ist, Sie zusammenzuschlagen.«

Florian legte eine Hand über sein Gesicht und schloss die Augen. »Sie klingen wie mein Freund.«

Der Mann lächelte ihn besorgt an. »Es ist klüger, diese Leute nicht offen zu reizen. Das sollten Sie wissen.«

Florian nahm den Arm herunter und nickte ernst. »Ja, das weiß ich.«

»Ich danke Ihnen.« Florian reichte dem Mann Geld und stieg dann mit seinem Koffer aus dem Auto aus. Er wandte sich nicht mehr nach dem Taxi um, sondern hastete durch das Tor. Als es hinter ihm zufiel, hatte er das seltsame Gefühl, jemand hätte ihm eine schwere Last von den Schultern genommen.

»Herr Pepperkorn!«, begrüßte ihn Henriette, während er über den Kiesweg kam. »Ich dachte, Sie kommen erst am Sonntag nach Hause.«

Florian lächelte und schüttelte den Kopf. »Wir haben eine wichtige Entscheidung getroffen und dann habe ich es in Berlin nicht mehr ausgehalten.«

»Das klingt fast so, als wenn Sie schwänzen. Wie ein Schüler, der keine Lust mehr auf die letzte Stunde hat. Na, kommen Sie erst einmal herein.«

Florian lachte und schob sich an ihr vorbei in die Wohnung. »Es fühlt sich leider nicht annähernd so an.«

160

»Das kann ich mir vorstellen.« Florian stellte seinen Koffer in den Flur und zog seine Schuhe aus. »Kann ich Sie bitten, mich zu bekochen?«, fragte er.

»Natürlich. Worauf haben Sie Hunger?«

Florian dachte einen Moment nach. »Ich weiß, dass es viel Arbeit ist. Aber am liebsten Schweinebraten«, erwiderte er dann.

Henriette nickte und stellte sich an den Herd. Florian setzte sich auf einen Barhocker, legte die Arme ab und bettete den Kopf auf den Unterarmen. Er war nicht daran gewöhnt, sie bei der Arbeit anzutreffen. Meistens holte sie ihn nur vom Bahnhof ab und hatte dann Wochenende. Aber es war schön, nicht allein in der Küche vor einem beleuchteten Backofen eine Pizza zu beobachten. Er fühlte sich geborgen und flüsterte: »Danke.«

***

»Was für ein Ergebnis!«, rief Laura und fiel Irene um den Hals. Aufgeregt tanzte sie einen Moment mit ihrer Ehefrau durch den Raum, der früher das Wohnzimmer des Königs von Bayern gewesen war.

»Ich hätte nicht gedacht, dass das so einfach funktioniert«, stimmte Franziska zu. Sie saß in einem Ohrensessel mit hoher Rückenlehne.

Laura ließ Irene los und sah die Justizministerin an. Sie blickte aus dem hohen Schlossfenster und betrachtete die Berge und den Alpsee draußen. »Aber es hat doch ganz wunderbar funktioniert!«, bestätigte Laura.

»Wir haben unser Ziel noch nicht erreicht«, erklärte Franziska. Laura sah irritiert von ihr zu Irene und wieder zurück.

»Wieso haben wir unser Ziel noch nicht erreicht? Wir haben eine Frauenquote, wir sind auf zwölf Jahre gewählt. Im Verfassungsgericht sitzen nur gute Freundinnen. Was sollten wir mehr wollen? Wir können jetzt jedwedes Gesetz erlassen, das uns passt. Was wollt ihr noch?«

»Gesetze erlassen, meine liebe Laura.« Irene sah sie tadelnd an, ehe sie ihr ein Sektglas reichte, um mit ihr anzustoßen.

Laura runzelte die Stirn. Sie verstand das Problem nicht. »Wir können doch jetzt Gesetze erlassen«, wandte sie ein.

»Genau das müssen wir jetzt auch machen, um dieses Land in seine strahlende Zukunft zu führen«, erklärte Irene und trank einen Schluck Sekt. Dann stellte sie das Glas auf den Schreibtisch und holte einen Stoß Papiere aus der Schublade. In Lauras Magengegend breitete sich bei dem Anblick dieser Blätter ein ungutes Gefühl aus.

»Ich will diesen chauvinistischen Taugenichtsen alles heimzahlen, was sie uns angetan haben. Weiße Cismänner sind Ungeziefer und es wird allmählich Zeit, dass wir sie als solches behandeln. Mit diesem Gesetz mache ich den Anfang.« Sie reichte Laura die Papiere. Die nahm das Paket mit zitternden Händen entgegen, setzte sich auf einen Stuhl und begann die Lektüre des Gesetzes.

Personenschutzgesetz (PSchuG)

§1 Begriffsbestimmung
(1) Schützenswerte Minderheit im Sinne dieses Gesetzes sind
1. Personen, die sich durch Geburt oder Transition dem weiblichen Geschlecht zuordnen lassen,
2. Personen, deren Geschlecht angeglichen wird oder wurde,
3. Personen, die sich zum eigenen Geschlecht hingezogen fühlen
4. Personen, die sich keinem Geschlecht-

Irene wandte sich an Franziska. »Kannst du unseren Entwurf in das rechte Licht rücken?«, fragte sie. Laura hörte auf zu lesen und hob den Kopf.

Franziska strich sich das knallrote Haar zurück, beugte sich vor und griff nach Irenes Hand, um einen Pakt zu besiegeln. »Nichts lieber als das.«

***

Bei der nächsten Sitzung, der Florian beiwohnte, hatte Franziska Seidner den Plenarsaal in ein Kino verwandelt. Sie hatte sogar zusätzliche Redezeit bekommen, um den Abgeordneten die Dringlichkeit der Sache vor Augen führen zu können. Sie stand am Rednerpult, drehte sich zu der Leinwand hinter ihr um und startete das Video.

»Keine Gnade für Verbrecher!«, brüllten die Demonstranten wütend und hielten Transparente in die Luft. *Auge um Auge, Zahn um Zahn!*, stand auf einem Transparent.

Zehn Jahre für ein ganzes Leben? Gebt den Opfern Gerechtigkeit!

Die Demonstration zog vor das Brandenburger Tor, wo eine riesige Bühne aufgebaut worden war. Rings um die Demonstrierenden hatten sich Polizistinnen in Stellung gebracht, die damit rechneten, dass es zu Ausschreitungen kam.

Eine Rednerin trat auf die Bühne und nahm das Mikrofon in die Hand. *»Wir sind heute Morgen losgegangen und durch Berlin gezogen, um die Regierung darauf aufmerksam zu machen, wie schlecht es um das deutsche Strafrecht bestellt ist. Nach einer Vergewaltigung ist das Opfer den Rest seines Lebens traumatisiert. Der Täter wird aber nach seiner Haft wieder freigelassen und darf dann weiter vergewaltigen! Von Vergewaltigern geht eine unglaubliche Gefahr aus! Und das ist nur die Spitze des Eisberges! Wir haben noch nicht über die ungezählten Belästigungen gesprochen, denen Frauen und Personen anderer Geschlechter jeden Tag ausgesetzt sind. Jeden Tag werden Frauen, Transpersonen und andere Geschlechter Opfer von Cismännern! Keine Gnade für Verbrecher!«*

»Keine Gnade für Verbrecher!«, brüllten die Demonstranten zurück.

»Es kann so nicht weitergehen. Wir müssen etwas tun und Deutschland muss sich verändern. Es kann nicht sein, dass unsere Töchter nachts nicht mit dem Zug fahren können, weil sie Angst haben, zu Opfern zu werden! Mehr Schutz für unsere Töchter!«

»Mehr Schutz für unsere Töchter!«, skandierten die Demonstranten im Chor.

»Wir fordern Gerechtigkeit für unsere Opfer! Wir fordern, dass Menschen, denen einen Vergewaltigung nachgewiesen werden kann, nie wieder einem anderen Menschen schaden können. Wir fordern, dass sich die Gesetze ändern! Gebt uns Gerechtigkeit!«

»Gebt uns Gerechtigkeit!« Die Demonstranten hatten sich inzwischen in einen wütenden Mob verwandelt. Die Polizisten sahen sich beunruhigt an, denn sie fürchteten, dass die Demonstration gleich eskalierte.

»Wir wollen hier und heute ein Zeichen setzen! Legt die Transparente ab, damit die Politik gemahnt ist und sich etwas ändert in diesem Land. Ihr wart eine wundervolle Truppe. Es gibt im Anschluss noch eine Party hier auf dem Platz. Aber bitte denkt daran, der Polizei keinen Ärger zu machen. Wir wollen friedlich für unsere Sache demonstrieren und den Leuten auch so in Erinnerung-«

Die Rednerin kam nicht weiter. Jemand schmiss ihr einen Böller vor die Füße. Es knallte ohrenbetäubend. Panisch stoben die Leute auseinander und überrannten sich dabei gegenseitig.

Der Platz war viel zu voll. Die Polizei versuchte, den Platz zu räumen, doch die Menschen stießen sie zur Seite. Und andere, aggressivere Demonstranten, wollten sich mit den Ordnungshütern prügeln.

Franziska Seidner stoppte das Video mitten in der Vorführung und beugte sich dann zum Mikrofon vor.

»Das war am Sonntag. Wir haben alle bei Kaffee und Kuchen bei unseren Familien gesessen und hier direkt vor unserer Tür war die Hölle los.«

Florian schnaubte und die Fette, die neben ihm saß, sah ihn kritisch an. »Interessiert Sie das nicht, Herr Pepperkorn?«, fragte sie ihn etwas gereizt.

»Ich wüsste in der Tat nicht, warum wir unsere Zeit mit diesem Video verschwenden. Das ist eigentlich Sache der Polizei, nicht des Parlaments«, gab er zurück und sank tiefer in sein Polster.

»Das ist kein Grund, der Debatte nicht zu folgen! Sie sitzen nicht im Bundestag, um zu schlafen!«, warf die Fette ihm vor.

Florian hob den Kopf und sah sie genervt an. »Nur weil ich das Thema für Zeitverschwendung halte, heißt das nicht, dass ich der Debatte nicht folge«, korrigierte er.

Franziska Seidner hob die Stimme. »Wir müssen auf die Forderungen des Volkes eingehen! Die Situation eskaliert. In immer mehr Städten gehen die Menschen auf die Straße, um gegen das Sexualstrafrecht zu demonstrieren. Die Menschen fühlen sich nicht mehr sicher.«

»Liegt das vielleicht daran, dass die Regierung Statistiken verdreht und der Bevölkerung Angst macht?«, murmelte Florian in sich hinein.

»Deshalb bringen wir heute einen neuen Gesetzesentwurf in den Bundestag ein, um den Forderungen des Volkes nachzukommen.«

Florian richtete sich auf, griff nach dem Stapel Papiere auf seinem Pult und begann darin zu blättern. Irgendwo hier musste doch dieses Gesetz sein, von dem die Frau am Pult da sprach. Immerhin hatten sie dieses Mal darauf geachtet, Ihnen die Gesetze wenigstens vor Beginn der Sitzungen zukommen zu lassen. Auch wenn das erst am

Sonntagabend gewesen war und Florian nur noch Zeit gehabt hatte, sie alle auszudrucken.

Er betrachtete die Blätter, dann zog er schließlich einen heraus und fing an zu lesen.

Personenschutzgesetz (PSchuG)

Eine zweite Rednerin betrat die Bühne und erzählte in einer emotional überladenen Geschichte von ihrer Vergewaltigung. Die Fette riss ihm den Zettel aus der Hand.

»Hey!«, beschwerte sich Florian, während sich die Rednerin gerade zitternd am Pult festhielt und stockend erzählte, dass sie gleich von mehreren Männern angegriffen worden sei.

»Bevor Sie das lesen und allen Frauen vorwerfen, dass sie sich ihre Geschichten nur ausdenken, sollten Sie lieber dort zuhören.«

Florian betrachtete die verheulte Frau, die eben in allen Einzelheiten von der widerlichen Tat berichtete, die ihr widerfahren war. Er runzelte die Stirn.

»Sind Sie wirklich so herzlos?«, fragte die Fette ihn anklagend. Florian schüttelte ungläubig den Kopf.

»Sind Sie wirklich so dumm, nicht zu merken, dass das eine Schauspielerin ist?«

Die Fette presste die Lippen aufeinander und schüttelte ihrerseits den Kopf. »Sie haben wirklich kein Herz. Sie interessieren sich wirklich nur für Geld.«

»O nein, Sie verstehen mich falsch. Das hat mit Geld rein gar nichts zu tun. Ich bin absolut dafür, dass wir ein härteres Strafrecht bekommen. Aber doch bitte nicht, indem uns eine Heulboje vorgeführt wird.«

Franziska Seidner streichelte der Frau beruhigend über die Schulter.

»Damit sich solche Tragödien nicht wiederholen setzt die Bundesregierung sich für die Einführung der Todesstrafe ein!«

Kapitel 8

Eigentlich hatten Lukas und Philipp schon einen Termin gehabt. Doch als er Lukas am Nachmittag angerufen hatte, um die schlechten Nachrichten zu verkünden, hatte Lukas entschieden, den Termin abzusagen. Stattdessen hatte er ihn nach Charlottenburg eingeladen.

»Irgendetwas muss passieren«, seufzte Lukas, nachdem Florian die Debatte zusammengefasst hatte. Er erhob sich aus dem Sessel, und begann, rastlos im Wohnzimmer auf und abzugehen. Florian und Philipp beobachteten ihn dabei. Philipp legte die Stirn besorgt in Falten.

»Ich brauche eine Aspirin«, murmelte Lukas dann und stellte das Weinglas auf den Tisch.

»Liebling, du hast Alkohol getrunken. Lass das mit dem Aspirin bitte. Geh lieber ins Bett.«

Lukas schüttelte den Kopf, beugte sich vor und küsste seinen Freund, dann verschwand er im Badezimmer.

»Tz. Dann mach doch, was du willst«, brummte Philipp ihm verstimmt nach, setzte das Weinglas an die Lippen und leerte es.

Florian grinste ihn an. Seit sie zum Abendessen in Wuppertal gewesen waren, kam er deutlich besser mit dem Chirurgen zurecht. Er hatte an dem Abend festgestellt, dass es nicht Philipp war, der an Lukas klebte, sondern Lukas, der nicht von Philipp lassen konnte. Philipp für sich war ein angenehmer Typ. Ein Workaholic, der kein anderes Gesprächsthema als seine Arbeit fand, aber das konnte Florian ihm verzeihen. Er selbst fand auch

169

kein anderes Thema mehr, als die Feministen, die Deutschland regierten. An der Macht waren, traf es eher.

»Haben sie dieses seltsame Gesetz schon durchgesetzt?«, fragte Philipp.

»O ja, das haben sie«, antwortete Florian bitter.

Philipps Blick glitt besorgt zur Wohnzimmertür, durch die Lukas eben verschwunden war. Er schüttelte den Kopf, erhob sich und trat an den Kamin, um seine Hände zu wärmen.

»Redet ihr nicht über die Politik?«, fragte Florian.

Philipp seufzte und trat einen Schritt vom Kamin zurück. »Nicht über solche Gesetze. Er versucht mich aus diesen Dingen herauszuhalten.«

»Hält er dich nicht für mündig, oder was?«, fragte er amüsiert.

Philipp seufzte. »Manchmal gibt er mir das Gefühl, ja.«

Florian lächelte aufmunternd. »Bestimmt will er einfach nur verhindern, dass du dir unnötig Sorgen machst.«

Lukas kam zurück, warf eine Tablette in ein Wasserglas und schwenkte das Glas, während sich das Medikament sprudelnd auflöste. Anschließend hielt er sich die Nase zu, hob das Glas an den Mund und kippte sich die Flüssigkeit hinein. Philipp rümpfte die Nase. Lukas lächelte, trat hinter seinen Freund und legte die Arme um ihn.

»Mach nicht so ein Gesicht«, wisperte er ihm in das helle Haar und küsste ihn. Florian nahm sein eigenes Weinglas und trank.

»Also? Was schlägst du vor, Herr Generalsekretär?«, fragte er Lukas. Der löste sich von Philipp, spielte die

Rückenmuskulatur durch und ging wieder im Zimmer auf und ab.

»Wir können da gar nichts machen.«

»Also nehmen wir eine Todesstrafe in Kauf?«, fragte er sofort und konnte das Entsetzen in seiner Stimme nicht verbergen.

Lukas holte tief Luft und atmete langsam aus. »Was willst du machen, wenn es das ist, was das Volk fordert?«

»Mit Verlaub, das Volk fordert doch keine Todesstrafe. Niemand will in einem demokratischen Land eine Todesstrafe.«

Philipp zupfte an seinem Rollkragen herum. »Florian, wir leben schon lange nicht mehr in einer Demokratie.«

Florian fuhr am gleichen Abend noch nach Wuppertal zurück. Auf dem Weg nach Hause klingelten Philipps Worte in seinem Kopf. Immer wieder strichen sie seine Schädelwände wie die Mähne eines hungrigen Löwe, der um ein Stück Beute kreiste. *Wir leben schon lange nicht mehr in einer Demokratie. Wir leben schon lange nicht mehr in einer Demokratie ...*

Ein Schrei rollte seine Kehle herauf, doch Florian unterdrückte ihn. Er erhob sich, schob die Abteiltür auf und begann, rastlos auf dem Gang auf und ab zu gehen. Er brauchte eine Zigarette. Dringend.

Wir leben schon lange nicht mehr in einer Demokratie. Er hatte recht. Florian hatte es von Anfang an gesagt. Lukas hatte es verleugnet, aber er hatte es immer wieder gesagt. Er hatte es in seiner Partei verbreitet. Er hatte es jedem Journalisten gesagt.

171

Und niemand hatte ihn hören wollen. Niemand hatte hören wollen, dass die Demokratie dieses Landes verwundbar war. Dass sie an Organversagen sterben konnte. Dass eine Partei dem wachenden Auge des Verfassungsschutzes entgangen war. Dass das Volk sie in die Regierung gewählt hatte. Und dort saß diese Partei nun und vergewaltigte lachend das Volk.

Er steckte sich eine Zigarette an und zog nervös daran. Seine Finger zitterten. Er war unruhig. Sein Herz raste. Er zog noch einmal an der Zigarette. Ein langer Stängel Asche zitterte bedrohlich an der Zigarettenspitze und Florian stieß ihn mit zitternden Händen in seinen leeren Kaffeebecher.

»Sie dürfen hier nicht rauchen«, mahnte eine Zugbegleiterin ihn. Florian hob den Kopf und sah sie an, ohne sie richtig wahrzunehmen. Er zog noch einmal an seiner Zigarette.

»Geht es Ihnen gut? Brauchen Sie etwas?«, fragte die Zugbegleiterin ihn besorgt. Er schloss erschöpft die Augen, ließ das Kinn auf die Brust fallen und atmete tief und langsam durch. Dann sah er die Frau wieder an. Dieses Mal musterte er sie.

Sie sah aus wie eine Stewardess. Groß, knallrot geschminkte Lippen, das blonde Haar ordentlich aufgesteckt. Er zog ein letztes Mal an der Zigarette, öffnete eines der kleinen Fenster und warf den Rest hinaus. Langsam ließ er den Rauch über die Lippen strömen. Das Zittern hatte nachgelassen, es ging ihm besser.

»Geht schon«, antwortete er. Sie legte eine Hand auf seinen Oberarm und lächelte aufmunternd.

»Sind Sie sicher, dass Sie nichts brauchen?«

Der angespannte Ausdruck wich einem Lächeln. »Also wenn Sie mich so fragen, könnte ich vielleicht doch noch etwas gebrauchen.«

»Sagen Sie es ruhig. Ich bin hier im Zug bestens mit allen vernetzt.«

»Ich hatte gehofft, dass Sie gute Beziehungen haben.«

Sie hieß Isabella. Er verpasste seine Station, aber das war ihm gleich. Er löste einen Anschlussfahrschein bei einem Kollegen und fuhr mit ihr, bis sie Feierabend hatte. Er verbrachte die Nacht und den folgenden Tag in Stuttgart in ihrem Bett.

Zugbegleiterin war nicht ihr Traumjob, wie sie ihm zwischen zwei Akten bei einer Zigarette erzählte. Florian gab sich interessiert, bis sie ihm wieder in die Arme sank.

Am folgenden Tag fing Isabella später an zu arbeiten und so konnte er sich noch bis Mittags mit ihr beschäftigen. Am Bahnhof verabschiedeten sie sich voneinander. Sie versprach ihm, ihn bei der nächsten Gelegenheit zu wählen, und er versprach, sie anzurufen. Und beide wussten, dass keiner das Versprechen halten würde.

Florian stieg in den nächsten Zug nach Hause, nach Wuppertal. Er lehnte sich an das Fenster und war bald eingeschlafen.

Er wusste nicht mehr, wie er nach Hause gekommen war. Aber plötzlich stand er vor seinem Haus in Beyenburg. Zufrieden, erschöpft und erleichtert betrat er den Flur.

Wen kümmerte schon dieses seltsame Gesetz, mit dem die Feministinnen jede sexuelle Handlung unter Strafe stellen wollten? Wen kümmerte es schon, dass sie die Todesstrafe wieder einführen wollten? Wenn er so leichtes Spiel bei den Frauen hatte, wie bei Isabella, dann war ihm das gleichgültig. Er würde immer eine Frau finden, die seinem Charme erlag und sich das Bett mit ihm teilen wollte.

Er grinste sein Spiegelbild selbstgefällig an. »Ein bisschen bin ich ja schon wie James Bond«, lobte er sich. »Tagsüber rette ich die Welt und nachts erobere ich die Frauenherzen.« Er richtete seine Krawatte und bewunderte sein Spiegelbild. Dass er verschwitzt und strubbelig war, interessierte ihn nicht das Geringste. Er war ein toller Hecht.

Sein Blick fiel auf das Tischchen, das vor dem Spiegel stand. Ein senfgelber Umschlag aus Recyclingpapier lag zu oberst auf der Post.

Florian runzelte die Stirn, öffnete sein Jackett und lockerte seine Krawatte. Dann nahm er den Umschlag und riss ihn auf. Ein Ausdruck auf Altpapier kam ihm entgegen. Florian öffnete ihn und strich ihn auf den anderen Briefen aus.

Wuppertal, den 16.02.2034

Sehr geehrter Herr Pepperkorn,

Wir bedauern, Ihnen mitzuteilen, dass Ihre Partei »Der Liberale Bund« für verfassungswidrig erklärt wurde. Ihnen wird deshalb Ihr Bundestagsmandat entzogen.

Sie haben das Recht, gegen diesen Bescheid binnen 10 Tage Widerspruch einzulegen.

Mit freundlichen Grüßen

Florian starrte auf die Zeilen. Langsam, wie fremdgesteuert, betrat er die Küche und ließ sich auf einen Barhocker sinken. Er starrte auf die Worte *Bundestagsmandat entzogen.* War das möglich? Konnte man ihm einfach so seinen Sitz entziehen?

Der Brief fiel ihm aus der Hand. Er holte sein Smartphone aus der Hosentasche und rief seinen Anwalt an. Als der sich meldete, fiel Florian ihm ins Wort.

»Sie haben mir meinen Sitz im Bundestag weggenommen.«

»Bitte was?«, fragte Raphael am anderen Ende der Leitung.

»Sie haben mir meinen Sitz im Bundestag weggenommen.«

»Okay, Flo, was hast du angestellt? Hast du jemanden umgebracht? Dünnsäure in der Wupper verklappt?«

»Ich habe gar nichts angestellt! Ich bin eben nichtsahnend aus Berlin nach Hause gekommen und da lag so ein amtlicher, gelber Umschlag auf der Theke und da war ein Zettel drin, auf dem Stand: Herzlichen Glückwunsch, der Platz im Bundestag ist weg.«

»Und warum?«

»Weil der Liberale Bund verfassungswidrig ist.«

Raphael lachte auf. »Das hätten die wohl gerne. Mach dir mal keine Sorgen deshalb. Ohne Gerichtsurteil können die dir dein Mandat nicht wegnehmen. Nicht so, wie die das gerne hätten.«

Florian legte den Kopf in den Nacken, starrte die Decke an und schloss dann die Augen.

»Das heißt, dass sich nichts für mich ändert?«, fragte er hoffnungsvoll.

Der Anwalt lachte noch immer. »Genau das heißt es. So einfach werden die euch nicht los. Ohne Zustimmung des Bundesverfassungsgerichtes geht da gar nichts…«

Florian atmete langsam aus und öffnete die Augen. »Allerdings ist das Bundesverfassungsgericht in der Hand der Feministinnen. Die haben die Kandidaten aufgestellt«, murmelte er für sich.

Raphael blieb das Lachen im Hals stecken. »Bitte was?«, flüsterte er heiser. »Das würde bedeuten-«

»Dass wir keine unabhängigen Gerichte mehr haben, die anders entscheiden«, schloss Florian mutlos. »Danke, dass du mir trotzdem zugehört hast.«

***

Laura stapfte genervt durch knöchelhohen Schnee. »Ich hasse es, diesen Berg hochzulatschen. Es gibt so viele herrliche Lofts in Berlin, in denen wir uns großartig hätten einquartieren können. Warum musste es Hohenschwangau sein?«, fragte sie Irene missmutig. Vor ihrem Mund bildeten sich kleine Dampfwölkchen.

Irene betrachtete sie spöttisch. »Das ist gut für dich. Dann bekommst du mal ein bisschen Bewegung an der frischen Luft!«

»Ich hätte aber Bewegung an der frischen Luft auf dem Ku'Damm irgendwie vorgezogen!« Laura blieb stehen, stemmte die Hände in die Hüften und legte den Kopf in den Nacken, während sie keuchend Luft holte.

»Komm schon, bald sind wir oben«, munterte Irene sie auf. Laura ließ die Arme sinken.

»Das ist das letzte Mal, dass ich zu Fuß gehe«, schnaufte sie und schloss zu Irene auf. Die war stehengeblieben und streckte die Hand nach ihr aus, um mit ihr Händchen zu halten. *Vermutlich hat sie dieses Schloss nur haben wollen, um mich zu quälen*, dachte Laura, während sie zu ihr aufschloss. *Vermutlich wollte sie bloß sehen, ob ich in Highheels wandern gehe.*

»Komm, schmoll nicht so, mein Schatz. Erzähl mir lieber, wie wir die Opposition loswerden.«

»Ich habe allen Grund zum Schmollen!«, erwiderte Laura heftig, ehe sie einen ruhigeren Ton anschlug. »Der Liberale Bund ist doch schon für verfassungswidrig erklärt. Das ist vor dem Bundesverfassungsgericht ganz einfach durchgegangen. Die Einstweilige Verfügung dürfte Pepperkorn schon zugegangen sein.«

Irene zog Laura fest an sich und küsste sie auf die Schläfe. »Ich wusste, dass ich mich auf dich verlassen kann. Und die Konservative?«

Laura seufzte. »Da war die Begründung etwas kniffliger zu formulieren. Franziska und ich haben uns mit drei Richterinnen zusammengesetzt, um das Schreiben aufzusetzen.«

»Aber Grau geht der Bescheid noch rechtzeitig vor der nächsten Sitzung zu, oder?«, fragte Irene sofort nach.

Laura nickte und blieb abermals stehen, um keuchend nach Luft zu schnappen.

»Ja. Ich habe Kuriere beauftragt«, keuchte Laura und ging ein Stück in die Knie. »Verdammter Scheißberg!«

Irene drehte sich zu ihr um und wartete darauf, dass sie weiterging. »Wir bekommen aber keinen goldenen Aufzug in den Berg. Das ist schließlich nicht das Kehlsteinhaus«, spottete sie.

Laura ließ keuchend das Kinn auf die Brust fallen, während sie sich auf ihre Oberschenkel stützte. Verzweifelt sah sie das Schloss an, das auf dem verschneiten Berg über dem Alpsee thronte. »Eine Kutsche würde mir reichen.«

Irene grinste breit.

Laura richtete sich auf und schob mit den Füßen etwas Schnee zur Seite, ehe sie sich wieder in Bewegung setzte. »Wie willst du deine Entscheidung überhaupt durchsetzen?«, nahm sie das Gespräch wieder auf.

Irene lachte. »So, wie man solche Gesetze durchsetzt. Mit Gewalt.«

***

Sie konnten ihm sein Mandat wegnehmen, aber kampflos würde Florian nicht aufgeben. Er würde versuchen, in das Reichstagsgebäude zu kommen. Doch auf dem Weg über den Platz der Republik kam ihm Peter Grau, der Fraktionsvorsitzende der Konservativen, entgegen. Er wurde von zwei SJW-Frauen abgeführt und wehrte sich dagegen.

178

»Lassen Sie mich auf der Stelle los! Ich bin kein Verbrecher! Was fällt Ihnen eigentlich ein?«, brüllte er die uniformierten Frauen an. Eine von ihnen stieß ihm daraufhin mit dem Ellbogen in die Rippen.

»Sei still! Du hast hier nichts verloren!«

Florian zuckte bei diesen Worten zusammen, blieb stehen und beobachtete die unwirkliche Szene, die sich vor seinen Augen abspielte. Er fühlte sich unangenehm daran erinnert, wie er aus dem Plenarsaal abgeführt worden war.

Die SJW-Frauen entfernten sich immer weiter mit Peter Grau, den sie an den Oberarmen gepackt hatten. Der Protest des Mannes verhallte, je mehr Abstand sie gewannen. Florian wandte sich dem Bundestagsgebäude zu und stieg die wenigen Stufen hoch.

Schon am Eingang drängten sich die Mitglieder seiner Partei und die der Konservativen und verlangten Einlass. SJW-Frauen hielten die Abgeordneten zurück, oder rangen sie gleich an Ort und Stelle nieder.

Florian fühlte sich wie auf einer der eskalierten Demonstrationen, als die Leute für härtere Strafen für Sexualdelikte auf die Straße gegangen waren.

Er versuchte, sich zwischen den Leuten durchzukämpfen, und stand schließlich bewaffneten SJW-Frauen gegenüber.

»Verschwinde von hier, Pepperkorn«, fuhr eine von ihnen ihn an. Florian starrte sie an.

»Ich bin Abgeordneter. Lassen Sie mich in das Gebäude!«

»Sie waren Abgeordneter. Ihre Partei ist eine Gefährdung für die Sicherheit unserer Republik. Es tut mir leid, aber ich kann Sie hier nicht reinlassen.«

»Das ist ja wohl der Gipfel! Wir sind gewählte Volksvertreter! Lassen Sie uns auf der Stelle in das Gebäude!«, brüllte jemand hinter ihm.

Eine SJW-Frau löste sich aus ihrer Position und zog ihre Waffe. Sofort herrschte Stille unter den Abgeordneten, die eben noch wie ein wütender Mob versucht hatten, sich Zutritt zu dem Gebäude zu verschaffen.

»Gehen Sie nach Hause«, flüsterte die Frau, die die Waffe gespannt hatte. Das Licht brach sich seltsam in den Feldern des Laufs. Florian schluckte trocken.

So viel dazu, dass ich nicht kampflos aufgebe, dachte er, während er langsam den Rückzug antrat. Dabei ließ er die Waffe nicht aus den Augen.

Die gewaltsame Vertreibung der Abgeordneten machte natürlich vor den sozialen Netzwerken keinen Halt. Tausendfach wurden Videos hochgeladen, auf denen die SJW-Frauen die Abgeordneten mit gezogenen Waffen vom Platz der Republik verjagten.

Allerdings fielen kritische Videos gleich einem Filter zum Opfer. Offizielle Aufzeichnungen und solche, die von regierungstreuen Personen gepostet worden waren, wurden nicht gelöscht. Sie zeigten, wie die SJW den Bundestag vor Terroristen beschützten. Zeigten, wie sich die Abgeordneten gewaltsam zur Wehr setzten und Einlass verlangten und schließlich die rechtschaffenen Ordnungshüter zu Gegengewalt und hartem Durchgreifen zwangen. Es war die glorreiche SJW, die die Demokratie schützte.

Florian klappte seinen Laptop zu, verschränkte die Arme vor der Brust und presste die Lippen aufeinander. Lukas beugte sich zu ihm vor und klopfte ihm auf die Schulter.

»Du hast es versucht. Lass es gut sein«, munterte er ihn auf.

Florian schüttelte die Hand ab und erhob sich. Er ging im Zimmer auf und ab und nagte auf seinem Daumennagel herum.

»Wir haben noch nicht alles versucht. Es kann doch nicht sein, dass wir so aus dem Bundestag vertrieben werden. Es ist mein gutes Recht, dort zu sein, und deins auch! Wir sind vom Volk gewählte Vertreter und sollten jetzt eigentlich in der Opposition sitzen und dafür sorgen, dass denen der Arsch auf Grundeis geht!«, führte er aus und deutete aus dem Fenster, als sei dort das Reichstagsgebäude.

Lukas seufzte. »Florian, gib auf! Wir haben verloren. Es ist vorbei.«

»Wie kannst du das sagen, nachdem wir so vertrieben worden sind? Das ist der Anfang einer Diktatur! Siehst du das nicht? Wir haben die Wahrheit gesagt und sie werfen uns hinaus!«

»Du kannst nichts mehr tun!«

Florian schüttelte verzweifelt den Kopf. »Ich muss aber etwas tun! Wir können uns nicht einfach so geschlagen geben. Irgendwo muss es doch noch Gerechtigkeit in diesem Land geben! Jemand muss auf unserer Seite sein. Wir müssen uns in den Bundestag zurück kämpfen!«

Es musste eine Möglichkeit geben. Sie konnten doch nicht kampflos aufgeben. Das war doch nicht das, was Lukas hatte erreichen wollen, als er ihn überredet hatte, diese Partei zu gründen. Er blieb stehen und sah Lukas direkt an.

»Ist es das, was du meintest, als du damals gesagt hast, dass es in Annas Sinn wäre, eine Partei zu gründen?«, fragte er. Lukas verzog das Gesicht zu einer unzufriedenen Grimasse. Florian glaubte, ihn überzeugt zu haben, also kam er auf ihn zu und sah ihn direkt an. »Du weißt, dass es nicht in Annabells Sinn gewesen wäre, den Feministinnen das Feld zu überlassen. Sie hätte gewollt, dass wir für unsere Rechte kämpfen.«

Lukas rutschte unruhig in dem Sessel hin und her. Jetzt hatte Florian ihn erwischt und überzeugt, da war er sich sicher.

»Wir… Es ist ein bisschen waghalsig, aber wir können es probieren. Wir können vor dem Bundesverfassungsgericht in Revision zu gehen. Immerhin… immerhin hat uns jemand für verfassungswidrig erklärt und uns die Mandate entzogen«, schlug Lukas zögernd vor.

Florian strahlte den Freund an, nahm sein Gesicht zwischen die Hände und drückte ihn aufgeregt. »Das wollte ich hören. ‚Wir kämpfen für unser Land‘. Also gut, was müssen wir als erstes tun?«

Lukas erhob sich. »Also, *du* wirst erst einmal gar nichts tun. Und ich mache unsere Anwälte klar und dann lassen wir den Fall vom Verfassungsgericht neu aufrollen.«

Florian setzte sich in den Sessel, in dem Lukas zuvor gesessen hatte, und nickte wie ein Kind, dem zur Belohnung für eine Impfung ein Lutscher versprochen wurde. Lukas betrachtete ihn und seufzte.

»Unglaublich, dass du der Inhaber des zweitgrößten Energieversorgers in Deutschland sein sollst«, murmelte er und massierte seine Nasenwurzel. Dann sah er Florian wieder an. »Also: Du kümmerst dich um dein Geschäft. Ich kümmere mich um den Revisionsantrag.«

Florian nickte. »Wann erfahre ich von den Ergebnissen?«

»Fahr nach Wuppertal und halt die Füße still. Ich unterrichte dich, sobald ich mehr Informationen habe.«

Florian erhob sich und drückte Lukas dankbar. Der klopfte ihm auf die Schulter. »Und Flo ...«

Florian, der schon halb in seine Schuhe geschlüpft war, wandte sich zu Lukas um. »Drück mich bitte nicht mehr so. Nachher denkt Philipp noch, dass wir eine Affäre haben.«

Florian hielt in der Bewegung inne und zeigte Lukas die Zunge.

Lukas kümmerte sich wie versprochen um den Revisionsantrag. Florian war alles andere als begeistert, sich um sein Unternehmen zu kümmern. Eigentlich wurde er dort auch nicht gebraucht. Zwar gehörte ihm das Unternehmen, doch er hatte von den Geschäften keine Ahnung. Die überließ er Eric Holland, seinem Geschäftsführer. Der gab sich zwar Mühe, ihm die Vorgänge zu erklären, aber am Ende war Florian das fünfte Rad am Wagen. Er stellte in Besprechungen zu viele Fragen, oder saß bedeutungslos in der Ecke.

Weil er sich nicht in die Geschäfte einbringen konnte und er mehr und mehr das Gefühl hatte, eher lästig zu sein, als einen sinnvollen Beitrag zu leisten, rief er täglich bei Lukas an, um ihn nach dem neusten Stand der Revision zu fragen. Es passierte jedoch nichts und Lukas verlor schnell die Geduld mit ihm, der in Wuppertal zum Nichtstun verdammt war. Irgendwann ging Lukas nicht mehr selbst ans Telefon, sondern bat Philipp, die Gespräche für ihn anzunehmen. Und der redete Tacheles mit Florian.

»Mein Gott, jetzt reiß dich mal zusammen«, fuhr er ihn an. Florian hatte ihn just nach einer stressigen Operation erwischt. Der Patient schwebte noch in Lebensgefahr und Philipp war nicht in Stimmung, einem nervösen Politiker die Nerven zu pflegen.

»Warte einfach, bis du Informationen bekommst. Versuch zu arbeiten! Und wenn du da so nutzlos bist, wie in diesem Gerichtsverfahren, dann nutz die Zeit, um Chinesisch zu lernen oder holländischen Holzschuhtanz, aber hör in Gottes Namen auf, ständig hier anzurufen!«

Völlig überrascht von den plötzlichen heftigen Worten des Mannes, den er als sanftmütig eingeschätzt hatte, stand Florian stocksteif in seinem Büro. Ließ er sich so gehen? War es eine solche Belastung für ihn, nichts tun zu können? Stillsitzen zu müssen und auf andere zu warten?

»Ich … es tut mir leid, Philipp. Es kommt nicht wieder vor«, antwortete er hastig, legte auf und schob das Telefon in die Hosentasche.

Er fiel auf seinen Schreibtischstuhl und wandte sich dem Panorama in seinem Rücken zu. Die untergehende

Wintersonne strahlte die Dächer rot und golden an. Hatte er solche Probleme damit, auch mal andere Leute ihre Arbeit machen zu lassen? Vielleicht hatte Philipp recht und er brauchte eine Pause.

Eine wirkliche Pause.

Der Anruf kam ein paar Tage später. Der Horizont hatte eben die Sonne verschluckt, als sich Lukas meldete. Florian erlebte die Worte wie in Trance. Der Antrag auf Revision war abgelehnt worden.

Ihm fiel das Gerät aus der Hand. Er wollte schreien. Vor Wut und vor Zorn. Vor bitterer Enttäuschung. Doch seine Kehle war wie zugeschnürt und trocken. Er konnte nicht schreien und nicht weinen. Er konnte nichts sagen. Sie hatten verloren. Er war stumm. Man hatte ihn mundtot gemacht. Ihm die Zunge herausgerissen.

Sie hatten verloren.

Die Diktatur trat ihren Siegeszug an.

Er lag rücklings auf der Couch und starrte in die Luft, als sei die Luft an dem Elend schuld. Irgendwann holte er sich eine Flasche Scotch aus dem Wohnzimmerschrank und legte sich wieder auf die Couch. Dort wollte er sich in Alkohol ertränken und auf den Weltfrieden warten.

»Lukas hat recht gehabt. Wir haben verloren«, murmelte er, hob die Flasche an die Lippen und trank einen großen Schluck von dem Schnaps, ohne zu schmecken. Der Alkohol brannte in seiner Kehle und in seinem Magen.

»Warum habe ich mich auf all das eingelassen? Warum bin ich nicht gegangen, als ich die Möglichkeit hatte?

Warum habe ich mich gegen diese Verbrecher gewehrt? Warum bin ich in die Politik gegangen?«, fragte er den Wohnzimmerschrank vorwurfsvoll. Dann setzte er die Flasche wieder an den Mund und gurgelte noch einen Schluck der bernsteinfarbenen Flüssigkeit hinein.

Der Schrank antwortete ihm nicht auf die Anschuldigungen, sondern blieb stumm. Aber was erwartete er auch von einem Möbelstück? Es war nur ein Schrank und konnte sich nicht bewegen. Anders als Florian, der konnte sich bewegen. Er hörte Lukas' Stimme in seinem Kopf, die ihm die Frage beantwortete. *Annabell hätte das so gewollt.* Aber warum war sie dann nicht hier, um mit ihm gegen Irene Fleischer zu kämpfen? Warum hatte sie ihn mit dieser Aufgabe allein gelassen? Und wie konnte Lukas überhaupt wissen, was Annabell so alles gewollt hätte?

Er hob die Flasche wieder und trank noch einen Schluck. Dann setzte er sich auf. Er konnte nicht einfach so die Flinte ins Korn werfen: Er musste etwas tun. Ein Schluckaufreflex packte sein Zwerchfell und er hickste. Angriffslustig fixierte er die Schranktüren.

»Ihr dachtet wohl, ihr habt mich klein gekriegt«, lallte er betrunken. »Aber ihr habt die Rechnung ohne Florian Pepperkorn gemacht. Ich weiß, dass ihr das Bundesverfassungsgericht gekauft habt. Ihr habt da eure Leute drinsitzen. Es war doch von vornherein aussichtslos, mit euch vor einem Gericht zu streiten, das für euch Partei ergreift.«

Er setzte die Schnapsflasche wieder an die Lippen und trank, ohne den Schrank, den elenden Feind!, aus den Augen zu lassen. »Dass ich aufgebe, hättet ihr wohl gerne. Das hättet ihr wohl gerne, ihr feministischen Schweine! Aber ihr habt die Rechnung ohne mich gemacht. Ihr seid einen Schritt zu weit gegangen. Ihr werdet schon noch sehen, was ihr davon habt. Wartet nur ab. Ihr habt euch mit dem Falschen angelegt. Florian Pepperkorn!«, rief er und riss die Arme in die Luft. Dabei verschüttete er den Schnaps auf sich selbst, doch das interessierte ihn nicht, »Florian Pepperkorn wird euch den Arsch aufreißen, darauf könnt ihr Gift nehmen! Das bedeutet Krieg!«

Kapitel 9

Nachdem er dem Schrank und dem Feminismus den Krieg erklärt hatte, fiel Florian auf die Couch zurück. Erschöpft von seiner Schimpftirade legte er einen Arm über die Augen und atmete tief und langsam ein und aus.

»Herr Pepperkorn?«, fragte Henriette mit leiser Stimme. Florian nahm den Arm vom Gesicht und hob den Kopf. Kurz huschte ein gequältes Lächeln über ihre Lippen, dann reichte sie ihm einen senfgelben Umschlag.

Augenblicklich fuhr er in die Höhe und streckte die Hand danach aus. Senfgelbe Umschläge hatte er in der letzten Zeit häufiger erhalten. Sie hießen nichts Gutes und auch dieser konnte nichts Gutes bedeuten.

Er nahm das Kuvert an sich und fuhr schon mit dem Finger unter den Klebefalz. Dann hielt er inne. Er wollte ihn nicht hier im Wohnzimmer öffnen, zwischen Schnapsflaschen, Aschenbechern und Schokoladenpapier. Er musste sich darauf konzentrieren, und das funktionierte in diesem Chaos nicht.

Florian stand in dem Moment auf, als sein Smartphone klingelte. Er holte es aus der Hosentasche, ohne den Umschlag aus den Augen zu lassen.

»Pepperkorn«, meldete er sich mechanisch, klemmte sich den Brief unter den Arm und machte sich auf den Weg ins Arbeitszimmer.

»Flo, hast du diesen Brief bekommen?«, fragte Lukas ihn sofort atemlos.

»Welchen Brief?«

»Den vom Amtsgericht.«

»Ich bekomme in letzter Zeit ständig Post vom Amtsgericht.«

»Florian. Einen großen, gelben Umschlag. Vom Amtsgericht. Hast du den bekommen?«

»Immer mit der Ruhe.« Florian nahm an seinem Schreibtisch Platz und warf den Brief auf die Tischplatte. »Ja, ich habe so einen Umschlag bekommen. Aber ich hatte noch keine Gelegenheit, ihn zu öffnen, weil du mich gleich angerufen hast.«

»Herr im Himmel, mach endlich diesen Brief auf!«

Florian legte das Smartphone neben den Umschlag auf seinen Schreibtisch und schaltete den Lautsprecher an. Dann öffnete er den Brief und ein Stoß Recyclingpapier rutschte heraus auf den Tisch. Das Papier lag verkehrt herum, der Briefkopf zeigte auf seinen Bauch. Doch die Worte konnte er trotzdem lesen und sie trafen ihn wie eine Gewehrkugel.

Er las nur die Adresse seines Unternehmens und ihm wurde sogleich übel. Das konnte nichts Gutes bedeuten. Gar nichts Gutes.

»Was steht drin?«, fragte Lukas nervös. Seine Stimme überschlug sich vor Aufregung. In seinem Unterton schwang pure Angst, fast Panik mit. Florian antwortete nicht. Er drehte den Papierstapel um.

21. Februar 2034, Amtsgericht Wuppertal

Herrn Florian Pepperkorn, Antragsgegner

wird im Wege der einstweiligen Verfügung wegen Dring-
lichkeit der Sache unterrichtet. Gemäß §12ff. PSchuG
wird angeordnet:
*   1) Der Antragsgegner darf die Geschäfte des Unter-*
nehmes NEP Energiegewinnungs GmbH nicht mehr
führen.
*   2) Der Antragsgegner ist nicht länger Gesellschafter*
des Unternehmens. Das Unternehmen fällt in den Besitz
des deutschen Staates. Der Antragsgegner hat unverzüg-
lich alle Schlüssel und Zugangsinformationen beim Amts-
gericht Wuppertal oder der nächsten Social Justice War-
rior Dienststelle abzugeben.

Florian starrte die Zeilen an. Mit wachsendem Unglauben
fiel er auf seinen Schreibtischstuhl.

»Sie nehmen mir NEP weg«, murmelte er, als die
Information nach endlosen Minuten zu ihm durchgesi-
ckert war. Dass er noch mit Lukas telefonierte, hatte er
ausgeblendet.

»Florian, was steht in dem Brief?«, fragte der deshalb
nachdrücklich. Die Frage des Freundes holte ihn in die
Wirklichkeit zurück. Eine Wirklichkeit, in der der Staat
ihn enteignete.

»Sie... Sie nehmen mir NEP weg!«, erklärte er laut
und nahm jetzt das Smartphone in die Hand. Er lachte. Es
klang erschöpft und verzweifelt und völlig freudlos. »Sie
nehmen mir NEP weg!«

Das Lachen erstarb und machte unbändigem Zorn Platz. Diese verbrecherische Regierung zwang ihn, sich zu beugen und sein Unternehmen herauszurücken! Sein Geld und sein Leben! Erst verbannten sie ihn aus dem Bundestag und dann das!

»Mit welchem Recht nehmen Sie mir meine Firma weg? Ich habe Grundrechte!«, fragte er Lukas laut und anklagend, als sei es allein seine Schuld.

Lukas schwieg. Dann, nach einer schier endlosen Stille, holte er Luft, um zu antworten: »Sie… sie sprechen heteronormativen, weißen Cismännern die Menschlichkeit ab.«

»Wie können sie Männern die Menschlichkeit absprechen? Mit welcher Begründung? Das verstößt doch gegen die Verfassung. Das ist ein Skandal!«

Lukas seufzte: »Nicht Männern. Heteronormativen Cismännern. Und ja, das ist ein Skandal. Aber mach das doch mal Bundesverfassungsrichterinnen klar, die von einer feministischen Justizministerin in ihr Amt gehoben wurden.«

Florian lehnte sich in seinem Bürostuhl zurück und schloss die Augen. Er atmete tief und langsam durch. Dann fiel ihm ein, dass Lukas ihn gerade angerufen hatte, als er den Brief erhalten hatte.

»Woher wusstest du davon?«, fragte er ihn.

Lukas schwieg und Florian wurde nervös. Er richtete sich auf und sah aus dem riesigen Fenster in seinem Büro. Draußen lag der Garten in friedlicher Ruhe. Von den kahlen Rosensträuchern tropfte der schmelzende Schnee in den Schneematsch, der den Rasen bedeckte.

»Lukas. Woher wusstest du davon?«, fragte Florian alarmiert.

Lukas atmete tief durch und antwortete dann langsam: »Eine von der SJW hat den Brief gebracht. Sie haben mir und Philipp das Haus weggenommen.«

In seinem Hals bildete sich ein Kloß. Florian wusste im ersten Moment nicht, was er darauf antworten sollte. Hatte er eben richtig gehört?

»Bitte was?«, flüsterte er, als er seine Sprache wiedergefunden hatte. Lukas räusperte sich.

»Sie haben uns das Haus weggenommen.«

»Welches Haus?«, fragte Florian heiser. Er hatte das Gefühl, dass sich unter ihm ein Schlund aufgetan hatte, in den er zu stürzen drohte.

»Das Haus in Charlottenburg. Mein Haus!«

»Dann… seid ihr auf der Straße gelandet?«

»Noch nicht. Wir haben ein paar Tage Zeit, das Haus zu räumen. Dann sind wir allerdings obdachlos.«

Er schluckte den Kloß in seinem Hals hinunter. »Dann kommt zu mir nach Wuppertal!«

Lukas lachte bitter. »Und du glaubst, dass dir dein Haus sicher ist? Florian, so lange du einen Schwanz zwischen den Beinen hast, ist dir dein Haus alles andere als sicher. Sie werden es dir schneller wegnehmen, als du Eigentum sagen kannst. Schau mal nach, ob sie es dir nicht schon weggenommen haben. Vielleicht ist dir die letzte einstweilige Verfügung ja durch die Lappen gegangen.«

Florian wusste nicht, was er dazu sagen sollte. Konnte der Staat, konnte diese Regierung ihm einfach so das eigene Unternehmen und das Zuhause wegnehmen? War das möglich? Oder lag hier vielleicht nur ein übler Scherz vor? War heute der erste April?

Sein Blick huschte reflexartig zum Kalender, nur um festzustellen, dass nicht der erste April war. Er sah auf das Dokument. Das Datum passte nicht zum ersten April. Und außerdem trug es amtliche Siegel. Das war kein schlechter Witz.

Aber vielleicht war alles nur ein böser Traum? Vielleicht war er im Bundestag über eine dieser Debatten eingeschlafen und jetzt malte er sich die Horrorvision einer feministischen Diktatur aus?

»Sieg Heil«, murmelte Florian.

»Was?«, fragte Lukas perplex.

Florian antwortete nichts mehr darauf. Er legte auf und schob das Handy in seine Hosentasche. Dann las er das Dokument erneut. Die Regierung versuchte tatsächlich, ihm NEP wegzunehmen. Aber das würde er sich nicht einfach gefallen lassen. Nicht mit ihm! Seine Firma gehörte ihm und das sollten diese Feministinnen erfahren!

Er schnappte nach dem Dokument, schob es in den Umschlag zurück, stopfte den Umschlag in eine Aktentasche, den Laptop dazu und rannte dann die Treppe hinunter.

Am unteren Treppenabsatz erschien Henriette. Verdutzt sah sie zu, wie er eilig in ein Paar Lackschuhe schlüpfte und seinen Mantel vom Haken nahm.

»Wollen Sie Ihr Jackett nicht anziehen, Herr Pepperkorn?«, fragte sie irritiert, als Florian seinen Schlüssel nahm und ihn in die Jackentasche gleiten ließ.

»Nicht nötig. Danke schön«, keuchte er, nahm die Autoschlüssel und griff nach der Türklinke.

»Ist etwas passiert?«, fragte sie, bevor er zur Tür hinauseilen konnte. Er hielt kurz inne und musterte die Frau von oben bis unten. Dann lächelte er müde. »Es könnte sein, dass ich in der Zukunft Ihre Hilfe brauche.«

»Das tun Sie doch immer«, erwiderte sie amüsiert. Dieser Satz ließ ein warmes, geborgenes Gefühl in ihm aufsteigen. Er stellte die Tasche ab und kam zu ihr zurück. Ohne sie um Erlaubnis zu bitten, schloss er sie kurz und fest in die Arme.

»Ich danke Ihnen«, krächzte er. Sie erwiderte die Umarmung nach kurzem Zögern und nickte, das Gesicht in seine Schulter gedrückt.

»Nicht dafür«, murmelte sie verblüfft. Florian löste sich von ihr. Er hob die Hand zum Gruß und verschwand.

Dieses Mal hatte er keine Schwierigkeiten, den Motor zu starten. Schließlich hatte er an Weihnachten in Erfahrung gebracht, wie sein Auto funktionierte. Er griff nach dem Sicherheitsgurt, schnallte sich an, legte den Rückwärtsgang ein und fuhr vom Hof.

Sie hatten die Rechnung ohne ihn gemacht. Er würde sich gegen diese Ungerechtigkeit wehren. Sie musste ihn schon aus seinem Unternehmen hinaustragen, wenn sie es ihm wegnehmen wollten. Er würde nicht kampflos aufgeben!

Er krampfte die Finger um das Lenkrad und murmelte wütend vor sich hin, während er fuhr. Als er auf dem Betriebsgelände ankam, wusste er gar nicht mehr, wie er hierher gekommen war. Er schloss das Auto ab und wandte sich um. Er wusste, dass er selbst gefahren war. Aber er konnte sich nicht mehr an die Fahrt erinnern.

Im Stechschritt lief er über das Gelände. Die Nachricht von der Enteignung hatte ihn so getroffen, dass er die Grußformeln der Leute, die ihm entgegenkamen, gar nicht wahrnahm.

Er hastete zum Büro des Geschäftsführers und stolperte in das Zimmer. Der Raum war verlassen. Er schloss die Tür hinter sich, trat hinter den Schreibtischstuhl und legte die Stirn auf der Rückenlehne ab.

»Scheiße, verfluchte!«, zischte er und raufte sein Haar. Sie wollten ihm seine Firma wegnehmen. Seine Firma! »Zum Teufel!«, fluchte er wieder, als die Tür geöffnet wurde und ihm ein Mann gegenüberstand, der ihn verdutzt ansah. Es dauerte einen Moment, bis er begriff, dass ihm Eric Holland gegenüberstand.

»Herr Pepperkorn«, fing er überrascht an. »Ist etwas passiert? Kann ich Ihnen helfen?«

»In der Tat, das ist es«, stieß Florian aus und setzte sich an den Schreibtisch. Der Geschäftsführer schüttelte verständnislos den Kopf, nahm einen Stuhl vom Besprechungstisch und setzte sich auf die andere Seite des Schreibtisches.

»Sie werden Ihren Job verlieren, so leid mir das tut, Herr Holland«, begann er schließlich. »Es liegt nicht daran, dass ich mit Ihrer Arbeit unzufrieden bin. Ich bin enteignet worden. Es ist nur eine Frage der Zeit, bis mir das Unternehmen genommen wird.«

Während er sprach, waren Eric alle Gesichtszüge entgleist. Er saß schweigend am Tisch und seine Haltung war so eingefallen, dass er Florian an einen gefällten

Baum erinnerte. So saßen sie sich gegenüber und schwiegen sich an.

Florian schlug das Herz bis zum Hals. Er hatte dieses Dokument erhalten. Er wusste, dass das ein Spiel auf Zeit war. Die Regierung wartete darauf, dass er seine Schlüssel zum Amtsgericht brachte. Und er wusste, dass sie handeln würden. Vermutlich eher schnell als langsam.

»Sie sollten retten, was zu retten ist«, sagte Eric Holland und riss ihn damit aus seinen Gedanken heraus.

Florian hob den Kopf und sah ihn überrascht an. »Was meinen Sie?«

»Ich spreche von Geld! Die Kassen, Konten, Wertpapiere. Wir können doch hier nicht sitzen und nichts tun!« Mit großen Augen sah Florian zu, wie sich der Geschäftsführer erhob und über den Schreibtisch nach dem Telefonhörer griff. Völlig automatisch räumte Florian den Sessel, damit der Mann seine Arbeit machen konnte.

Während Eric Holland versuchte, Gelder und Güter zu verschieben, wartete Florian am Besprechungstisch, trank Kaffee und las die einstweilige Verfügung wieder und wieder. Er fühlte sich nutzlos und gleichzeitig war er froh, dass jemand da war, der wusste, wie es weitergehen konnte.

Er betrachtete das Schreiben. Inzwischen sah es abgegriffen aus. Aber von seiner Abscheulichkeit hatte es nichts eingebüßt. Was wollten die Feministinnen schon machen? Wie wollten sie ihn dazu zwingen, seine Firma heraus zu geben? Sie würden ihn schon hinaus tragen müssen. Und Eric Holland ebenso, wenn er ihn richtig einschätzte. Außerdem mussten sie auf die Schlüssel warten.

Sie hatten ihm keine Frist gesetzt, bis zu der er die Schlüssel abgeben musste, sondern nur von *unverzüglich* gesprochen. Nach Erhalt des Dokuments hatte er die Schlüssel *unverzüglich* beim nächsten Gericht oder der SJW abzugeben. Henriette hatte den Brief von der SJW-Frau entgegengenommen. Sie konnten also davon ausgehen, dass ihm die Information nicht unmittelbar zugegangen war.

Es würde eine Weile dauern, bis die SJW sich sicher sein konnte, dass ihm das Dokument zugegangen war. Florian würde sich eine ganze Weile nonverbal zur Wehr setzen müssen, bevor überhaupt jemand merkte, dass er das tat.

Hoffte er zumindest.

Ein Klopfen an der Tür riss ihn aus seinen Gedanken. Eric reagierte nicht darauf, also holte Florian Luft und rief: »Bitte!«

Die Tür ging ein Stück weit auf und eine junge Frau schob den Kopf zu ihnen herein. Verdutzt sah sie von Eric Holland zu Florian und zurück. Dann trat sie ein und wandte sich an den Geschäftsführer.

»Herr Holland. Da stehen SJW-Frauen beim Pförtner und wollen Sie sprechen.« Ihre Stimme war leise, doch Florian kam sie unverhältnismäßig laut und dröhnend vor. So, als hätte jemand einen alten Dieselmotor direkt neben dem Tisch eingeschaltet. Unsicher sah sie von dem Geschäftsführer zu Florian. Eric Holland stand an seinem

Schreibtisch, vorgebeugt wie ein Raubtier und stützte sich auf die Tischplatte.

»Sie wollen nicht Herrn Holland sprechen, sie wollen mich sprechen«, antwortete Florian an Erics Stelle. »Sagen Sie dem Pförtner, dass die Damen im Konferenzsaal empfangen werden.«

Das Mädchen nickte und verschwand. Eric Holland sah Florian an. »Soll ich Sie begleiten, Herr Pepperkorn?«

Florian schüttelte den Kopf. »Nein. Das ist Politik. Das ist meine Aufgabe.« Er erhob sich und reichte dem Geschäftsführer die Hand. »Ich danke Ihnen, Herr Holland. Für alles.«

»Viel Glück.«

Eric Holland nahm seine Aktentasche und verließ den Raum. Florian sah auf die Uhr. Es war halb zehn abends. Er stützte sich auf den Tisch. Die feministische Justiz war also nicht so langsam, wie er angenommen hatte. Die Regierung wusste schon, dass er sich dagegen wehrte, enteignet zu werden. Dass er ihnen die Stirn bot. Und sie schickten gleich ihren verlängerten Arm, um ihr vermeintliches Recht zu vollstrecken.

Er hob den Kopf und sah auf das nächtliche Wuppertal, das sich vor ihm ausbreitete, wie ein Sternenhimmel. Er richtete sich Wirbel für Wirbel auf und fuhr mit der Hand durch sein dunkles Haar.

Es klopfte erneut an der Tür und Florian wandte sich um. In der Tür stand die Kauffrau, die schon eben den Besuch angekündigt hatte. »Die SJW-Frauen warten jetzt im Konferenzraum auf Sie.«

»Bieten Sie Ihnen Wasser an. Ich komme gleich.« Florian drehte sich um und hörte, wie die Tür wieder ins Schloss fiel. Er betrachtete sein Spiegelbild im Garderobenspiegel. »Also dann«, sagte er zu sich selbst und setzte eine kämpferische Miene auf. »Showtime.«

Die Uniformierten standen um den großen Tisch, der den Besprechungsraum dominierte. Sie hatten ihre mit lila Samt ausgeschlagenen Capes abgelegt und sie über die Stühle gehangen, die sie für sich selbst okkupierten. Als Florian eintrat, unterbrachen sie ihr Gespräch.

Eine der Drei trat vor und reichte ihm die Hand. »SJW-Hauptverteidigerin Tellmann«, stellte sich die Offizierin vor und drückte seine Hand. Unwillkürlich zuckte Florian bei diesem Titel zusammen. Das klang seltsam militärisch. Sein Blick glitt über die Uniformen. In dunklem Violett gehaltene Schulterstücke, Ärmelaufschläge und Kragenspiegel hätten die Auskunft der Hauptverteidigerin bestätigt. Aber Florian kannte die Symbole darauf nicht.

»Das sind die SJW-Unterverteidigerinnen Schneider und Demirci.« Die anderen beiden Offizierinnen traten vor und gaben Florian die Hand.

»Florian Pepperkorn«, stellte er sich vor, während er die Uniformen betrachtete.

»Das wissen wir bereits, Herr Pepperkorn. Bitte, nehmen Sie doch Platz«, bat Hauptverteidigerin Tellmann und wies auf die Stühle.

Obwohl es sein Konferenzraum war und er das Gespräch hätte führen müssen, gehorchte Florian wie ein Hund und nahm am Tisch Platz. Die drei SJW-Frauen setzten sich ihm gegenüber. Hauptverteidigerin Tellmann beugte sich zu ihm vor. Sie legte die Unterarme auf den Tisch und verschränkte die Finger miteinander. Der schwarze Lack auf dem Schirm ihrer Mütze glänzte im grellen Neonlicht.

»Herr Pepperkorn, Sie wissen, warum wir hier sind?«, fragte sie.

Florian blinzelte die Frau an. Er schwieg, denn er begriff in diesem Moment, dass er verhört wurde. Er beschloss, sich dumm zu stellen.

»Ich… verstehe nicht ganz«, erwiderte er und versuchte, seine Stimme überrascht klingeln zu lassen. Unterverteidigerin Schneider ballte die Hände nervös zu Fäusten und Tellmann legte eine Hand auf ihren Arm, um sie zu beruhigen.

»Dann haben Sie das Dokument noch nicht erhalten, mit denen man Sie über §12 PSchuG unterrichtet hat?«, fragte sie.

Er löste die Aufmerksamkeit von den Fäusten der Unterverteidigerin und wandte sich der Hauptverteidigerin zu.

»§12 PSchuG?«, fragte er irritiert, als hätte man ihn eben aus der Narkose geweckt.

Die Hauptverteidigerin seufzte und zog ein Gesicht, als habe Florian sie eben gebeten, ihm zu erklären, wo die Kinder herkamen.

»Herr Pepperkorn. Wollen Sie mir allen Ernstes erzählen, dass das Personenschutzgesetz an Ihnen vorbeigegangen ist? Sie wollen nichts von dem revolutionären Gesetz unserer großen Kanzlerin gehört haben?«

Florian schüttelte langsam den Kopf. Personenschutzgesetz? Große Kanzlerin?

»Das Personenschutzgesetz wurde ins Leben gerufen, um Minderheiten zu beschützen. Es soll gleiche Chancen für alle Geschlechter schaffen und dafür sorgen, dass Privilegien zwischen den Geschlechtern abgebaut werden«, erklärte ihm jetzt die Unterverteidigerin Schneider. Ihren aggressiven Ton nahm Florian wie im Traum wahr. Er sah sie an, wie ein hypnotisiertes Kaninchen. Personenschutzgesetz? Gleichberechtigung?

»Was... was habe ich damit zu tun?«

»Die Sache ist einfach. Das Leben hat Sie von Anfang an damit privilegiert, dass Sie ein weißer, heteronormativer Cismann sind.«

Weiß. Heteronormativ. Cismann. Da waren sie wieder, diese komischen Wörter, die Florian das Gefühl gaben, irgendjemand habe sie sich ausgedacht, um ihn zu diskriminieren.

»Ich bin privilegiert, weil ich ein weißer Mann bin?«, fragte er irritiert.

Unterverteidigerin Demirci lachte. »Natürlich sind Sie das. Sehen Sie es ein. Nur so können Sie sich von diesem Fehler lösen und einen sinnvollen Beitrag zur Gesellschaft leisten.«

Florian schüttelte ungläubig den Kopf. »Aber... wieso sollten mein Geschlecht oder meine Hautfarbe mich bevorteilen?«

Hauptverteidigerin Tellmann schnalzte ungeduldig mit der Zunge. »Das steht hier nicht zur Debatte. Diese Dinge können Sie mit Soziologen diskutieren. Wir sind nur hier, um das geltende Recht durchzusetzen. Und dieses besagt nach §12 Personenschutzgesetz, dass Sie kein Recht mehr darauf haben, diese Firma zu besitzen.«

Florian verzog das Gesicht. »Wieso habe ich kein Recht diese Firma zu besitzen? Das ist *meine* Firma! *Ich* bin der Inhaber von NEP!«

Die Hauptverteidigerin schüttelte den Kopf. »Sie können nicht der Inhaber von NEP sein. Wie wollen Sie denn Gesellschafter eines Unternehmens sein, wenn Sie keine Verträge abschließen können?«

Florian starrte die Frau an. »Bitte was?«, flüsterte er dann.

»Nach §12 PSchuG dürfen Sie keine Verträge mehr abschließen.«

»Aber… das ist ein Grundrecht! Es ist in der Verfassung verankert! Ich bin ein Mensch. Ich bin ein deutscher Staatsbürger und ich habe das scheiß Recht Verträge abzuschließen!«, schimpfte Florian. Hauptverteidigerin Tellmann schüttelte den Kopf.

»Sie sind kein Mensch, Herr Pepperkorn.«

Kapitel 10

»Bitte was haben Sie eben gesagt?«, flüsterte Florian.

»Das PSchuG erkennt neueste wissenschaftliche Arbeiten an, nach denen eindeutig erwiesen ist, dass heteronormativen Cismännern die Menschlichkeit fehlt. Sie sind kein Mensch, sondern ein Tier.«

Florian erstarrte. Es dauerte, bis er seine Sprache wiedergefunden hatte. »Sie wollen mir ernsthaft erzählen, dass Menschlichkeit vom... Geschlecht abhängt?«

»Und der Hautfarbe, ja. Ich erzähle hier kein Märchen, das ist eine wissenschaftliche Tatsache.« Die Hauptverteidigerin stand auf. »Ich bin keine Soziologin und kann Ihnen die wissenschaftliche Seite nicht erklären. Ich bin SJW-Offizierin. Und Sie strapazieren meine Geduld, Herr Pepperkorn. Händigen Sie mir die Schüssel aus und verlassen Sie das Gelände!«

Florian erhob sich langsam. Er betrachtete die drei SJW-Offizierinnen, die ihm seine Firma wegnahmen. Mit denen konnte er nicht diskutieren. Und er bezweifelte, dass eine Diskussion ihm half. Dieser Staat diskutierte nicht mit ihm.

Widerstand war zwecklos.

»Die Sachen, die Sie haben wollen, sind nebenan im Büro«, erklärte Florian. Er verließ den Raum, um die Schlüssel zu holen. Die Uniformierten folgten ihm.

Er öffnete seine Aktentasche und wühlte einen Moment darin herum.

Als er ein metallisches Klicken hörte und die kalte Mündung einer Waffe an seiner Schläfe spürte, sah er aus den Augenwinkeln hinüber und schloss kurz die Augen.

»Es ist nicht nötig, mich zu bedrohen. Ich habe weder vor zu fliehen, noch mich zu wehren«, versicherte er.

»Sie wühlen schon eine Weile in dieser Tasche. Und Vorsicht ist die Mutter der Porzellankiste«, erwiderte die Unterverteidigerin, die ihm die Waffe an den Kopf hielt. Florian richtete sich langsam, Wirbel für Wirbel, auf und hob mit zwei Fingern einen dünnen Schlüsselbund hoch. An dem Schlüsselbund hing ein Foto von ihm und Annabell, aufgenommen an einem herrlichen Sommertag vor dem Universitätsschloss Münster, wo sie studiert hatten.

»Ich würde gerne meinen Auto- und meinen Haustürschlüssel…«

Hauptverteidigerin Tellmann umrundete den Schreibtisch und legte ihm einen Stapel Papiere vor die Nase. Florian las nur die erste Zeile. *Einstweilige Verfügung.*

Er schloss die Augen und atmete tief durch.

»Sie haben kein Recht mehr auf Besitz«, erklärte die Offizierin. Florian spürte einen Kloß in seinem Hals. Er schluckte und sein Kehlkopf hüpfte auf und nieder. Ein Schaudern jagte durch seinen Körper und ließ ihn bebend zurück.

Er öffnete die Augen wieder und sah die Hauptverteidigerin an. »Und… was soll jetzt aus mir werden?«

Die Hauptverteidigerin schüttelte den Kopf, blickte auf den Schlüsselbund und bewegte auffordernd die Hände. Florian ließ den Schlüssel mit dem Anhänger in die offene Hand der Offizierin fallen. Sie schloss die behandschuhten Finger darum.

»Es tut mir leid, Herr Pepperkorn.«

Diese Schlacht hatte er verloren.

In seinen Mantel gehüllt mit der Aktentasche in der Hand trat Florian auf den Flur. Die SJW-Offizierinnen folgten ihm wie scharfe Hunde, die ihre Beute vor sich hertrieben.

»Herr Pepperkorn«, hauchte die Kauffrau, als er über den Flur ging. Sie stand in der Tür und sah ihn erschüttert an. Er blieb stehen und lächelte aufmunternd.

»Gehen Sie schon weiter«, forderte die Unterverteidigerin hinter ihm und stieß ihm mit dem Finger in den Rücken. Florian sah kurz über seine Schulter zu der Offizierin. Dann sah er die Kauffrau wieder an. Sie weinte.

»Schon gut«, munterte er sie auf, zog seinen Kragen zurecht und ging weiter.

Er trat in den Hof. Es war dunkel und regnete wie aus Eimern. Das grelle Licht der Hofbeleuchtung brach sich in den Regenfäden. Er beobachtete die Männer, die im Hof ihrer Arbeit nachgingen. Seine Schritte wurden langsamer, während er ihnen dabei zusah. Eine der SJW-Offizierinnen stieß ihn weiter. Der Pförtner verließ seinen Platz und verabschiedete sich von ihm.

Dann stand er vor dem Tor seiner Firma. Die Prozession endete hier.

Hauptverteidigerin Tellmann zog ihren lila Handschuh aus und gab ihm die Hand. Florian presste die Lippen aufeinander. Die Offizierin konnte nichts für das Regime, dem sie diente. Er schlug ein. Als er die Hand der Offizierin nahm, spürte er erst, wie kalt seine eigenen Finger waren.

»Gott schütze Sie«, sagte die SJW-Frau. Florian sah der Frau in die Augen. Sie ließ seine Hand los, trat zurück und folgte ihren Unteroffizierinnen.

Dann war er allein. Der Regen hatte ihn durchnässt. Er spürte, wie das Wasser durch seinen Mantel in seine Kleidung sickerte und das Haar aufweichte. Er ließ das Kinn auf die Brust fallen und überlegte, wohin er gehen konnte.

Lukas und Philipp hatten ihr Haus in Charlottenburg verloren. Die beiden gehörten selbst zu den Menschen, die die Feministinnen verfolgten. Und dabei waren sie schwul, also nicht heteronormativ. War das nicht der größte Makel an Florian? War es nicht das, was die Feministinnen ihm vorwarfen? Dass er sich als Mann in seinem Körper wohlfühlte und sich zu sehr auf Frauenärsche konzentrierte, wie Lukas es formuliert hätte?

Er holte seine Zigaretten aus dem Mantel und stellte fest, dass auch sie aufgeweicht waren. Warum wunderte es ihn noch, dass sogar sein Tabak dem Regen zum Opfer gefallen war? Wenn er das Wasser schon auf den Schultern spürte, wie sollten dann seine Zigaretten trocken bleiben?

Er schob die Zigarettenschachtel zurück, als ihm plötzlich jemand einen Regenschirm über den Kopf hielt. Er fühlte sich an den Tag in Berlin erinnert, da das Bundesverfassungsgericht in die Luft geflogen war. Da hatte auch schon jemand einen Regenschirm über seinen Kopf gespannt, um ihn zu schützen.

Er hob den Kopf und lächelte, als er sah, wer seinen Schirm mit ihm teilte. »Henriette«, atmete er erleichtert aus. »Aber wie…?«

»Die Social Justice Warrior«, erklärte sie. Er unterbrach sie mit einem Kopfnicken, denn er wusste schon, was sie sagen wollte. Sie waren natürlich auch zu seinem Haus gekommen und hatten Henriette von dort vertrieben.

»Können Sie irgendwohin?«, fragte sie.

Er schüttelte den Kopf.

»Dann kommen Sie mit zu mir.«

Florian nickte dankbar. »Bitte. Sag einfach Florian«, bat er sie, während er ihr zu ihrem Auto folgte. Sie sah ihn von der Seite an und lächelte dann. »Also gut, Florian. Steig ein«, bat sie ihn dann und wies auf die Beifahrertür eines winzigen Autos.

Er stieg ein, stellte die Aktentasche in den Fußraum und schnallte sich an.

Heute Morgen war er noch mit einer großen Limousine zu seiner Firma gekommen. Einer Firma, die ihm keine vierundzwanzig Stunden später nicht mehr gehörte. Genauso wenig die Limousine oder die Villa in Beyenburg. Er schloss die Augen und ließ den Kopf gegen die Kopfstütze fallen.

»Danke, Henriette.« Er öffnete die Augen wieder und sah sie an.

Sie lächelte ihn an. »Gern geschehen.«

»Es tut mir leid, dass ich dir das Auto ganz nass mache.«

Sie zuckte mit den Schultern und ordnete sich in den fließenden Verkehr ein. »Das macht dem Leder nichts. Seien Sie unbesorgt.«

»Ich kann nicht glauben, dass sie das wirklich gemacht haben.« Er betrachtete das grelle, weiße Licht der LED-Straßenlaternen. »Bin ich wirklich so ein schlechter Mensch, dass man mir alles wegnehmen muss? Bin ich tatsächlich kein Mensch mehr? Bin ich das Tier, das mir die Feministinnen vorwerfen zu sein?«

Henriette hielt den Wagen an einer roten Ampel und sah zu ihm herüber. »Nein, sind Sie nicht.«

»Siez mich nicht, Henriette! Du bist nicht mehr meine Angestellte.« Er lächelte müde. »Um ehrlich zu sein, bin ich eben obdachlos geworden. Ich habe nichts mehr als die Kleider auf dem Leib und ein Stück Brot in der Hand.« Er jammerte theatralisch und gab seiner Stimme trotz der ernsten Situation einen spottenden Klang.

Henriette fing an zu lachen.

»Was für ein gnädiges Publikum, heute Abend«, amüsierte er sich. Die Ampel sprang auf Grün und Henriette fuhr an. »Das wird schon wieder. Wenn Gott eine Tür schließt, macht er eine andere auf«, kehrte sie zu dem ernsten Thema zurück.

Er lächelte gequält. »Die nächste Station ist doch die Schlachtbank. Und ich wollte noch nicht sterben.«

»Sie werden auch nicht sterben, Herr Pepperkorn. So schnell kriegen die da oben Sie nicht tot. Seien Sie unbesorgt.«

Sie parkte den Wagen in irgendeiner Straße im Luisenviertel. Zwischen den Bars und Kneipen fühlte sich Florian plötzlich alt. Wann war er das letzte Mal ausgelassen feiern gewesen? Er erinnerte sich nicht daran.

Er sah zu der kleinen Straße und zu den Laternen, die sie erhellten. Dann hörte er, wie eine Tür aufgeschlossen wurde. Der Riegel sprang zurück und die Tür öffnete sich nach innen. Henriette ging voran und schaltete im Flur das Licht an. Er folgte ihr.

Es war ein typischer Wuppertaler Altbau. Die Treppen waren hoch und die Stufen schmal. Ein abgewetzter Handlauf säumte das Treppengeländer. Florian hatte das Gefühl, dass kalte Luft hereinzog. Er wusste nicht, ob der Luftstrom von der Tür oder den alten Fenstern kam. Aber die Winterluft war eisig und schnitt durch seine klamme Kleidung wie ein Messer.

Henriettes Wohnungstür führte ihn in eine Dachgeschosswohnung.

»Eine heiße Dusche wird dir sicher guttun«, schlug sie mütterlich vor, während sie ihre Jacke auszog und sie an einen Haken hängte. Florian sah an sich herab.

»Ich denke auch, dass mir das guttun wird«, stimmte er zu. Sie musterte ihn und nickte.

»Ich hole dir ein Handtuch. Vielleicht hat mein Lebensgefährte noch was, das du anziehen kannst.« Florian spürte, wie sein Gesicht heiß wurde, als sie von trockener Kleidung sprach. Er zog seine Schuhe und seinen Mantel aus. Die Schuhe stellte er auf die Fußmatte vor der Tür, damit er nicht noch mehr Dreck in der sonst so aufgeräumten Wohnung machte, dann hängte er seinen Mantel an die Garderobe. Das Wasser tropfte nur so aus dem Filz und sammelte sich auf dem Laminat.

Henriette kam mit einem großen Badetuch zurück. »Hast du einen Aufnehmer?«, fragte er. »Der Mantel ist völlig aufgeweicht und macht dir alles nass.«

Unter der Garderobe hatte sich bereits eine Pfütze gebildet.

»Ich mach das schon, Florian. Geh duschen.« Er nickte und nahm das Handtuch entgegen. »Badezimmer ist hinten links.«

Hatte sich heißes Wasser jemals so gut angefühlt? Er schloss die Augen und reckte sich dem Duschkopf entgegen. Das Wasser rieselte auf seine Kopfhaut und seine Schultern. Er war immer noch durchgefroren, taute aber langsam auf.

Er duschte, bis seine Haut feuerrot war und sich Dunst im Badezimmer gebildet hatte. Dann trat er auf die Duschmatte, rieb sich eilig trocken und wickelte sich das Handtuch um die Hüfte.

»Henriette…«, setzte er an. Er hatte die Tür nur einen Spalt breit geöffnet und den Kopf hindurchgeschoben.

Sie erschien im Flur und lächelte. »Hier«, erklärte sie und reichte ihm ein riesiges Shirt und eine Sporthose. Er lächelte dankbar und nahm die Kleidung entgegen.

Das Shirt war viel zu groß. Der Saum reichte ihm fast bis an die Knie. Die Hose passte etwas besser, aber auch sie musste er gefühlt bis zur Brust hochziehen. Die Sachen rochen nach Waschmittel und er fühlte sich geborgen.

Er verließ das Badezimmer und trat auf den Flur. Es war dunkel. Aber aus einem Zimmer schien Licht in den Flur und dumpfe Stimmen tönten aus dem Raum. Vermutlich würde er gleich den Mann kennen lernen, dem die Sachen gehörten, die er trug. Peinlich, irgendwie.

Er betrat den Raum und stellte fest, dass Henriette allein war. Sie saß mit einer Tasse in der Hand auf der Couch und schaute fern.

Als sie ihn bemerkte, stellte sie den Fernseher stumm und wandte sich zu ihm um.

»Ist dein Lebensgefährte nicht da?«, fragte er überrascht.

Henriette schüttelte den Kopf. »Er hat eine eigene Wohnung und ist nur am Wochenende hier.« Sie reckte sich nach der Kanne und hielt sie hoch. »Möchtest du auch Tee?«

Florian nickte und setzte sich neben sie auf die Couch. »Danke, dass ich hierbleiben kann.«

Sie lächelte und schenkte ihm eine Tasse Tee ein. Er nahm sie entgegen, trank einen Schluck und widmete dem Fernseher seine Aufmerksamkeit. Es lief eine Nachrichtensendung, die eben eine Aufnahme aus dem Bundestag zeigte. Es waren nur Frauen anwesend. Die Diskussion schien im friedlichen Konsens zu verlaufen. Niemand wollte ernstlich wütend diskutieren.

»Was hast du jetzt vor?«, fragte Henriette, ohne die Aufmerksamkeit vom Fernseher zu wenden.

»Ich muss mich irgendwie wehren. Ich will wiederhaben, was mir gehört.« Er machte eine kurze Pause. »Und dann lade ich dich auf eine Tasse Tee ein. Versprochen.«

Sie lächelte ihn an, stieß wieder mit ihm an und trank. »Es macht mir keine Umstände, dass du hier bist. Ich war froh, dich wohlbehalten vorzufinden.«

Florian schnaubte. »So wohlbehalten, wie die Umstände es zulassen.«

Florian verbrachte die Nacht auf der Couch. An der Wand hing eine Uhr, die ihn mit ihrem Ticken wachhielt. Er fühlte sich wie gerädert, als er am anderen Morgen mit Henriette frühstückte, und war froh, dass sie ebenfalls keinen Wert auf eine Unterhaltung legte.

Als sie aufbrach, stand Florian auf Socken im Flur.

»Ich muss los, mein Papa wartet im Altenheim auf mich. Bleib solange, wie du magst, ja?«

»Danke«, erwiderte er und nickte, um seinen Worten Nachdruck zu verleihen. Henriette hob die Hand, verließ die Wohnung und zog die Tür hinter sich ins Schloss. Florian blies die Wangen auf und ging dann auf Socken ins Wohnzimmer, wo er seinen Laptop aus seiner Aktentasche holte und es einschaltete.

Wenn die feministische Scheißregierung ihm das Recht genommen hatte, Verträge zu schließen, und das hatten sie, dann konnte er keine Wohnung mehr mieten. Er konnte auch nicht mehr arbeiten. Jedenfalls konnte er das alles nicht mehr legal tun. Er war durch diese Entmündigung darauf angewiesen, dass ihm jemand half. Und er war froh, dass Henriette sich seiner angenommen hatte.

Während er darauf wartete, dass das Betriebssystem startete, entriegelte er sein Smartphone. Er wählte Lukas' Nummer und schaltete den Lautsprecher an, um sich auf den Laptop konzentrieren zu können.

»Der angerufene Teilnehmer ist derzeit nicht erreichbar«, teilte ihm eine Bandansage an. Florian runzelte die Stirn und betrachtete das Display seines Smartphones.

Lukas war nicht erreichbar? Hatte er sein Telefon abgeschaltet? Das war untypisch für ihn.

Er legte auf, als die Bandansage ihm eine Rückrufbitte via SMS anbot. »Hoffentlich ist dir nichts passiert«, murmelte Florian und erhob sich. Er raufte sein Haar, holte sich ein Glas Wasser aus der Küche und nahm wieder am Tisch Platz.

Er wählte Philipps Nummer. Doch auch dort ging nach kurzem Klingeln die Mailbox dran.

»Hi Philipp, hier ist Flo. Ich erreiche euch nicht und mache mir Sorgen. Vielleicht meldet ihr euch.«

Er legte auf und betrachtete das Handy. Lukas hatte erzählt, dass man ihnen das Haus weggenommen hatte. Aber Lukas' Familie war steinreich. Sie besaßen einige Häuser in Berlin. Selbst wenn sein Vater ebenfalls enteignet worden wäre, dann war es wahrscheinlich, dass sie allesamt bei seiner Schwester untergekommen waren. Florian schloss die Augen und nickte langsam. Er kannte Lukas' jüngere Schwester Bettie gut, denn sie hatte sie miteinander bekannt gemacht. Lukas' Drillingsbrüder hingegen kannte er nicht gut. Florian war den beiden Brüdern nur einmal begegnet und hatte sie nie richtig kennengelernt.

Als er aus seinen Gedanken auftauchte, war das Betriebssystem offenbar schon eine Weile geladen und das Gerät wartete darauf, dass Florian mit seiner Arbeit begann.

Er wollte mit der eingebauten Webcam des Geräts ein Video drehen. Dazu rückte er den Stuhl vor eine freie Wand, stellte den Tisch davor und baute den Laptop auf dem Tisch auf. Er richtete es so aus, dass sein Bild in der Webcam akzeptabel aussah und startete die Aufnahme.

Die Kamera lief. Florian atmete tief durch, blinzelte und begann dann zu sprechen.

»Gestern Abend um zehn Uhr hat der deutsche Staat die Grundrechte seiner Bürger verletzt. Gestern Abend um zehn Uhr sind drei SJW-Offiziere in meiner Firma aufgetaucht und haben mich mit gezogener Waffe hinausbegleitet. Nur zehn Minuten später stand ich vor den Toren eines Werks, das seit Generationen in Familienbesitz ist und das mir von diesem Staat geraubt wurde.

Ich habe meinen ganzen Besitz verloren. Ich habe mein Haus verloren und bin jetzt obdachlos. Ich erzähle euch das nicht, um euer Mitleid zu erregen.« Florian hielt inne und überdachte seine Worte. Er klang wie ein verheulter Waschlappen. Kein Mensch würde ihn ernstnehmen, wenn er sowas ins Internet stellte. So konnte er niemanden erreichen.

Er beendete die Aufnahme, stützte den Kopf in die Hände und begann zu überlegen. Das Problem war nicht Geld. Das Problem war die systematische Entrechtung von Männern. *Heteronormativen Cismännern.*

Florian löschte die Aufnahme und begann eine neue.

»Heteronormative, weiße Cismänner sind keine Menschen, sondern Tiere.« Florian spuckte die Worte förmlich in die Kamera. »Mit dieser Aussage bin ich gestern Abend um zehn Uhr von diesem Staat entrechtet worden. Männer, die mit der falschen Hautfarbe geboren worden sind, gelten ab sofort nach irgendwelchen herbeigezogenen wissenschaftlichen Arbeiten nicht mehr als Menschen, sondern als Tiere.

Das letzte Mal, als Menschen mit diesem Argument entrechtet wurden, war Adolf Hitler an der Macht. Und Heinrich Himmler, sein treuster Spießgeselle, hat industriell abgeschlachtet, was in den Augen der Nationalsozialisten kein Mensch war.

Das Personenschutzgesetz ist der erste Schritt von vielen zurück nach Auschwitz. Es sorgt dafür, dass Männer diskriminiert werden dürfen. Man nimmt uns öffentlich die Wohnungen weg, verbietet uns, Verträge abzuschließen und beschlagnahmt unseren Besitz. Alles mit der Begründung, dies sei zum Schutz der Bevölkerung vor wilden Tieren in menschlicher Gestalt. Zum Schutz von Frauen, die sich im Dunkeln fürchten müssen. Wie viele Männer sitzen heute in Haft und haben nicht mehr verbrochen, als mit dem falschen Geschlecht geboren zu sein? Wie viele von ihnen warten dort auf ihren Tod?« Florian hielt inne, schloss die Augen und atmete tief durch.

»Ich frage mich, wie das passieren konnte? Wie ist es möglich, dass wir unsere Vergangenheit vergessen haben? Wie ist es möglich, dass sich ein Regime erheben konnte, das so menschenfeindlich ist, so rassistisch ist wie das Naziregime? Wer fühlt sich mit den SJW-Frauen auf den Straßen sicher?« Florian machte eine Pause und sah in die Kamera.

»Wir müssen uns an die Vergangenheit erinnern, um sie nicht zu wiederholen.«

Er beendete die Aufnahme und sah sich das Video noch einmal an. Laienhaft schnitt er den Anfang und das Ende und lud es auf ein Videoportal. Dann klappte er den Laptop zu. Wieder versuchte er, Lukas anzurufen und dieses Mal mit Erfolg. Er nahm nach dem fünften Klingeln ab.

»Gärtner«, meldete er sich außer Atem.

»Hey, hier ist Flo.«

»Flo, du bist es. Was ist passiert? Ich habe eben gesehen, dass du versucht hast, anzurufen.«

»Du bist gut, ,was ist passiert?' Meine Firma haben sie mir weggenommen und mein Haus. Was ist mit euch? Geht's dir und Philipp gut?«

Lukas lachte kurz tonlos auf. Es gab ein dumpfes Geräusch, so als sei etwas Hohles auf den Boden gefallen. »Uns geht's gut. Wir sind bei Bettie in Berlin-Mitte.«

Florian schloss die Augen.

»Das sind gute Neuigkeiten. Ich habe mir Sorgen gemacht, weil ich euch nicht erreichen konnte«, antwortete Florian. Er raufte sich erneut das Haar, dann fiel er auf den Stuhl, legte den Kopf in den Nacken und schloss die Augen.

»Was ist mir dir? Du bist doch auch enteignet. Geht es dir gut?«, fragte Lukas leise.

»Ja. Meine… meine ehemalige Haushälterin hat mich mitgenommen.«

»Was willst du jetzt machen?«

»Ich kann nicht hier in Wuppertal bleiben und auf besseres Wetter warten. Ich will mich davon nicht entmutigen lassen.«

»Dann komm zu uns nach Berlin.«

Florian schlug die Augen auf und betrachtete die gelben Wände im Wohnzimmer. Es sah friedlich aus hier.

Er musste auf Henriette warten, sich bedanken und von ihr verabschieden, bevor er nach Berlin fuhr.

»Ich werde ein Zugticket brauchen.«

»Ich schicke dir eins. Hast du Zugriff auf deine Emailadresse?«

»Ja«, erwiderte Florian. »Danke.«

»Kannst dich später bei Bettie bedanken. Überleg dir schon mal, wie du deinen Widerstand gestalten willst«, gab Lukas deprimiert zurück. Florian konnte sich vorstellen, wie er sich kraftlos auf die Couch fallen ließ, das Gesicht in die Hände grub und den Kopf auf der Rückenlehne ablegte.

Florian gluckste. »Ich habe schon angefangen. Ich habe eben ein Video über das Personenschutzgesetz gemacht und hochgeladen. Ich will sie filmen und dafür drankriegen, was sie tun.«

»Das ist riskant.«

»Es ist auch riskant, sich am Telefon über politischen Widerstand zu unterhalten.«

Lukas schwieg. Florian hörte in dem Schweigen, dass Lukas verstanden hatte, wie leichtsinnig ihr Telefonat war. Es war wahnsinnig. Fast so, als bettelten sie um ein Todesurteil.

»Dann buche ich dir ein Ticket für heute Abend und wir sehen uns morgen in Berlin.«

»Ja. So machen wir das.«

***

Laura stand im Flur ihrer Wohnung und sah zu, wie Irene ihre Schuhe anzog. Sie brach zu einem Staatsbesuch auf, zu dem sie Laura nicht mitbringen durfte. »Ich wäre so gerne mitgekommen«, murmelte sie.

Irene nahm ihre Jacke vom Haken und zog sie an. »Es geht nicht anders. Ich kann dich leider nicht mitnehmen«, erklärte sie.

Laura sah weg. »Wie kannst du zulassen, dass ein homophobes Arschloch mich ausläd!« Sie versuchte, ihre Enttäuschung im Zaum zu halten, aber es gelang ihr nicht. Die Vorstellung, dass sie in der Zwischenzeit alleine sein würde, tat weh.

»Es sind eben nicht alle Länder so fortschrittlich. Nimm es nicht persönlich. Bald ist es auf der ganzen Welt normal, dass Frauen mit Frauen verheiratet sind und dann nehme ich dich auch mit.« Irene legte sich einen Schal um den Hals.

Laura trat an sie heran und zupfte ihre Kleidung zurecht. »Das ist eine fade Entschuldigung. Nicht alle Länder dieser Welt akzeptieren die Liebe zwischen zwei Frauen«, flüsterte sie resigniert. Es fiel ihr schwer, die Vorwürfe aus ihrer Stimme zu halten. Ohne Irene an ihrer Seite hatte sie das Gefühl, dass in jeder Ecke ein Angreifer lauerte.

»Laura«, flüsterte Irene mit ihrem sanften Ton. Es war dieser Tonfall, mit dem sie einst Lauras Herz erweicht hatte. Derselbe Tonfall, mit dem sie sie aufgefangen hatte, nachdem sie sich von ihrem Peiniger getrennt hatte.

Irene kam auf sie zu und nahm ihr Gesicht zwischen die Hände. »Nimm es nicht so schwer. Mach dir einen schönen Abend zu Hause. Geh shoppen, oder mach dir eine Flasche Weißwein auf und guck den ganzen Abend Serien. Ich bin schneller wieder da, als du gucken kannst. Immerhin haben wir hier viel zu tun.« Sie küsste sie flüchtig. »Und sei nicht traurig, mein Liebling. Ich bin ja in zwei Tagen schon wieder da.«

Laura presste die Lippen aufeinander und nickte stumm. Irene lächelte aufmunternd und küsste sie abermals.

Dann ließ sie sie los, drehte sich um und ging. Die Tür fiel hinter ihr zu und Laura war allein. Fröstelnd rieb sie über ihre Oberarme. Hier in der Wohnung war sie sicher. Aber die dunklen Zimmerecken im Flur waren ihr unheimlich. Eilig kehrte sie ins Wohnzimmer zurück, wo sie sich auf der Couch in eine Decke einkuschelte.

Shoppen, hatte Irene vorgeschlagen. Aber draußen war es kalt und es regnete. Allein das Wetter war Grund genug, im Haus zu bleiben. Außerdem würde sie auf gar keinen Fall ohne Personenschützer über den Ku'Damm laufen. Das war viel zu gefährlich. Auch ohne ihre Angst, wieder überfallen zu werden, gab es da draußen genug Verrückte, die sie wegen ihres Amtes angreifen würden.

Mit dem Smartphone konnte sie allerdings von der Couch aus Geld ausgeben. Sogar ganz ohne drei Hünen und nasse Füße. Laura beugte sich vor und nahm das Gerät vom Wohnzimmertisch. Als sie das Display anschaltete, informierte ein Banner sie über ein Video, das gerade wie verrückt geteilt wurde.

Wie Irene Fleischer dieses Land zerstört

»Einself«, murmelte Laura und wollte das Banner schon wegwischen, aber ihre Neugier war stärker. Sie wollte wissen, wer auch immer der Meinung war, dass ihre Frau Deutschland zerstörte.

»Heteronormative, weiße Cismänner sind keine Menschen, sondern Tiere.«

Pepperkorn. Das hätte sie sich gleich denken können. Sofort wählte sie das Menü an, um das Video zu melden. Doch dann überlegte sie es sich anders. Es schadete nicht, sich das Video bis zum Ende anzusehen. Dann wusste sie, was der Mann zu sagen hatte. Weil er immer so aus dem Bauch heraus sprach, konnte sie ihn anschließend viel leichter attackieren.

Laura pausierte das Video und holte sich einen Notizblock. Dann ließ sie es weiterlaufen. Während sie zuhörte, machte sie sich Notizen, um anschließend eine Rede gegen ihn schreiben zu können.

»Das letzte Mal, als Menschen mit diesem Argument entrechtet wurden, war Adolf Hitler an der Macht. Und Heinrich Himmler, sein treuster Spießgeselle, hat industriell abgeschlachtet, was in den Augen der Nationalsozialisten kein Mensch war.«

Das war eine Beleidigung. Aber es brachte ihr wenig, wenn sie sich darüber aufregte. Sie hielt inne, stoppte das Video erneut und betrachtete sein Gesicht. Er saß zu dicht vor der Kamera und filmte sein Gesicht unvorteilhaft von unten.

»Er hält unser Gesetz für Naziideologien«, murmelte sie und sah wieder auf ihre Notiz. Damit hatte er Unrecht. Irene hatte den Schutz der Minderheiten vor heteronormativen Cismännern im Sinn. *So wie man solche Gesetze durchsetzt. Mit Gewalt.*

Und wenn er Recht hatte? Dann diskriminierten sie mit Gewalt Männer. Dann waren sie nicht besser als das, was sie mit ihrem Gesetz eigentlich bekämpfen wollten.

***

Abends brachte Henriette Florian zum Bahnhof.

»Danke«, murmelte er, mit dem Ticket in der Hand, das Bettie für ihn gekauft hatte. Er schloss Henriette in die Arme. Sie erwiderte die Umarmung, drückte ihn fest und löste sich.

»Lass mich wissen, wenn du Hilfe brauchst«, flüsterte sie. Florian nickte.

»Ich… wir werden Hilfe brauchen. Schließ dich uns an! Sei unbequem«, erwiderte er leise. Er konnte es nicht lauter sagen, denn SJW-Frauen bewachten den Bahnsteig mit Argusaugen. Henriette nickte.

»Ich folge dir. Pass auf dich auf!« Sie nahm seine Hände und drückte sie sanft. Er lächelte und erwiderte den Händedruck. Dann wandte er sich um, nahm seinen Aktenkoffer und stieg in den Zug.

Obgleich er schon einige Male nach Berlin gefahren war und geglaubt hatte, die Strecke in- und auswendig zu kennen, so kam sie ihm doch ungewöhnlich lang vor. Es war der letzte Zug und draußen war es dunkel. Er würde in den frühen Morgenstunden in Berlin ankommen. Oder den späten Abendstunden. Genau konnte Florian das nicht mehr auseinanderhalten.

Er versuchte zu schlafen, doch es gelang ihm nicht. Sobald sie in Bahnhöfen hielten, beobachtete er nervös das Geschehen auf dem Bahnsteig. Er wartete darauf, dass SJW-Frauen in den Zug stürmten und ihn festnahmen. Sein Video allein war Grund genug, ihn auf der Stelle zu verhaften. Immerhin hatte er die Regierung öffentlich mit den Nationalsozialisten verglichen und die Bevölkerung offen auf Missstände aufmerksam gemacht. Es war nun nicht mehr sein Besitz, der gefährdet war und den man ihm wegnehmen konnte. Je länger er durch die Nacht fuhr, desto mehr hatte er das Gefühl, dass er mehr als seine Freiheit aufs Spiel setzte.

Endlich kam er in Berlin an. Er sah aus dem Fenster und erkannte den Bahnhof sofort. Bevor der Zug stand, nahm er seinen Aktenkoffer und trat an die Tür. Es war das erste Mal, dass er mit leichtem Gepäck nach Berlin kam. Trotzdem fühlte es sich unwirklich an.

Lukas, Philipp und Bettie standen auf dem Bahnsteig und nahmen ihn in Empfang. Lukas umarmte ihn. Zu seiner Überraschung folgte Philipp dem Beispiel seines Freundes und nahm ihn ebenfalls in den Arm.

»Hast du mein Video gesehen?«, fragte er Lukas, als sie den Bahnsteig verließen.

»Nicht hier. Es wimmelt hier vor SJW«, flüsterte Lukas. Er sah über seine Schulter zu den SJW-Frauen, die sie argwöhnisch musterten. Demonstrativ nahm er Philipps Hand und sah ein weiteres Mal sichernd zu den Soldatinnen. Jetzt kamen sie langsam näher.

»Geht schon mal vor«, zischte er Bettie und Florian zu. Florian zwang sich, sich nicht nach den Soldatinnen umzudrehen. Stattdessen nahm er Betties Hand und eilte auf die Treppen zu. Die SJW-Frauen beschleunigten ebenfalls.

Florian sah über seine Schulter zurück. Aus den Augenwinkeln sah er, wie Lukas unvermittelt stehen blieb, Philipp an sich zog und ihn küsste. Es sah aus, als verlöre er das Gleichgewicht. Dabei rempelte er eine SJW-Frau an. Florian sah noch, dass die SJW-Frauen stehen blieben und mit ihm diskutierten, dann hatte Bettie ihn in die Unterführung gezerrt.

Kapitel 11

Florian hatte von Anfang an ein Problem damit gehabt, wie vernarrt Lukas in Philipp war. Aber dieses Paar Ringe, mit dem die beiden am späten Abend angetrunken aufschlugen, schlug dem Fass den Boden aus.

Bettie fielen sie als Erste auf. »Habt ihr geheiratet?«, platzte sie heraus, als sie die feinen Goldringe an den Händen der beiden entdeckte.

Lukas schüttelte den Kopf. »Noch nicht.«

Florian stützte den Kopf auf eine Hand und hob interessiert eine Braue. »Na, das sind ja tolle Neuigkeiten. Deutschland versinkt im feministischen Albtraum und ihr habt nichts Besseres zu tun, als eine Homoehe zu begehen.«

»Homoehe? Gehe ich auch zum Homohandball? Und zum Homoarbeiten? Wenigstens tun wir etwas, statt wie du nur zu jammern«, schimpfte Philipp. Lukas legte ihm eine Hand auf die Schulter, doch er war in Fahrt und schlug sie weg. »Du weißt schon, dass wir unser Haus zurückbekommen, wenn wir heiraten?« Florian runzelte die Stirn. Lukas atmete tief durch, kehrte der Szene den Rücken zu und verschränkte die Hände hinter dem Kopf.

»Nein. Warum sollte das passieren?«

»Weil wir schwul sind, wie du schon festgestellt hast! Damit gehören wir zu einer schützenswerten Minderheit.«

»Schützenswerte Minderheit?«, wiederholte er, bevor es ihm wie Schuppen von den Augen fiel. Philipp bezog sich auf das Personenschutzgesetz. Wenn er und Lukas heirateten, dann bekannten sie sich öffentlich zu ihrer Sexualität und waren damit Teil einer schützenswerten Minderheit. Das Personenschutzgesetz stand dann auf ihrer Seite und richtete sich nicht mehr gegen das Heteronormativ, das man ihnen bisher unterstellte.

»Warum seid ihr nur schützenswert, wenn ihr heiratet?«, fragte er tonlos und sank kraftlos zurück. Lukas wandte sich dem Gespräch wieder zu.

»Du kannst deine Sexualität auch in deinem Ausweisdokument angeben. Es dauert im Moment nur ewig, weil so viele Männer nachträglich angeben, einer Minderheitensexualität anzugehören. Und die Prüfung der Sexualität ist aufwendig. Die lassen da Ärzte rankommen. Da werden Hirnströme gemessen, man lässt dich Pornos gucken, um zu sehen, wie du reagierst, deine ganzen vorangegangenen Beziehungen werden aufgerollt. Expartner werden ausfindig gemacht und verhört.« Er presste die Lippen aufeinander. »Heiraten geht da deutlich schneller.«

Philipp nickte und setzte sich an den Tisch. Florian holte seinen Laptop hervor und öffnete sein Mailprogramm.

Die Videoplattform, auf der er das Protestvideo hochgeladen hatte, teilte ihm mit, dass das Video wegen Hassrede gesperrt worden war. Er gab den Tag des Videos in die Suchmaschine ein und stellte fest, dass es tausendfach wieder online gestellt worden war und Menschen darauf reagiert hatten.

Er hob den Kopf. »Wir müssen mehr Videos produzieren. Außerdem brauchen wir Menschen, die uns unterstützen.«

Lukas betrachtete den Bildschirm und nickte dann langsam. »Wir müssen so viel Content wie möglich produzieren und über so viele Kanäle wie möglich verbreiten.«

»Ich habe Kontakte über die Studentenverbindung«, überlegte Philipp und Lukas nickte. »Ich auch.«

»Dann sorgt ihr beide dafür, dass wir die Videos so weit wie möglich verbreiten. Wir sollten auch an die Medien herantreten. Wenn das öffentlich-rechtliche Fernsehen…«

»Das öffentlichrechtliche Fernsehen muss regierungsfreundlich berichten«, erinnerte Lukas.

»Ach ja«, brummte Florian.

Lukas legte eine Hand auf seine Schulter. »Wir schaffen das schon, mach dir keine Sorgen. Du bleibst hier und entwickelst mit Bettie Inhalte. Und Philipp und ich sorgen dafür, dass die Inhalte produziert und verteilt werden.«

Florian lächelte erleichtert. »Danke.«

Lukas und Philipp wollten keine Zeit verlieren, sondern sofort Nägel mit Köpfen machen. Sie brachen am anderen Morgen gleich zum Standesamt auf. Florian sah ihnen nach, wie sie händchenhaltend das Haus verließen. Heiraten, damit sie ihr Haus zurückbekamen. Und das, nachdem die beiden sich kaum ein halbes Jahr kannten. Manchmal stellte sich Lukas die Welt wirklich ein bisschen zu einfach vor.

Florian, der vor seinem Laptop am Küchentisch gesessen und aus dem Fenster gestarrt hatte, stand auf und streckte sich. Bettie schob sich mit einem müden Lächeln an ihm vorbei.

»Kaffee?«, fragte sie. Ihre Stimme klang verschlafen. Florian nickte und folgte ihr zur Küchentheke. Sie stellte eine Tasse in den Kaffeevollautomaten und wählte einen Cappuccino aus.

Er lehnte sich gegen die Theke, verschränkte die Arme vor der Brust. Nachdenklich murmelte er: »Ich habe überhaupt keine Ahnung, wie man gute Videos produziert.«

Bettie hielt ihm die Kaffeetasse hin. »Entspann dich. Alle großen Youtuber haben im eigenen Kinderzimmer mit der Schreibtischlampe angefangen.«

Florian nahm die Tasse entgegen und lächelte unglücklich. »Ich wollte eigentlich kein großer Youtuber werden, sondern bloß darauf aufmerksam machen, dass Deutschland sich in einen Unrechtsstaat verwandelt hat.«

»Dann komm! Von nichts kommt nichts.«

***

Im Schloss Hohenschwangau war es noch kälter als bei ihrem letzten Besuch. »Warum müssen wir im Winter hier sein? Ich habe in Berlin ein herrliches, modernes Penthouse!«, fragte Laura mit klappernden Zähnen.

»In Berlin können wir die Alpen nicht bewundern. Guck mal, wie herrlich der Schnee in der Sonne funkelt!«, munterte Irene sie auf, während sie hinter sie trat und über ihre Oberarme rieb.

»Außerdem«, setzte Franziska an. »Können wir uns in deinem Penthouse nicht ungestört unterhalten.«

»Was willst du damit sagen? Natürlich können wir uns dort ungestört unterhalten!«

»Laura, Liebling«, ergriff Irene erneut das Wort und zog sie fest an ihre Brust, um sie zu wärmen. »Du weißt, dass wir uns Gedanken machen müssten, dort abgehört zu werden.«

»Das wäre eine Straftat!«, hielt Laura dagegen und wandte sich aus der Umarmung. Schon bei Privatpersonen war das eine Straftat. Wie sollte das dann erst bei jemandem aussehen, der ein vertrauliches Gespräch zwischen der Bundeskanzlerin und ihren Ministerinnen abhörte?

Irene schüttelte den Kopf. »Hier in den Bergen und ohne Smartphones sind wir unter uns. Und das ist heute sehr wichtig. Ich muss mir sicher sein, dass ich mich mit euch beiden vertraulich unterhalten kann.« Sie wandte sich an Franziska. »Hast du dir schon Gedanken gemacht, wie du Pepperkorn zur Strecke bringen willst?«

Laura erstarrte. Was sollte das heißen, zur Strecke bringen? »Aber du bist ihn doch schon los. Er ist doch nicht mehr im Parlament. Haus und Hof hat er auch verloren. Er liegt am Boden, was willst du denn noch mehr?«, fragte sie erschrocken.

»Du bist wirklich naiv manchmal!«, erwiderte Irene genervt. »Der Kerl macht in einer Tour Videos, die unsere Arbeit gefährden. Je mehr Videos er produziert und veröffentlicht, desto gefährlicher wird er für uns.«

»Ich habe Frauen ausfindig gemacht, die bereit sind, für die entsprechende Summe Geld gegen ihn auszusagen«, erklärte Franziska. Laura gefror das Blut in den Adern. Sie konnte nicht glauben, wie offen diese beiden Frauen ein Verbrechen vorbereiteten. Direkt vor ihren Augen und von langer Hand geplant. All die Zeit hatte sie ein schlechtes Bauchgefühl gehabt und es ignoriert. Jetzt bekam sie die Quittung.

»Sehr gut«, lobte Irene. »Ich denke eine Million Euro sollte ausreichend sein.« Sie wandte sich Laura zu und sah ihr tief in die Augen. »Meine allerliebste Innenministerin, würdest du dich vor die Kameras stellen und eine Belohnung aussetzen?«

»Nein!« Lauras Antwort kam wie aus der Pistole geschossen. Sie wich einen Schritt zurück und hob abwehrend die Hände. »Nein, das mache ich nicht! Ihr plant da einen Mord, da bin ich raus.«

Franziska musterte Laura von Kopf bis Fuß und fing dann an, herzlos zu lachen. Irene schüttelte den Kopf. »Aber Laura, wir planen doch keinen Mord. Pepperkorn bekommt einen ordentlichen Prozess und wird nach geltendem Recht verurteilt.«

»Nein. Ohne mich!«

»Laura!« Irenes Ton hatte alle Zärtlichkeit verloren. Plötzlich war alles an ihr kalt und unnachgiebig. »Du willst doch nicht unsere Sache verraten.«

»Wenn das die Mittel deiner Wahl sind, dann-« Laura hielt inne. *Vielleicht macht sie auch vor mir nicht halt, wenn ich sage, dass ich sie verraten will,* dachte sie und schluckte.

Irenes Gesicht war hart wie eine Maske. So hatte sie ihre Frau noch nie gesehen. Ihre Stimme sank zu einem gebrochenen Flüstern zusammen: »Bitte, lass mich aus

229

dem Spiel! Ich lege mein Amt nieder, wenn es sein muss.«

Irene seufzte und wandte sich ab. »Gut. Leg deine Ämter nieder. Ich mache es selbst.«

***

»Und? Konntet ihr Unterstützer finden?«, fragte Florian hoffnungsvoll, als Philipp und Lukas am Nachmittag zurückkehrten. Philipp schüttelte mutlos den Kopf und Lukas zog die Schultern hoch.

»Die meisten unserer Studienkollegen und Professoren sind Männer. Alle sind vom Personenschutzgesetz betroffen. Sie haben ihre Jobs verloren und sind von der Bildfläche verschwunden«, erklärte Lukas.

Florian fiel auf den Stuhl, der vor dem Küchentisch stand und starrte auf den Bildschirm des Laptops. »Das heißt, wir sind darauf angewiesen, dass unsere Internetaktion funktioniert.«

»Das heißt es«, pflichtete Lukas ihm bei und beugte sich über seine Schulter, um auf den Laptop sehen zu können. Philipp holte Gläser aus dem Schrank und schenkte ungefragt für alle Wasser ein. Lukas lächelte dankbar, hielt seinen Freund zurück, als der den Raum verlassen wollte und bedankte sich mit einem sanften Druck an dessen Oberarm. Der zuckte mit den Schultern und verschwand dann im Flur.

»Ist er sauer?«, fragte Florian Lukas, als Philipp gegangen war.

»Ich weiß nicht. Aber ist wohl nicht so gut gelaufen an der Charité.«

230

Florian betrachtete die Tür, die Philipp hinter sich geschlossen hatte, als er gegangen war. »Du solltest ihm nachgehen. Ich kümmere mich allein weiter um die Videos.« Lukas presste die Lippen aufeinander und nickte.

Florian seufzte und wandte sich dem Schnittprogramm wieder zu. Er war kein Profi und das war den Videos anzumerken. Sie waren unter- und überbelichtet. Teilweise waren sie schlecht geschnitten, teilweise sprach er undeutlich oder langsam. Aber sie brauchten so viel Material, dass er es sich nicht leisten konnte, wählerisch zu sein. Er musste die Videos aufnehmen, den Inhalt der umstrittenen Gesetze schnell und präzise erklären und dann verbreiten. Sie mussten an die Influencer herantreten, um ihre Reichweite zu erhöhen. Und dabei ging sein Video, in dem er über Paragraph 12 sprach bereits viral.

Sein Smartphone vibrierte. Florian sah von dem Bildschirm auf und sah Bettie an, die neben ihm saß. »Da ist eine Mail gekommen«, machte sie ihn auf seinen Posteingang aufmerksam und schob ihm sein Smartphone hin.

Er griff nach dem Gerät und öffnete die Mail.

Hallo Florian,

ich habe Dein Video gesehen. War ja auch schwer zu übersehen. Du solltest vorsichtig sein, was Du im Internet von Dir gibst. Das kann schnell nach hinten losgehen.

Peter

Er holte tief Luft und schloss die Augen. »Das ist alles, was die Konservative dazu zu sagen hat? Das kann nach hinten losgehen? Ist denen denn die Situation völlig abgegangen?«

Bettie legte eine Hand auf seinen Oberarm. »Sei doch froh, dass sie das Video zur Kenntnis genommen haben. Das ist doch eigentlich das Wichtigste.«

»Das kann doch nicht alles sein! Ich muss doch mehr-«

Sein Handy klingelte. Florian erhob sich und nahm das Gespräch entgegen. Bettie setzte sich an seinen Platz und fuhr damit fort, Videos zu schneiden.

»Hey, Flori«, säuselte seine Mutter. »George hat mir dein Video gezeigt. Du solltest es löschen.«

»Ich kann die Videos nicht löschen!«, erklärte Florian leise. Seine eigene Stimme klang schrill in seinen Ohren.

»Ich weiß nicht, was da bei euch in Deutschland los ist. Aber wenn die Umstände so sind, wie du sie beschreibst, ist das wirklich gefährlich. Ich mache mir nur Sorgen um dich!«

»Es ist doch wichtig, dass wir darüber informieren. Das ist doch mein Job in der Opposition-«

»Du bist doch gar nicht mehr im Bundestag«, unterbrach ihn seine Mutter.

»Ja, ich weiß, dass ich nicht mehr in der Opposition sitze. Aber deshalb kann ich mich doch nicht einschüchtern lassen. Ich kann doch nicht zulassen, dass dieser Staat einfach so über die Rechte seiner Bürger bügelt, als seien sie nichts wert!«

»Du setzt dein Leben damit aufs Spiel. Ich will nicht, dass dir etwas passiert.« Er schloss die Augen und atmete tief durch.

»Wenn ich damit mein Leben aufs Spiel setze, dann ist Deutschland wirklich zu dem Unrechtsstaat verkommen, von dem ich immer und immer wieder gesprochen habe!«

Hörte ihm denn niemand zu? Oder wollte einfach keiner hören, dass die Gefahr in der Luft lag, wie ein tödliches Nervengift? Dass ein Atemzug reichte, um sie alle umzubringen?

»Mach dir keine Sorgen um mich. Mir passiert nichts.«

Er legte auf und schob das Gerät in die Hosentasche.

»Wer war das?«, fragte Bettie.

Florian schüttelte den Kopf. »Meine Mutter. Sie hat die Videos gesehen und macht sich Sorgen.«

Bettie richtete ihre Wirbelsäule auf, als müsse sie sich einem drei Köpfe größeren Gegner stellen. »Willst du aufhören?«

»Auf keinen Fall!«, erwiderte er bestimmt.

»Also dann, weitermachen!«, befahl Bettie und wies mit dem Kopf in Richtung des Laptops. Florian nickte ernst und setzte sich neben sie.

»Ich gehe jetzt ins Bett«, erklärte Bettie tief in der Nacht.

»Ist gut«, erwiderte Florian, ohne aufzusehen. Er hatte sich mit Bloggern in Verbindung gesetzt und sie auf den Missstand aufmerksam gemacht. Zwischen Videodreh und Schnitt hatte er Texte und Mails geschrieben.

Bettie legte eine Hand auf seine Schulter. Er hob den Kopf und flüsterte: »Danke.«

»Nicht dafür«, erwiderte sie, ehe sie die Hand zum Gruß hob.

Er wandte sich den Videos wieder zu.

Er arbeitete, bis er über dem Gerät einschlief. Bis zum Morgen rührte er sich nicht mehr, und erwachte davon, dass ihm irgendjemand in die Wange kniff. Empört hob er den Kopf und sah in das grinsende Gesicht seines Freundes Lukas.

»Soso. Schlafen bei der Arbeit. Lassen Sie das Ihren Angestellten auch durchgehen, Herr Pepperkorn?«, spottete er.

Florian rieb sich den Schlaf aus den Augen. »Wie spät ist es?«, fragte er mechanisch.

»Kurz nach sieben oder so.«

»Was für eine unselige Zeit«, bemerkte er und streckte sich. »Ich glaube, ich brauche eine heiße Dusche.«

»Und frische Klamotten. Du sitzt schon fast zwei Tage in dieser Klamotte da über deinem Laptop. Tu dir mal ein bisschen Ruhe an!«

Florian schüttelte den Kopf und erhob sich. »Wo ist das Badezimmer?«

»Die Treppe rauf, das letzte Zimmer auf der rechten Seite. Handtücher sind im Regal. Nicht zu übersehen.«

Florian nickte dankbar und trat auf den Flur. Er hatte den Fuß noch nicht auf die erste Stufe gesetzt, als er die Stimme der Bundeskanzlerin aus dem Wohnzimmer hörte. Sofort hielt er in der Bewegung inne und kam zurück.

»Du wolltest doch duschen«, bemerkte Lukas, der sich gerade mit seiner Kaffeetasse hinter die Couch gestellt hatte.

Florian schenkte dem Freund keine Beachtung. Er sah stattdessen zum Fernseher. Die Bundeskanzlerin stützte sich auf das Rednerpult. Ihre fleischigen Wurstfinger umklammerten die Enden des Pults links und rechts.

»Heute wurde unserem wunderschönen Staat der Krieg erklärt!« Ihre Stimme war dröhnend.

»Klang sie schon immer so aggressiv?«, fragte Florian Lukas, der sich mit seiner Kaffeetasse neben ihn hinter die Couch stellte und ebenfalls zum Fernseher sah.

»O ja. So hat sie den Wahlkampf gewonnen«, erwiderte er, setzte die Tasse an die Lippen und schlürfte seinen Kaffee.

»Ich denke die Allermeisten haben das Video dieses heteronormativen Ciskapitalisten Pepperkorn gesehen.«

»Wenn sie das sagt, klingt das fast wie eine Beleidigung«, murmelte Florian. Lukas schüttelte den Kopf, griff nach der Fernbedienung und stellte den Fernseher lauter.

»Wir müssen diesem Verbrechen an unserem Staat ein Ende machen. Es kann nicht sein, dass ein Mann wie Florian Pepperkorn unser Zusammenleben auf eine solche Art und Weise bedroht. Er hetzt euch gegeneinander auf und gefährdet damit eure Sicherheit. Dieser Mann ist ein Betrüger, der euch geschickt manipuliert. Es ist deshalb wichtig, dass ihr nicht auf seine faulen Tricks und sein Lächeln hereinfallt. Lasst euch keine Lügenmärchen erzählen! Glaubt nicht an den Unsinn, den dieser Mann euch erzählt! Es wird niemand enteignet oder gegen seinen Willen eingesperrt.«

»Die Wahrheit ist das erste Opfer«, murmelte Lukas und sah Florian an. Der erwiderte den Blick und wandte sich dann dem Fernseher wieder zu.

»Wir wollen uns gegen diesen Angriff auf unsere Demokratie und unser friedliches Zusammenleben zur Wehr setzen. Deshalb veranlassen wir die bundesweite Fahndung nach diesem gefährlichen Verbrecher. Jeder Hinweis der zu seiner Ergreifung führt, wird mit einer Million Euro belohnt. Es gilt, Florian Pepperkorn so schnell wie möglich dingfest zu machen. Ihre Mithilfe wird benötigt! Bitte beteiligen Sie sich persönlich daran, unser Land ein Stück sicherer zu machen. Teilen Sie uns mit, wenn Sie Florian Pepperkorn gesehen haben. Halten Sie ihn fest, wenn Sie ihn sehen.« Sie sah jetzt direkt in die Kamera und Florian fühlte sich von ihrem Blick durchbohrt. *»Schrecken Sie nicht vor Gewalt zurück, um einen gesuchten Staatsfeind zu überführen!«*

Kapitel 12

Florian starrte die Bundeskanzlerin an.

»Hat sie … hat sie gerade …?«

»Ein Kopfgeld auf dich ausgesetzt? Ja. Eine Million Euro für denjenigen, der dich hascht und der Polizei ausliefert.«

Florian schluckte und sah Lukas an. Der blinzelte ihn aus den Augenwinkeln an, hob seine Kaffeetasse an die Lippen und trank.

»Sie werden mich töten«, flüsterte Florian, ehe seine Körperspannung nachließ und er sich nach vorne über die Rückenlehne der Couch fallen ließ.

»Du musst fliehen«, erklärte Lukas.

»Und wie stellst du dir das vor? Wo soll ich denn hin?«

Lukas seufzte, beugte sich vor und stützte sich mit den Unterarmen auf der Rückenlehne der Couch ab. Er griff nach der Fernbedienung und schaltete den Ton des Fernsehers ab.

»Du könntest nach Luxemburg gehen und dort vor dem Europäischen Gerichtshof klagen.«

Florian schüttelte den Kopf. »Deutschland ist aus der Europäischen Union ausgetreten, schon vergessen? Und selbst wenn nicht, wie soll ich ohne Papiere nach Luxemburg kommen? Am Flughafen werde ich auf jeden Fall kontrolliert und an den Grenzen werde ich genauso kontrolliert. Ich bin ein gesuchter Verbrecher! Die werden jedes Auto kontrollieren.«

»Züge werden im Moment weniger kontrolliert, weil sie nicht genug Personal haben.«

Florian drehte sich um, weil er die dritte Stimme, die den Vorschlag gemacht hatte, nicht sofort zuordnen konnte. Philipp stand mit einem langen Hemd und einer Jogginghose bekleidet barfuß in der Tür und sah von Lukas zu Florian und wieder zurück. Lukas richtete sich augenblicklich auf, stellte seine Kaffeetasse auf einen Beistelltisch und zog ihn in seinen Arm.

»Haben wir dich geweckt, mein Liebster?«, fragte er mit verliebtem Unterton. Florian presste die Lippen aufeinander und wandte sich dem stummgeschalteten Fernseher zu, in dem eben eine Rede von ihm aus dem Bundestag gezeigt wurde. Er gestikulierte in die Richtung der Abgeordneten, vorzugsweise in die Richtung der Regierung. Seine Miene war aufgebracht. Es kam ihm vor, als lägen Jahrzehnte zwischen dieser Aufnahme und heute, dabei hatte er diese Rede erst im Oktober gehalten. Er erinnerte sich daran, dass er der Regierung antidemokratische Arbeit vorgeworfen hatte.

»Du brauchst mich nicht immer so zu bevormunden«, monierte Philipp. Florian drehte sich um, um zu beobachten, wie Philipp sich gegen Lukas' Umarmung wehrte. Der ließ ihn augenblicklich los und Philipp wandte sich an ihn: »Du könntest mit dem Zug nach Luxemburg fahren.«

»Das könnte ich«, stimmte er langsam zu. »Aber deshalb hört mich der Europäische Gerichtshof nicht unbedingt an. Deutschland ist kein Mitglied der EU mehr.«

»Aber lange Zeit gewesen. Und was die Regierung hier macht sind klar Verstöße gegen die Menschenrechte.

Es würde endlich das Ausland auf unsere Situation aufmerksam machen. Deutlicher können wir nicht um Hilfe bitten, als bei diesem Gericht Hilfe zu ersuchen.«

Das war kein dummer Vorschlag.

»Und wie komme ich an ein Zugticket? Ich muss es ja auf einen Namen buchen, sonst fahre ich schwarz und bin schon nach der ersten Station rausgeworfen.«

»Bettie kann ein Ticket auf meinen Namen für dich kaufen, damit kommst du erstmal in den Zug«, antwortete Lukas.

»Besser auf meinen«, schlug Philipp vor. »Du bist Generalsekretär gewesen. Sie werden auch deinen Namen überwachen.«

Lukas nickte. »Dann auf Philipps Namen, aber los jetzt! In ein paar Stunden weiß jeder hier, dass du gesucht wirst, dann kommst du nicht mehr aus Berlin heraus. Wir verkleiden dich und dann musst du so schnell wie möglich die Stadt verlassen.«

Florian sah noch einmal zum Fernseher. Er hatte keine Wahl mehr. Wenn sie ihn hier in die Finger bekamen, war er auf jeden Fall tot. Seine einzige Chance war der irrwitzige Plan seiner Freunde.

Florian zog den Schirm des Basecaps tiefer in die Stirn und zupfte die Lederjacke zurecht.

»Ich fühle mich seltsam«, murmelte er und warf einen Blick auf die Skinnyjeans und die Turnschuhe, die er trug. So lief er normalerweise nicht herum. Das Zeug gehörte einem von Lukas' Drillingsbrüdern und er fühlte sich unfassbar fremd darin. »Sehe ich nicht aus wie ein bunter Vogel? In der Klamotte hält die SJW mich doch auf jeden Fall auf.«

Lukas klopfte ihm auf die Schulter. »Ach was, niemand wird dich darin erkennen.«

Florian betrachtete sein Spiegelbild ein letztes Mal, dann nahm er das Döschen mit den Kontaktlinsen, die Bettie ihm hinhielt.

»Es tut mir leid, dass ich nur diese Modelinsen haben«, entschuldigte sie sich.

»Schon in Ordnung, es muss ja schnell gehen.«

Er setzte zum ersten Mal in seinem Leben Kontaktlinsen ein. Mit zitternden Fingern fasste er auf sein eigenes Auge. Es brannte kurz und er blinzelte. Eine Träne rann an seiner Nase herab. Florian setzte die andere Linse ein. Wieder brannte es, dann waren seine Augen leuchtend gelb.

Bettie lachte leise. »Lustig siehst du aus. Fast wie eine Katze.«

Lukas grinste breit und Philipp musterte ihn kritisch. »Keine Sau wird dich in dem Aufzug erkennen«, bestätigte Lukas.

»Pass trotzdem auf dich auf«, mahnte Philipp. »Sprich so wenig wie möglich, weich den Blicken aus. Steck dir Kopfhörer in die Ohren!«

»Richtig«, pflichtete Lukas seinem Partner bei. »Aber hör keine Musik! Das ist gefährlich. Du musst hören können, was um dich herum passiert.«

Florian nickte, spielte die Rückenmuskulatur durch und nahm die Schultern zurück. »Also los. Showtime.«

Sie stiegen nicht ins Auto, denn am Bahnhof waren zu viele Menschen unterwegs, von denen sich irgendeiner das Kennzeichen merken oder aufschreiben konnte. Die Gefahr, erkannt zu werden, war zu hoch.

Stattdessen gingen sie zügigen Schrittes durch die Straßen. An einer Kreuzung teilten sie sich in zwei Richtungen auf: Lukas und Philipp bogen nach links ein, Florian bog mit Bettie nach rechts ab.

»Werden wir verfolgt?«, fragte Florian. Er versuchte, die Anspannung aus seiner Stimme zu halten, doch es gelang ihm nicht.

Bettie warf einen Blick über ihre Schulter. »Ich glaube nicht«, antwortete sie Florian und huschte mit ihm in eine U-Bahnstation. Sie zog einen Fahrschein und stieg mit ihm in die U-Bahn.

Nervös sah Florian sich um. *Haben Sie körperliche Gewalt erfahren?*, wollte die Werbung der Charité von ihm wissen. Florian fand die Werbung plötzlich makaber. Bettie griff nach seiner Hand und zog damit seine Aufmerksamkeit auf sich. »Mach dir keine Sorgen. Es geht ihr mit Sicherheit gut«, lenkte sie ihn mit leiser Stimme ab.

Florian sah sie überrascht an. Es dauerte einen Augenblick, bis ihm aufging, dass Bettie ein Ablenkungsmanöver gestartet hatte. Er nickte ernst.

»Ich hoffe, du hast recht.«

Immer mehr Menschen quetschten sich in die Bahn. Es war Stoßzeit. Sie waren früh dran. Die halbe Stadt schien unterwegs zu sein. Am Hauptbahnhof war die U-Bahn brechendvoll. Die meisten Fahrgäste strömten hinaus.

In der Bahnhofsvorhalle wimmelte es vor SJW und Polizistinnen, die sich suchend umsahen und Passanten anhielten. Florian heftete den Blick starr auf den Boden. Bettie steuerte einen Fahrkartenautomaten an. Seine Hand war schweißnass, als Bettie sie losließ, um das Fahrtziel in den Automaten zu tippen und ihn mit einem Geldschein zu füttern.

»Entschuldigung«, flüsterte er und wischte seine Hand verstohlen an seiner Hose ab.

»Hast du noch Geld?«, fragte sie. Er holte seine Brieftasche heraus. Er hatte noch einen Fünfzigeuroschein. Das war sein letztes Geld. Andererseits stellte sich die Frage, was er mit Geld noch wollte, dort wo er hinging? Er konnte von Glück reden, wenn ihm sein Leben blieb.

Er nahm den Geldschein heraus und gab ihn Bettie. Sie schob ihn in den Automaten. Der spuckte das Ticket und einen Zehner aus. Sie gab ihm beides und seine Mundwinkel zuckten erschöpft nach oben. Sie klopfte ihm auf die Schulter.

»Komm, bevor sie uns kontrollieren.«

Philipp und Lukas standen schon am Gleis, als sie die Treppe heraufkamen. Sie bedeuteten ihnen mit warnenden Blicken, nicht näher zu kommen. Lukas' blaue Augen wanderten in einen Augenwinkel und er nickte fast unmerklich mit dem Kopf. Florian folgte dem Nicken und sah, wie zwei SJW-Frauen auf Lukas zu gingen.

Er starrte die beiden Frauen an. Bettie griff nach Florians Gesicht, drehte es herunter und fing an, mit ihm Französisch zu sprechen. Überrascht sah er sie an. Ihr

Ausdruck hatte etwas Beschwörendes und er begriff, dass sie zum zweiten Mal ein Ablenkungsmanöver startete.

Sie schluchzte irgendetwas auf Französisch und warf sich ihm in die Arme. Er erwiderte die Umarmung perplex und barg dann das Gesicht an ihrem Hals. Durch die Wimpern beobachtete er die SJW-Frauen. Sie lächelten mitfühlend und gingen weiter.

»Gerade nochmal Glück gehabt«, wisperte Bettie dicht an seinem Hals und ließ sich auf die Füße zurückfallen.

Florian folgte der Bewegung, hob den Kopf und betrachtete die beiden Frauen, die jetzt ihre Schirmmützen lüfteten und in die Sonne blinzelten. »Danke«, raunte er Bettie zu, ehe er sich aufrichtete.

Der Zug fuhr hinter ihm mit kreischenden Bremsen ein. Florian wandte sich um. »Viel Glück!«, wisperte Bettie in den Lärm. Er lächelte, halb entmutigt, halb bestärkt, und drückte ihre Hand.

»Grüß deinen Bruder«, erwiderte er in gebrochenem Französisch. Es war lange her, dass er die Sprache das letzte Mal gesprochen hatte.

Die Türen waren kaum geöffnet, der Schaffner eben auf den Bahnsteig gesprungen, da drängte sich Florian in den Zug.

Er schob sich durch den überfüllten Gang, kam mit sich überein, dass es keinen Sitzplatz mehr gab, und entschied sich, stehend zu fahren. Er winkte Bettie, die draußen auf dem Bahnsteig stand und sie winkte zurück. Der Zug fuhr an.

Das Herz schlug ihm bis zum Hals. Er hatte das Gefühl, seine Zunge war angeschwollen und taub. Er schloss die Augen und holte tief Luft. Dann öffnete er sie wieder.

Vor dem Fenster zog Berlin an ihm vorbei und wurde immer kleiner. Der Zugführer begrüßte sie an Bord des Zuges, informierte über die Fahrt und darüber, wo es etwas zu essen gab. Florian steckte sich Kopfhörer in die Ohren, nahm seinen Rucksack vom Rücken und stellte ihn zwischen seine Beine auf den Boden. Er starrte auf den Filz, der auf den Fußboden geklebt war und auf seinen Rucksack. Aus dem Fenster zu sehen, war zu gefährlich. Vielleicht erkannte ihn jemand draußen.

So fuhr er bald drei Stationen. Immer wieder quetschten sich Leute an ihm vorbei, stiegen ein oder aus. Und jedes Mal, wenn sie anfuhren, wiederholte der Zugführer seine Durchsagen, wann sie welchen Ort erreichten und wohin sie als Nächstes führen. Irgendwann wurde ein Platz frei. Florian sah zu der Anzeige der reservierten Plätze. Dieser Platz war nicht reserviert worden. Also setzte er sich hin, stellte den Rucksack auf seinen Schoß und bettete den Kopf oben auf. Bisher verlief alles glatt. Viel zu glatt.

»Ihren Fahrschein, bitte«, bat eine freundliche weibliche Stimme. Sie kam Florian irgendwie bekannt vor. Er wühlte das Ticket aus seiner Brieftasche und reichte den Fahrschein hoch, ohne die Kontrolleurin anzusehen.

Lange passierte nichts. Er sah sie aus den Augenwinkeln mit ihrem Lesegerät gestikulieren. Ängstlich sah Florian auf. Das Lesegerät piepste.

»Ah, geht doch«, seufzte die Kontrolleurin und lächelte Florian an. Als sich ihre Blicke trafen, trat

Schweiß auf seine Haut. Er kannte sie. Er erinnerte sich an ihr Gesicht. Und auch an ihren Namen.

»Florian?«, wisperte Isabella ungläubig und ließ das Lesegerät sinken. Er schluckte trocken und sank in den Sitz.

»Hallo Isabella«, hauchte er und streckte die Hand nach seinem Zugticket aus, das sie noch immer in den Händen hielt.

»Wie geht's dir so?«, fragte er und versuchte, die Nervosität aus seiner Stimme zu halten.

»Gut.« Sie runzelte die Stirn. »Du, ich muss meine Arbeit machen.« Sie wies vage über ihre Schulter. Dann sah sie auf sein Ticket. »Wir können ja in Luxemburg etwas Zeit miteinander verbringen, wenn du magst.«

Sie hielt ihm den Fahrschein hin. Florian nahm ihn mit zitternden Händen entgegen und stammelte: »Sicher musst du arbeiten. Ich freue mich, wenn wir etwas Zeit miteinander verbringen können. Es… war sehr schön.«

»Das war es«, erwiderte Isabella und ging weiter. Ihre Stimme hatte die ganze Zeit über mechanisch geklungen, als sei sie ein Roboter. Sie wandte sich dem nächsten Fahrgast zu und prüfte dessen Fahrschein. Florian drehte sich zu ihr um und betrachtete ihre schmalen Schultern. Dann nahm er sein Smartphone heraus.

Lukas hatte ihm eingeschärft, es nicht zu benutzen. Aber jetzt war es zu spät. Isabella hatte ihn erkannt. Und ihre Arbeit bestand jetzt darin, den Zugführer so schnell wie möglich darüber zu unterrichten.

Ich bin entdeckt worden, tippte Florian und sandte die Nachricht an Lukas.

Der ging sofort online. Die grauen Häkchen änderten die Farbe, Lukas hatte die Nachricht gelesen.

Wo bist du?, war seine erste Antwort. Und dann tippte er weiter. Florian wartete darauf, dass er die Nachricht versandte.

Egal. Steig so schnell wie möglich aus dem Zug aus!

Er sah aus dem Fenster. Sie fuhren über grüne Wiesen. Zwischendurch kreuzten Strommasten und Straßen die Landschaft wie ein Rastergitter.

Ich bin mitten auf dem Land. Es dauert noch ewig, bis wir an der nächsten Station sind und dort wird die SJW auf mich warten.

Lukas ging sofort wieder online und las die Nachricht.

Geh zur nächsten Tür! Mach dich dazu bereit, so schnell wie möglich aussteigen zu müssen!

Florian sah über seine Schulter. Isabella war jetzt verschwunden. Vermutlich stand sie an einem Dienstpunkt und teilte eben dem Zugführer mit, dass er dem Staatsfeind die Flucht ermöglichte.

Er erhob sich und trat auf den Gang. Andere Fahrgäste beäugten ihn kritisch, während er an ihnen vorbei in Richtung der Tür ging.

Ich kann nicht einfach vor der Tür stehen bleiben. Die Leute starren mich an!, hackte er in sein Smartphone.

Tu so, als wäre dir übel! Du musst zum Klo und kotzen. Die Nacht war hart.

Suchend sah er sich um. Ein Pfeil informierte ihn, in welcher Richtung die Bordtoilette war. Er schulterte den Rucksack und ging in diese Richtung weiter. Kurz bevor er durch die Tür in den nächsten Wagen gehen konnte, sah er noch einmal über seine Schulter. Isabella trat gerade durch die Tür auf der anderen Seite des Wagens. Florian glaubte zu sehen, wie sie die Augen zu Schlitzen verengte.

Er wandte sich der Tür zu und drückte auf die automatische Entriegelung. Es dauerte schier endlos, bis die Pneumatik reagierte und die Tür mit einem Zischen zurückglitt.

Er quetschte sich hindurch. Die Tür schloss sich zischend hinter ihm. Er drehte sich noch einmal herum. Isabella stand direkt vor der Tür und hämmerte auf den Türöffner. Er konnte ihr Gesicht durch das Glas sehen. Sie sah wütend aus.

Er öffnete die Pneumatiktür vor sich. Es zischte und die Tür glitt zurück. Dann erst reagierte die Tür, die Isabella hatte öffnen wollen. Sie trat in die Schleuse zwischen den Waggons. Und er stand in dem Wagen davor. Er sah jetzt nicht mehr über seine Schulter. Er wusste, dass sie ihn verfolgte. Dass sie es darauf abgesehen hatte, ihn zu erwischen.

Und er lief. Es gab kein Entrinnen mehr. »Sehr geehrte Fahrgäste. An Bord unseres Zuges befindet sich der gesuchte Verbrecher Florian Pepperkorn. Bitte bleiben Sie auf Ihren Plätzen und bewahren Sie Ruhe. Wir erreichen in Kürze Göttingen.«

Es gab kein Entrinnen mehr.

Florian sah zu dem Lautsprecher über seinem Kopf, aus dem die Stimme gekommen war. Er hatte das Gefühl, dass der Zug schneller wurde und in sein Verderben raste. Er hörte die Pneumatik hinter sich. Er wandte sich um und sah Isabella. Sie grinste ihn siegessicher an.

Er sah aus dem Fenster. Ein Schild am Rand der Bahnstrecke bestätigte, dass es nicht mehr weit bis Göttingen war. Hier würde der Zug anhalten. SJW und Polizei würden in den Zug stürmen und seine Reise beenden.

Isabella stand jetzt direkt hinter ihm, packte ihn am Arm und zerrte ihn weiter. Florian wehrte sich gegen den Griff und versuchte, Isabella seinen Arm zu entreißen. Das gelang zunächst. Er wich zurück, aber sie kam nach, stieß ihm die Kappe vom Kopf und griff in sein Haar.

Florian verzog vor Schmerz das Gesicht und riss sich los. »Was soll das? War ich so grausam zu dir?«, fragte er.

Isabella antwortete nicht, sondern stieß ihm das Knie in den Unterleib. Stöhnend sank Florian in die Knie. Die Fahrgäste applaudierten. Eine Frau stand auf und spuckte ihn an.

»Dreckiger Cismann!«, beschimpfte sie ihn. Wieder griff Isabella in sein Haar und zerrte ihn hoch. Florian wehrte sich nicht mehr. Der Schmerz betäubte ihn, machte ihn regelrecht handlungsunfähig.

»Was habe ich dir getan?«, fragte er sie, während sie ihn durch den Wagen hinter sich her zerrte wie ein Tier. »Habe ich dir je etwas getan?«

Isabella reagierte nicht darauf. Sie trat an eine Gegensprechanlage und drückte auf einen Knopf. Es wählte einen Moment, dann meldete sich der Zugführer.

»Hier ist Isabella Stürtz. Ich habe den Verdächtigen.«

»Gute Arbeit, Bella. Wir sind gleich da.«

Der Zug bremste ab und Florian taumelte gegen eine Waggonwand. Weil Isabella sein Haar festhielt, verblieb ein blutendes Büschel davon in ihrer Hand.

»Du brauchst gar nicht versuchen, dich zu befreien. Auch wenn ich dich nicht festhalte, hast du keine Chance mehr zu entkommen.«

Er erwiderte nichts darauf. Die Bremsen des Schnellzuges quietschten grauenhaft. Der Zug hielt. Auf dem Bahnsteig wimmelte es vor bewaffneten SJW-Frauen. Alle hatten gezogene Maschinenpistolen und klare Schilde in der Hand. Außerdem trugen sie Helme, als erwarteten sie eine Horde Demonstranten oder eine Gruppe Hooligans.

Die Türen öffneten nicht sofort.

Florian sah die SJW draußen mit den Säbeln rasseln. Sie sahen aus, als bekämen sie zum ersten Mal die Gelegenheit, ihre Prügellaune an jemandem auszulassen.

Dann glitten die Türen direkt vor ihnen auf und sie stürmten herein. Isabella begann hysterisch zu schreien. Sie ließ Florian augenblicklich los und sprang zurück, als habe er ihr in den Arm gebissen. Die Frauen stürzten sich auf ihn und brachten ihn zu Fall.

Jemand verdrehte ihm schmerzhaft den Arm auf den Rücken und riss ihn hoch. Florian brüllte, als die Frau ihm den Arm auskugelte. Sie presste ihm das Knie in den Rücken, griff in sein Haar und zog seinen Kopf hoch. Er sah die Spitze eines Stiefels, dann schoss ein rasender Schmerz in seinen Kopf.

Eine SJW-Frau zerrte ihn an seinem Haar hoch. Mit Mühe kam Florian auf die Füße. Die Hand in seinem Haar zwang ihn, den Kopf in den Nacken zu legen. Er konnte nicht sehen, wohin er ging. Die Frau hinter ihm schubste ihn. Florian stolperte über die Treppen und knallte auf den Bahnsteig.

»Steh schon auf!«, fuhr ihn die SJW-Frau an und riss ihn wieder hoch. Schwerfällig kämpfte er sich auf die Beine zurück. Er hörte sich keuchen und spürte seinen Puls in den Fingern. Das Adrenalin blendete den Schmerz aus, der sein Bewusstsein hätte dominieren müssen. Er merkte nur, dass er einen Arm nicht mehr bewegen konnte. Leblos hing er von ihm herab. Es war ein widerliches Gefühl, den eigenen Arm nur an Sehnen und Muskeln baumeln zu fühlen. Er wollte mit dem unverletzten Arm nach dem ausgekugelten greifen, doch die Soldatin hielt seine Hände auf seinem Rücken fest, während sie ihn weiter trieb.

Sie blieb mit ihm mitten auf dem Bahnsteig stehen und legte ihm Handschellen an. Dann packten zwei andere SJW-Frauen seine Oberarme und zerrten ihn weiter. Florian brüllte vor Schmerz, als sie an dem verletzten Arm zogen. Prompt stopfte ihm eine SJW-Frau Papier in den Mund. Er würgte verzweifelt und hörte die Frauen lachen.

Sie führten ihn durch den Bahnhof. Florian glaubte, Menschen pfeifen und rufen zu hören. Er wandte den Kopf um und sofort schlug eine SJW-Frau mit einem Gummiknüppel nach ihm. Erstickt stöhnte er auf.

Die Prozession blieb stehen. Er hörte Metall knirschen. Dann packte ihn jemand und stieß ihn auf die Ladefläche eines Transporters. Er stöhnte wieder erstickt. Mühselig rappelte er sich auf, um etwas zu sehen. Hinter ihm stieg die SJW ein. Er lag im Fußraum zwischen zwei Bänken, die sich gegenüberstanden. Auf diesen Bänken saß die Prügeltruppe. Als Florian den Kopf hob, traf sein Blick auf die wasserblauen Augen einer Frau. Sie grinste ihn finster an, dann stellte sie ihren Stiefel auf seinen Kopf und drückte ihn langsam auf den Boden zurück. Die anderen folgten ihrem Beispiel.

Eine ruckelige Fahrt begann. Die ganze Zeit über ließen die SJW-Frauen ihre Stiefel auf seinem Kopf und seinem Körper stehen. Er hatte anfangs noch versucht, sein verletztes Gesicht in eine bequemere Position zu bringen. Doch je mehr er sich bewegte, desto stärker wurde der Druck auf seinen Schädel. Er hatte es nach einem kurzen Schmerzschrei aufgegeben.

Sein Schmerzschrei hatte dafür gesorgt, dass die SJW in bitterböses Lachen verfallen war und eine Frau hatte gerufen: »Geduld. Nur Geduld. Ihr bekommt alle Gelegenheit, es diesem Schwein heimzuzahlen.«

Die Fahrt dauerte endlos und langsam wurde er sich des Schmerzes in seiner Schulter bewusst. Er war sich sicher, dass sie ihn keines Falls medizinisch versorgen würden. Er war in ihren Augen unwertes Leben, also warum sollten sie?

Er schloss die Augen und zwang sich, ruhig und langsam zu atmen. Jeder Atemzug schmeckte metallisch. Er schluckte das Blut, das von seinem Gesicht herunterlief und alles in ein ekelhaftes Rot tauchte, und schauderte angewidert.

Schließlich bremste der Wagen scharf und Florians Kopf knallte gegen eine Metallstrebe, auf der die Bank angeschraubt war. Er ächzte abermals vor Schmerz und zog damit wieder das Lachen der SJW-Frauen auf sich.

Die Türen öffneten sich mit einem Quietschen. Jemand trat auf seinen linken Unterschenkel, doch Florian nahm das nicht mehr als Schmerz wahr. Als jedoch jemand nach seinem ausgekugelten Arm griff, war der Schmerz wieder präsent. Er brüllte abermals, während er an den Armen hochgerissen wurde. Er hatte keine Chance aufzustehen. Er wurde gepackt, aus dem Wagen hinausgezerrt, und auf den Asphalt gestoßen.

»Steh schon auf, dreckiger Cismann«, fuhr ihn eine SJW-Frau an und riss ihn wieder hoch. Florian folgte der Bewegung, so gut er konnte. Der Schmerz war so überwältigend, dass er nicht einmal mehr brüllen konnte. Sein Gesicht und seine Haut fühlten sich feucht an. Ihm war heiß und kalt und er hatte das Gefühl, die rote Welt begann sich um ihn herum zu drehen. Sein Kopf dröhnte und er wünschte sich nichts sehnlicher, als dass der Schmerz endlich nachließ.

Blind stolperte er hinter der SJW-Frau her, die ihn durch einen kargen Gefängnishof in ein einen langen, spärlich beleuchteten Korridor zerrte. Er hörte das mechanische Schloss der Zellentür zurückspringen, als sie aufschloss. Dann stieß die Soldatin ihn auf den kalten Betonboden. Er rutschte ein Stück und blieb regungslos liegen. Sie trat über ihn und ihr langer Schatten fiel auf ihn.

Sie beugte sich zu ihm herab und griff nach seinen Händen. Es klapperte metallisch, dann waren seine Arme frei. Die Handschellen waren gelöst worden. Er wimmerte vor Schmerz, als der ausgekugelte Arm leblos auf den Boden fiel. Die schwere Zellentür schlug hinter ihm zu. Er hörte den mechanischen Riegel in seine Position zurückfahren. Dann war es still.

Florian blieb noch einen Moment liegen. Er traute der Stille nicht. Schließlich richtete er sich mit dem gesunden

Arm auf und versuchte seine Umgebung zu erkennen, doch es war stockfinster. Oder war das nur das Blut, das ihm ins Gesicht gelaufen war und ihm die Sicht erschwerte?

Er ließ sich schwerfällig auf seinen Hintern fallen, nahm dann den verletzten Arm und legte ihn vorsichtig in seinen Schoß, um den Schmerz mit einer Schonhaltung wenigstens etwas zu lindern. Zischend sog er Luft ein. Bei jeder noch so kleinen Bewegung hatte er das Gefühl, dass ihm der Arm abfiel.

Dann hob er die Hand und wollte sich das Blut aus dem Gesicht wischen. Dabei fühlte er, dass er überall Beulen und Schwellungen hatte. Sein Gesicht musste aussehen wie ein Netz Zwiebeln.

Er befühlte die verletzte Schulter. Das fühlte sich ungesund an. Vorsichtig tastete Florian hinter sich und fasste ins Leere. Langsam rutschte er zurück, bis er mit den Fingern die feuchte Steinwand spürte. Er presste die Schulterblätter gegen die Wand, nahm den verletzten Arm mit dem gesunden und schob sich an der Wand hoch. Er drehte sich so, dass er mit dem unverletzten Oberarm an der Wand lehnte.

»Irgendwo muss hier doch ein Lichtschalter sein«, murmelte er für sich und fing an, sich, mit dem Oberarm an der Wand entlang, zu orientieren. Schließlich fand er die Tür und, direkt daneben, einen Wiegeschalter.

Er atmete tief durch. Dann legte er den Schalter um. Nichts geschah. Florian legte den Schalter in die andere Richtung. Es klickte vertraut, doch kein Licht erhellte das Zimmer.

Vielleicht bin ich blind, dachte er voll Entsetzen und stolperte zurück. Er fiel dabei über einen Eimer. Es war ein leichter Kunststoffeimer. Florian erkannte das sofort an dem hohlen Geräusch, das der Gegenstand machte, als er ihn umgestoßen hatte. Er kniete sich langsam hin und tastete nach dem Eimer, dann stellte er ihn wieder auf.

»Die glauben doch nicht, dass ich… Nein. Hier muss es irgendwo eine Nasszelle geben. Das wäre gegen die Menschenrechte«, murmelte er sich selbst zu, erkannte aber in der gleichen Sekunde, dass der Staat in ihm keinen Menschen sah und ihm folglich keine Menschenrechte gewährte.

Der Staat gewährte ihm keine Menschenrechte. Er war bei seiner Verhaftung auf das Übelste verprügelt worden und saß jetzt eingesperrt in einem dunklen, kalten Loch. Dieser Eimer war nur die Bestätigung, dass er nicht blind war, sondern schlicht im Dunkeln saß.

Kapitel 13

Florian schloss die Augen und lehnte sich gegen die Wand. Wie gerne wollte er Lukas anrufen und ihm erzählen, was vorgefallen war. Was ihm angetan worden war. Aber natürlich hatte man ihm sein Smartphone abgenommen. Auch seinen Rucksack hatte man konfisziert und die dicke Lederjacke von Lukas' Bruder ebenfalls.

Er wusste nicht, wie lange er nun schon in der Dunkelheit lag. Es konnten Stunden oder Tage sein. Der Schmerz war ihm kein Indikator für die Zeit, die verstrich. Er wechselte immer wieder in seiner Intensität. Mal ließ er nach, dass Florian glaubte, es sei viel Zeit vergangen, dann wurde er stärker, und Florian war sich sicher, dass er erst einige Minuten in dieser dunkeln Zelle saß.

Irgendwann spürte er Bedürfnisse. Er stand auf und tastete nach dem Eimer. Was für eine Erniedrigung. Er kämpfte sich auf die Beine und begann ein paar Schritte in der engen Zelle zu gehen. Seine Augen hatten sich inzwischen an die Dunkelheit in der Zelle gewöhnt. Unter der Tür schien ein Spalt Licht durch und ermöglichte es ihm, den Eimer zu erkennen. Er umrundete ihn, ohne ihn dabei aus den Augen zu lassen. Er konnte doch nicht… Aber er musste wohl.

Er stöhnte und fiel auf die Knie. »Warum, Gott? Warum hast du mich verlassen?«, fragte er laut und ließ dann den Kopf auf die Brust fallen. So hatte Annabell das sicher nicht gemeint, als sie ihm gesagt hatte, dass er sich für Menschenrechte stark machen musste. »Das hättest du nicht gewollt, oder, Liebste?«, flüsterte er erstickt.

Sein Blick fiel wieder auf den Eimer. Er stieß ihn mit dem Fuß um, und er rollte mit hohlem Klappern über den Boden. Florian brummte verzweifelt und vergrub das Gesicht in den Händen.

Er musste sich immer noch erleichtern. Wütend strampelte er mit den Beinen. Er musste sich sehr dringend erleichtern. Und ihm blieb nichts, als dieses... Ding zu benutzen. Florian beugte sich herab und stellte ihn wieder auf.

»Tja, Kumpel, es tut mir leid. Eigentlich ist es nicht meine Art auf Freunde zu scheißen, aber in diesem Fall...« Sprach er wirklich mit dem Plastikeimer? Wie lange war er schon hier, dass er mit Gegenständen redete?

Nachdem er die Entscheidung gefällt hatte, dass ihm nichts anderes übrig blieb, als Freundschaft mit diesem Plastikkübel zu schließen, hatte er es sehr eilig. Umständlich öffnete er die Skinnyjeans und zerrte sie herunter, ehe er sich darüber hockte.

Die Erleichterung hielt nur einen Moment. Florian wusste nicht, ob es schlimmer war, die Hose einfach wieder hochziehen zu müssen, oder sich mit dem blanken Hintern in den eigenen Dreck zu setzen. Oder ob der stinkende Eimer das noch größere Übel war.

Er entschied sich dafür, die Hose auszuziehen. Vielleicht war es besser, eine saubere Hose zu haben. In der eigenen Scheiße würde er so oder so sitzen müssen. Die Hose hing an seinen Knöcheln, während er die Schuhe auszog und in eine Ecke stellte. Er legte die Hose darüber und setzte sich dann so weit wie möglich von dem Eimer weg. Erschöpft schloss er die Augen und lehnte sich gegen die eisige Wand. Langsam atmete er durch den Mund ein und aus und hoffte, sich an den Gestank zu gewöhnen.

Doch das passierte nicht. Er gewöhnte sich nicht daran. Würgend wandte er sich ab. Ein bohrender Schmerz breitete sich in seiner Magengegend aus und Florian fragte sich, ob der Schmerz in seinem Bauch von dem Gestank kam.

Aber er hatte niemals von Menschen gehört, die von Gestank Bauchschmerzen bekommen hatten. Es dauerte, bis er begriff, dass er Hunger hatte.

Er zog die Knie an und ließ den Kopf darauf fallen. Wenn er den Hunger jetzt erst spürte, konnte er noch nicht allzu lange in dieser Dunkelheit sitzen. Oder hatten andere Schmerzen ihn davon abgelenkt?

Seine Muskeln zitterten. Sie hatten ihn von seinem hohen Ross heruntergeholt und ihn gebrochen. Wer war er noch? Er war als Inhaber eines riesigen Energiekonzerns in einen Wahlkampf gegangen. Und jetzt saß er hungernd und frierend in einem dunklen Loch mit einem Eimer dampfender Exkremente. Er war gefallen. Sehr, sehr tief gefallen.

Als das nächste Mal Licht vom Flur draußen vor der Zelle hinein schien, war der Hunger so groß, dass Florians Hände zitterten. Die SJW-Frau, die in die Zelle trat, rümpfte angeekelt die Nase.

»Hier«, raunzte sie und warf ihm eine Scheibe Toast vor die Füße. Florian langte sofort danach und fing gierig an zu essen. Sein Magen knurrte wütend. Er spürte, wie ihm die Magensäure vor Hunger in die Speiseröhre stieg. Die SJW-Frau stellte eine Plastiktasse neben die Tür und schloss sie wieder.

Florian hielt beim Essen inne, krabbelte zu der Tasse und setzte sie an die Lippen. Der Inhalt war kalt und sprudelte etwas. Florian trank gierig. Augenblicklich wurde ihm übel und er sank in die Knie. Er schaffte es noch, die Tasse auf den Boden zu stellen, bevor er sich erbrach.

»Was habe ich da getrunken?«, keuchte er, als der Würgereiz nachgelassen hatte.

Zögernd griff er nach der Tasse und roch daran. Es roch furchtbar süßlich. Ihm kam der Geruch bekannt vor und er überlegte eine Weile, was das war, das so erbärmlich stank und so bitter schmeckte. Als er den Geruch erkannte, stellte er den Becher auf den Boden und erbrach sich.

Es war ein Brechmittel.

Er schob sich den Rest des Toasts in den Mund und hoffte inständig, dass es reichte, um das Medikament in seinem Magen aufzusaugen.

Die Zellentür öffnete sich wieder und die SJW-Frau erschien. Sie nahm die Tasse hoch und betrachtete den Inhalt.

»Austrinken«, befahl sie und hielt sie ihm hin. Er schüttelte widerwillig den Kopf. Wenn er das trank, würde er wieder brechen und dann war er noch hungriger als vorher. Er versuchte, sich gegen die Folter zu wehren. Augenblicklich trat die Frau auf ihn zu, hielt ihm die Nase zu und kippte ihm die Flüssigkeit in den Mund. Florian hustete, erbrach Galle und aufgeweichtes Toast und hustete wieder.

Die Frau ließ die Plastiktasse auf den Boden fallen und zerrte den würgenden Florian auf die Füße. Angestrengt versuchte er, der Bewegung zu folgen und dabei nicht wieder zu brechen. Weil der Soldatin das offenbar zu lange dauerte, stieß sie ihr Knie in seinen Unterleib. Er stöhnte erstickt und sank ein Stück in die Knie.

»Streng dich mehr an! Zieh dich aus, du musst für deinen Prozess doch hübsch aussehen.«

Prozess? Er hob den Kopf und blinzelte die Soldatin an.

»Hast du Bohnen in den Ohren? Ausziehen!«

Florian gehorchte mit zitternden Händen. Er zog den Pullover umständlich aus und die SJW-Frau nahm ihn und warf ihn in dem Eimer. Sie grinste selbstgefällig über ihren vortrefflichen Spaß. Florian starrte den Eimer an.

Lange konnte er dem Pullover nicht hinterher trauern. Die Soldatin zerrte ihn mit sich über den Flur. Sie stieß ihn in eine Zelle, deren gefliese Wände feucht glänzten. Bevor Florian verstehen konnte, dass er in einem Waschraum stand, spritzte sie ihm mit einem harten Strahl kalten Wassers den Rücken und die Beine nass. Augenblicklich fuhr Florian zusammen und versuchte, sich so klein wie möglich zu machen.

»Dreh dich um!«, verlangte die Soldatin. Florian gehorchte widerwillig. Die SJW-Frau spritzte ihm das Wasser zielsicher in die großen Verletzungen im Gesicht. Er brüllte vor Schmerz und hob schützend die Hände. Augenblicklich richtete sie den Wasserstrahl auf sein ungeschütztes Genital. Erneut schrie er wie am Spieß.

Die SJW-Frau lachte und machte sich einen Spaß daraus, die jeweils ungeschütztere Stelle zu treffen.

Nachdem sie genug hatte, warf sie Florian eine Flasche Duschgel an den Kopf. Er zuckte zusammen und wagte es nicht, die Augen zu öffnen. »Na los, Prinzessin, wasch dich!«, rief sie ihm zu. Florian öffnete die Augen und sah die Frau an. Dann beugte er sich zu der Flasche herab. Er seifte sich mit hastigen Bewegungen ein, denn er wusste nicht, wann die Soldatin genug davon hatte und ihn abduschte.

Als er sich das Haar einseifte, verlor die SJW-Frau die Geduld und spritzte Florian mit demselben Spiel ab. Dieses Mal ließ sie sich nicht so viel Zeit. Entweder langweilte sie die eigene Folter, oder sie hatte es eilig.

Sie warf den Schlauch auf den Boden und deutete auf einen Tisch, der auf dem Flur stand. »Abtrocknen und anziehen«, befahl sie. Florian zitterte, als er an der Soldatin vorbeiging. Ob vor Kälte oder vor Angst, wusste er nicht. Die SJW-Frau versetzte ihm einen Schlag auf den Hinterkopf. Erschrocken zuckte er zusammen und fragte sich im gleichen Moment, wann ihm der Mut abgegangen war.

Er griff mit zitternden Händen nach dem Handtuch und fing an sich abzutrocknen. Er versuchte, sich so gründlich wie möglich trocken zu reiben, und beeilte sich dabei, denn er ahnte, dass die SJW-Frau ihm nicht allzu viel Zeit dafür ließ. Er wollte eben sein Haar trocken reiben, da bohrte die Soldatin ihm auch schon einen Finger zwischen die Schulterblätter.

»Das reicht«, verkündete sie. »Anziehen.«

Florian griff nach der Kleidung. Sie bestand aus Kunststofffolie und sah aus, wie ein grauer Blaumann. Auf die Brust und die Oberarme war jeweils ein schwarzes Marssymbol gedruckt. Er betrachtete die Zeichen, bevor er nacheinander die Beine in die Hosenbeine steckte, die Hände durch die Ärmel führte und schließlich den Reißverschluss schloss. Ihm wurde hier kein Prozess mehr gemacht, um seine Schuld festzustellen. Er sollte nur noch vorgeführt werden.

Von dem Brechmittel war ihm noch immer fürchterlich übel. Leider lenkte die Übelkeit kaum von seinen Schmerzen ab. Durch den Hunger, das Erbrechen und die Schmerzen fühlte er sich geschwächt, als er in Handschellen wie ein Schwerverbrecher in den Gerichtssaal geführt wurde. *Vermutlich habe ich das trinken müssen, damit ich benommen bin,* dachte er. Oder es war schlicht Folter.

Er wurde auf die Anklagebank neben eine Frau bugsiert, die sich mit geschürzten Lippen auf ihre Unterlagen konzentrierte. Seine Verteidigerin, vermutete er.

Verstohlen sah er sich um, um sich irgendwie von der nagenden Übelkeit abzulenken. Der Gerichtssaal wirkte verwaist ohne die Richterinnen. Eine Staatsanwältin betrat den Saal und musterte ihn von oben herab. Er wandte den Blick ab. War die Frau neben ihm nun seine Verteidigerin? Er konnte sie einfach fragen, dann wusste er es.

»Sind Sie meine Verteidigerin?«

»Seien Sie still! Sagen Sie die ganze Verhandlung über nichts! Man wird Ihnen ohnehin kein Gehör schenken«, knirschte die Frau, ohne ihre Aufmerksamkeit von ihren Akten abzuwenden.

Florian biss sich auf die Zunge und betrachtete die Maserung des Tisches vor sich. Einfach fragen also. Es war besser, wenn er endlich einmal schwieg. Hätte er nur geschwiegen, als Lukas es ihm gesagt hatte, müsste er jetzt nicht hier sitzen!

Trotzdem war diese Verhandlung vielleicht die letzte Gelegenheit, noch etwas zu sagen, bevor er für immer in ein Gefängnis wanderte, in dem man ihn verprügelte, in einen Eimer scheißen ließ und Brechmittel zu trinken gab.

Er schauderte.

Richterinnen und Gerichtsdienerinnen betraten den Raum und die Anwesenden erhoben sich. Auch Florian kämpfte sich hoch.

»Wir verhandeln heute die Strafsache wegen mehrfacher Vergewaltigung gegen Florian Pepperkorn. Die Anklage Frau Staatsanwältin Kern?«

Die Frau, die ihm und seiner Anwältin gegenüber saß, erhob sich. Ohne Florian eines Blickes zu würdigen, fing sie an zu lesen: »Die Staatsanwaltschaft geht von folgender Tat aus:

Am 24. Dezember 2033 begegnete der Angeklagte in einer Bar Johanna Laustein. Nachdem er sie betrunken gemacht hatte, lud sie ihn zu sich nach Hause ein. Obwohl Johanna Laustein mehrfach widersprach, nötigte der Angeklagte sie erst, sich zu entkleiden und vergewaltigte sie anschließend.

Am 5. Februar 2034 fuhr Florian Pepperkorn mit dem ICE von Berlin nach Wuppertal. Er traf dort die Zugbegleiterin Isabella Stürtz. Nach anfänglichem Flirten nahm das Opfer den Angeklagten mit zu sich nach Hause. Dort drängte der Angeklagte das Opfer zum Sex. Als Isabella sich dem Angeklagten verweigerte, vergewaltigte er sie.

Florian Pepperkorn wird daher wegen mehrfacherer Vergewaltigung im besonders schweren Fall angeklagt.«

Florian starrte die Staatsanwältin an, während die auf ihrem Stuhl Platz nahm. *Das ist die letzte Gelegenheit, etwas zu sagen. Ich gehe sowieso ins Gefängnis*, sprach er sich Mut zu.

»Das ist gelogen!«, wehrte er sich.

Die vorsitzende Richterin wandte sich dem Angeklagten zu. »Herr Pepperkorn, hiermit rufe ich Sie zur Ordnung: Sie haben als Mann nicht das Recht, vor Gericht eine Aussage zu machen.«

Florian starrte die Richterin an. Er durfte nichts sagen? Ungläubig sah er seine Anwältin an. Eine Frau, die er noch nie zuvor gesehen hatte. »Hören Sie, ich bin unschuldig! Die beiden sind freiwillig mit mir ins Bett gegangen«, beschwor er die Anwältin leise. Die lächelte ihn an und Florian war sich nicht sicher, was dieses Grinsen zu bedeuten hatte. Es konnte nichts Gutes heißen, dessen war er sich sicher.

»Wenn die Verteidigung sich nicht zu der Anklage äußern möchte, rufe ich die erste Zeugin auf. Frau Stürtz bitte.«

»Wie nicht äußern? Natürlich wollen wir uns äußern!«, beschwor Florian seine Anwältin, während Isabella bereits den Saal betrat.

»Herr Pepperkorn, ich weise Sie nochmals daraufhin, dass Sie im Gerichtssaal nicht das Recht haben, sich zu äußern. Wenn Sie sich nicht daran halten, werden Sie für den Rest der Verhandlung geknebelt«, erklärte die vorsitzende Richterin ihm zuckersüß. Florian starrte sie an. Dann sah er zu Isabella. Die grinste ihn für eine Sekunde an, dann setzte sie ihre tragischste Miene auf.

»Frau Stürtz, wir alle hier können verstehen, wie Sie sich fühlen müssen. Leider muss ich Sie auffordern die schreckliche Tat noch einmal zu schildern.«

»Natürlich. Ich bin Florian Pepperkorn während der Arbeit auf einer Reise von Berlin nach Wuppertal begegnet. Er war schon zu Beginn übertrieben freundlich zu mir.«

»Und sind Sie zu diesem Zeitpunkt nicht schon stutzig geworden?«, fragte die Verteidigerin das Opfer.

»Sie… können es jetzt vielleicht nicht mehr sehen, aber auf alten Videos werden Sie erkennen, dass es sich um einen sehr schönen und sehr eloquenten Mann handelt, der seine Opfer zu verführen weiß. Deshalb heißt nein trotzdem nein.«

Sie sah Florian an. Der konnte nicht glauben, was er da hörte. Nein hieß nein, natürlich. Aber sie hatte zu keiner Zeit *nein* gesagt. Im Gegenteil, sie hatte *ja* gesagt. Ach gesagt, sie hatte es gestöhnt! Hatte es ihm an den Hals geschleudert. *Ja, Florian. Härter!*

Er presste die Lippen aufeinander und zwang sich, zu schweigen.

»Nein, heißt nein. Damit haben Sie völlig recht«, pflichtete die Verteidigerin ihr bei und lächelte ermutigend. Die vorsitzende Richterin nickte Isabella aufmunternd zu. Die holte Luft und fuhr fort: »Er fuhr mit mir, bis ich Feierabend hatte und folgte mir nach Hause. Es war mir am Anfang ganz recht. Aber dann wurde er rasch fordernder. Ich sagte ihm zu fortgeschrittener Stunde, er solle nach Hause gehen, aber er dachte gar nicht daran. Er-« Sie machte eine Kunstpause und Florian krallte die Finger in den Kunststoffanzug, den er trug. Er schwitzte unangenehmen unter dem Material.

»Entschuldigenden Sie. Das ist jetzt wirklich schwer für mich…«, wisperte Isabella und wischte sich mit der Handfläche Tränen von den Wangen.

»Es ist schon gut. Nehmen Sie sich alle Zeit, die Sie brauchen.«

Isabella zog geräuschvoll die Nase hoch und sprach dann weiter. »Er zog die Hose herunter. Sein … sein …«

»Geschlecht«, half eine andere Richterin aus. Isabella nickte dankbar.

»Ja«, hauchte sie. »Es stand obszön ab. Er riss mir die Kleider vom Leib und dann … dann …«

»Dann hat er Sie penetriert?«, fragte die Richterin mitfühlend. Isabella nickte.

»Wie oft?«

»Sechs mal.«

Florian stöhnte genervt und rollte mit den Augen.

»Herr Pepperkorn! Eigentlich sollte es für Sie beschämend genug sein, dass ein so junges Mädchen solche Anschuldigungen gegen Sie erhebt. Dass Sie jetzt auch noch mit den Augen rollen, zeigt uns doch nur, wie recht Frau Stürtz mit ihrer Ausführung haben muss.«

Florian lachte bitter auf. »Ich bitte Sie, das ist doch-«

»Schweigen Sie!«, fuhr die vorsitzende Richterin ihn an und sah dann zu den Gerichtsdienern. »Vermerken Sie im Protokoll, dass der Angeklagte geknebelt wird.«

Zwei SJW-Frauen lösten sich aus dem Schatten des Raumes. Florian versuchte, sich zur Wehr zu setzen, doch es gelang ihm nicht. Eine der Frauen hielt seinen Kopf fest. Die andere schob ihm eine Plastikkugel in den Mund und fixierte sie an seinem Hinterkopf. Er warf den Kopf hin und her wie ein Tier, das sich von einem Geschirr zu befreien versuchte. Wütend funkelte er die Richterinnen an. Die Vorsitzende schüttelte den Kopf und wandte sich dann Isabella zu.

»Es tut mir von Herzen leid, dass der Angeklagte versucht, sich aus seiner Schuld zu winden. Sie haben mit Ihrer Geschichte die Herzen aller Anwesenden berührt«, versicherte die Richterin. Florian versuchte zu protestieren, doch sein Protest wurde von dem Knebel gedämpft. Die Staatsanwältin funkelte ihn an.

»Bitte, nehmen Sie Platz. Sie bleiben unvereidigt.« Isabella nickte, erhob sich und nahm an der Seite Platz.

Die vorsitzende Richterin richtete sich in ihrem Stuhl auf.

»Wir hören als nächstes Johanna Laustein.«

Die Frau mit dem blonden Bob trat ein. Florian konnte nicht glauben, dass sie hier als Zeugin auftrat, um gegen ihn auszusagen! Sie verbarg ihr Gesicht hinter ihrem hellen Haar und vermied es, ihm das Gesicht zu zuwenden. Warum vermied sie es so, ihn anzusehen? Hatte man sie überredet, gegen ihn auszusagen? Machte sie sich etwa Hoffnungen, noch einen Teil des Kopfgeldes zu sehen, das auf ihn ausgesetzt worden war?

»Frau Laustein, Sie sind einundzwanzig Jahre alt und arbeiten als Barkeeperin. Bitte erzählen Sie uns, wie Sie den Angeklagten getroffen haben.«

Johanna räusperte sich und fing mit dünner Stimme an zu sprechen: »Ich begegnete Herrn Pepperkorn am Weihnachtsabend. Er war fürchterlich betrunken und wirkte aufgelöst. Ich konnte ihn nicht allein lassen, also habe ich ihn mitgenommen. Wie ich heute weiß, war das ein Fehler.«

Florian starrte die Frau an, die den Blickkontakt zu ihm mied. Er brummte gegen den Knebel in seinem Mund. Wie konnte diese Frau vor Gericht lügen? Er schüttelte den Kopf.

»Bitte erzählen Sie uns, was dann passierte.«

»Er stellte mir schlüpfrige Fragen und bat mich, ihm meine Unterwäsche zu zeigen. Schließlich zwang er mich, halbnackt vor ihm auszuharren. Er begaffte mich wie Fleisch, bevor er mich ins Bett zerrte.«

In allen Einzelheiten breitete sie eine Tat aus, die nie stattgefunden hatte. Florian lehnte sich zurück und versuchte, nicht zuzuhören.

»Danke, das genügt. Sie bleiben unvereidigt. Nehmen Sie Platz,« beendete die vorsitzende Richterin die Befragung der Zeugin und Johanna erhob sich. Florian verfolgte jede ihrer Bewegungen wütend.

Als sie saß, ergriff die Richterin erneut das Wort: »Es gibt noch zahllose weitere Beispiele für das verbrecherische Verhalten von Herrn Pepperkorn. Aber wenn wir wirklich alle Frauen befragen wollen, die ihm zum Opfer gefallen sind, brauchen wir mindestens ein Jahr für diese Verhandlungen und in Anbetracht der wachsenden

Klagen besteht der Deutsche Staat auf die Beschleunigung der Prozesse«, Sie beugte sich beim Sprechen zu Florian vor, als gelte diese Lehrstunde allein ihm.

»Wir wollen uns deshalb noch ein Video ansehen, das die Taten des Angeklagten eindeutig belegt.«

Florian starrte sie an, als ihm aufging, von welchem Video sie sprach. Ausgerechnet dieses Video wollte sie zum Gegenstand der Verhandlung machen? Mit diesem Video, das die Feministinnen gemacht hatten, um ihn bloßstellen zu können? In dem Frauen zu sehen waren, die eindeutig Gefallen an dem hatten, was er mit ihren Körpern anstellte? Das alle Welt kannte?

Diese Schlacht hatte er schon geschlagen. Selbst wenn sie ihn nicht zu Wort kommen ließen, selbst wenn seine Verteidigerin gegen ihn war und gegen ihn argumentierte. Gegen ein deutliches *Ja* konnten auch diese Richterinnen nichts sagen. Und die Frauen stöhnten *Ja*, das wusste Florian.

Er lehnte sich entspannt zurück. Hätte er gekonnt, hätte er aller Welt gezeigt, dass er sich seines Sieges bewusst war. Sie konnte einfach nichts gegen dieses *Ja* tun.

Eine Gerichtsdienerin schaltete einen großen Fernseher ein und wählte den Clip aus. Ein Sektkorken flog durch die Luft und der Schaumwein sprudelte über seine Hand. Er lachte. Eine Frau mit üppigen Brüsten in roter Reizwäsche krabbelte auf ihn zu. Sie strich ihm den Satinmantel von den Schultern und stieß ihn auf das Bett. Dann sank sie mit dem Kopf zwischen seine Beine. Der Florian in dem Film schloss genüsslich die Augen und stöhnte erregt auf. *»Das machst du gut!«*, lobte er, grub eine Hand in das dunkle Haar und führte den Kopf, der sich rhythmisch auf und nieder bewegte. Er zog den Kopf dabei fester an sich und die Frau würgte. Ein Raunen ging durch den Gerichtssaal.

»Das reicht. Ich habe genug gesehen«, unterbrach die vorsitzende Richterin die Vorführung und das Video stoppte in einer Einstellung, in der gut zu sehen war, wie Florian die Muskeln anspannte, um den Kopf zwischen seinen Beinen unten zu halten.

Florian schloss die Augen. Er hatte verloren. Er konnte nicht sagen, dass sie ihn darum gebeten hatten, dass er sie härter behandelte. Und selbst wenn er es hätte sagen können, niemand hier hätte seine Aussage bestätigt. Obwohl die Frau freiwillig den Mund geöffnet hatte, um ihm einen zu blasen, würde sie das jetzt verleugnen. Sie würde ihm ebenso eine Vergewaltigung vorwerfen, wie Isabella ihm das vorgeworfen hatte.

Er hatte verloren. Er hatte schon verloren, als er in den Bundestag gewählt worden war. Er hätte aufhören sollen, als Lukas es ihm gesagt hatte. Als er noch Gelegenheit gehabt hatte, wenigstens seine eigene Haut zu retten. Jetzt war es zu spät. Es stand nur noch abzuwarten, welche Strafe die Richterinnen ihm auferlegten.

»Ich denke, wir haben alle gesehen, wie brutal Herr Pepperkorn mit seinen Opfern vorgeht. Das, meine Personen, zeigt deutlich, warum wir eine feministische Regierung gebraucht haben. Es kann nicht sein, dass ein so triebgesteuerter Cismann auf so eine ekelerregende Art und Weise über Frauen herrscht.« Die vorsitzende Richterin sah Florian an und der zuckte unwillkürlich unter dem Blick zusammen.

»Sie sollen sich wirklich schämen. Haben Sie gesehen, wie das Mädchen gewürgt hat? Sie hat einen knallroten Kopf bekommen. Cismänner glauben, dazu geboren worden zu sein, Frauen Gewalt anzutun und sie zu quälen.«

Florian schüttelte den Kopf. Er wollte das nicht hören. Er wollte sagen, dass es nicht so gewesen war. Warum sagte denn keiner etwas? Warum gab ihm niemand die Gelegenheit, sich selbst zu verteidigen? Sollte er nicht das Recht bekommen, sich zu den Vorwürfen äußern zu können?

»Es ist gut, dass wir diesem verbrecherischen Verhalten und der permanenten Gewalt von heteronomativen Cismännern gegen schutzlose Personen anderer Geschlechter endlich ein Ende machen.« Die Richterin wandte sich angewidert von Florian ab, sah auf ihre Papiere und fing an, die Zettel zu sortieren. »Das Gericht zieht sich zur Urteilsberatung zurück.«

Die Richterinnen erhoben sich und auch Florian kämpfte sich von seinem Platz hoch. Die Vorsitzende warf ihm einen vernichtenden Blick zu, dann verließ sie mit ihren Kolleginnen den Saal.

Für Florian bedeutet das Ende des Verhandlungstages die Rückkehr in die kalte, dunkle Zelle.

»Ein Vergewaltiger. Das haben ich auch gar nicht anders von dir weißem Cismann erwartet«, schimpfte die Soldatin, die ihn in seine Zelle stieß. »Du warst ein böser Junge, Florian, und deshalb gehst du heute ohne Abendessen ins Bett.«

270

Und morgen auch, schoss es Florian durch den Kopf, während er sich zur Zellentür umwandte. Sie fiel vor seiner Nase ins Schloss und er war allein. Noch immer trug er Handschellen und den Knebel, der ihm im Gerichtssaal aufgesetzt worden war. Noch immer hatte sich niemand für seine ausgekugelte Schulter interessiert und Florian wusste, dass sich nichts daran ändern würde.

Er krabbelte zu der Ecke, die er sich als Schlafplatz ausgesucht hatte, rollte sich auf dem kalten Steinboden zusammen und schloss die Augen. Er musste an Lukas und Philipp denken. Die beiden hatten um ihr Haus kämpfen wollen. Sie hatten deshalb heiraten wollen. Am Montag. Ob es schon Montag war? Die beiden waren mit Sicherheit längst verheiratet und bekamen ihr Haus vom Staat zurück. Sie waren jetzt eine schützenswerte Minderheit.

Anders als Florian. Er war ein großer, böser, weißer Cismann gewesen. Frauen waren nur zu seinem Vergnügen da gewesen und seine Arbeiter hatte er nur ausgebeutet und ausgenutzt. Er war keinem Menschen in seinem Leben mit Respekt begegnet. Deshalb hatte Eric Holland versucht, mit ihm von seiner Firma zu retten, was sich irgendwie retten ließ. Deshalb hatte Henriette ihn auch mit zu sich nach Hause genommen. Deshalb waren auch reihenweise Frauen freiwillig mit ihm ins Bett gegangen.

Er drehte sich auf den gesunden Arm und öffnete die Augen. Der Eimer in der Zimmerecke war nicht geleert worden und die Zelle stank zum Himmel. Aber wen interessierte das noch? Sie würden ihn verurteilen.

Was würde das für ihn bedeuten? Sie würde ihn nach dem neuen Sexualstrafrecht verurteilen und das hieß, dass er sehr, sehr lange ins Gefängnis ging. Vermutlich würden sie ihn als Triebtäter verurteilen und für immer einsperren.

Die Todesstrafe, gegen deren Einführung er sich erfolglos zur Wehr gesetzt hatte, versuchte er zu verdrängen. Er wollte die Hoffnung nicht aufgeben. Irgendwo musste es einen Gott geben und der musste sehen, wie dieses Regime ihn behandelte. Behandelt hatte.

Er konnte sich das nicht gefallen lassen. Das konnte nicht einfach so passieren. Annabell hätte nicht gewollt, dass er kampflos aufgab. Er hatte alles getan, um sich zu wehren, und doch war es nicht genug gewesen. Es war nicht genug gewesen. Er lag hier, in der Dunkelheit, neben einem Eimer mit seiner eigenen Scheiße. In der Gewissheit, dass er zu Unrecht verurteilt und bestraft wurde.

»Heute wird dein Urteil verkündet, Cismann«, frohlockte die SJW-Frau, nachdem sie die Tür zu seiner Zelle aufgestoßen hatte. Florian sah die Frau orientierungslos an. Er wusste nicht, wann die Tür das letzte Mal geöffnet worden war. Seine Lippen waren spröde und durch den Knebel aufgeplatzt. Er hatte sich daran gewöhnt, mit offenem Mund den eigenen Rotz schlucken zu müssen. Es war unangenehm, aber es funktionierte.

»Sie haben gesagt, ich muss dich waschen und füttern, damit du adrett aussiehst, wenn du dein Urteil hörst«, erklärte die Soldatin ihm und trat ihm zwischen die Beine. Florian stöhnte erstickt und sank in die Knie.

»Aber ich habe gar keine Lust, dich zu pflegen wie ein kostbares Juwel.«

Die Frau löste den Knebel und ließ ihn auf den Boden fallen. Florians Kiefer knackte widerwärtig, als er ihn zum ersten Mal seit langem wieder bewegte. Die SJW-Frau stieß ihm mit dem Fuß einen Napf unter die Nase. Florian inspizierte den Inhalt und wollte sich aufsetzen, um zu essen.

»O nein«, sagte die Frau und stellte den Fuß auf seinen Kopf. »Du bist ein Tier und Tiere nehmen ihr Essen nicht in die Hand. Friss wie das Schwein, das du bist.« Florian wollte gegen dieses Unrecht protestieren. Doch sein Gesicht klebte in der Pampe, die sein Essen war. Es interessierte ihn nicht, was für einen Kleister er da essen musste. Er hatte Hunger. Also wehrte er sich nicht dagegen, wie ein Tier aus einem Napf essen zu müssen.

»Wie ein Hund«, spottete die Frau, griff dann in sein Haar und riss ihn zurück. »Das reicht. Wir müssen dich auch noch waschen.« Sie zerrte ihn über den Flur. »Steh schon auf!«, fuhr sie ihn an und Florian kam eilig auf die Füße, um hinter der Soldatin herzustolpern.

Wieder wurde er mit kaltem Wasser abgespritzt wie ein Gegenstand. Dann bekam er einen neuen Plastikanzug, der beißend süßlich roch.

Man zerrte ihn barfuß durch einen Hof in das Gerichtsgebäude. Erst jetzt fiel Florian auf, dass er in alten U-Haftzellen eingesperrt wurde und seine Sache vor dem Gericht in Wuppertal verhandelt wurde. Er blinzelte zur Schwebebahn. Die Fahrgäste starrten ihn an. Florian bezweifelte, dass das der übliche Weg war, wie mit

Gefangenen umgegangen wurde. Er konnte sich nicht vorstellen, dass Angeklagte wie Tiere in aller Öffentlichkeit über einen Hof getrieben wurden. Aber sein Fall war sicher etwas Besonderes. Es war ein Präzedenzfall. Er war nicht irgendein Angeklagter und sollte deshalb möglichst vielen Menschen vorgeführt werden.

Im Gerichtssaal waren dieses Mal auch Journalistinnen anwesend, die ihn aufgeregt filmten und Fotos von ihm machten, während er zu seiner Anklagebank trat und dort Platz nahm. Eine Gerichtsdienerin legte ihm wieder einen Knebel an. Obwohl er schon mit dem Eimer Freundschaft geschlossen hatte, schämte er sich, dass solche Bilder von ihm existierten. Bilder auf denen er grün und blau, nass, klebrig und verprügelt aussah. Trotzdem brannte in ihm noch dieser Funke Hoffnung, dass diese Aufnahmen dazu beitrugen, dass vielleicht doch jemandem auffiel, dass etwas in diesem Land falsch lief. Also sah Florian in die Kameras, die unablässig Bilder von ihm machten. Jedermann sollte wissen, wie mit Verbrechern umgegangen wurde.

Dann traten die Richterinnen ein und alle erhoben sich. Minutenlang wurden Aufnahmen gemacht, dann nahmen alle Platz. »Zur Verkündung des Urteils im Fall Pepperkorn möchte ich noch kurz einige Dinge sagen«, erklärte die vorsitzende Richterin. »Videoaufnahmen der Presse sind gestattet. Jedoch werden Sie aufgefordert, den Blitz Ihrer Kameras abzuschalten, um den Prozess nicht zu stören.«

Die Journalistinnen reagierten augenblicklich. Sie schalteten die Blitze an ihren Kameras aus. Die Richterin

nickte zufrieden. »Ich bitte Sie, sich zur Urteilsverkün-
dung zu erheben.«

Wieder erhoben sich alle. »Im Namen der feministischen Republik ergeht folgendes Urteil: Der Angeklagte
wird der schweren Vergewaltigung in vier Fällen schuldig
gesprochen und nach §36 Absatz 2 Personenschutzgesetz
zum Tode verurteilt.«

Florian starrte die Richterin an. Sie hatte ihn zum Tode
verurteilt. Sie brachten ihn um!

Er hörte den Rest des Urteils nicht mehr. Es zog an
ihm vorbei, wie ein Rausch. Er hörte auch die Begründung nicht mehr. Die Wirklichkeit war falsch.

Die Leute setzten sich wieder hin und die Richterin
wies drohend mit dem Zeigefinger in seine Richtung. Ihr
Mund bewegte sich. Ging auf und zu. War sie ein Fisch
an Land, der nach Luft schnappte? Er fing an zu lachen
und wusste nicht, wieso er lachte. Was war komisch? Er
hörte sich selbst immer lauter lachen. Aber wie konnte er
mit einem Knebel im Mund lachen? Wie war das möglich? Wie war dieser Albtraum möglich, in dem eine
feministische Richterin ihn zum Tode verurteilte?

»Gegen dieses Urteil kann keine Revision eingelegt
werden. Das Urteil ist sofort zu vollstrecken. Die Verhandlung ist geschlossen.«

Jemand packte ihn hart am Arm. Es war der Arm, der
ausgekugelt worden war. Der Arm, den kein Arzt mehr
behandelt hatte. Florian nahm den Schmerz nicht mehr
wahr. Alles ging unter in dem Wissen, dass man ihn zum
Tode verurteilt hatte. Er hatte alles getan, um sich zur

Wehr zu setzten. Er hatte alles getan, um die Demokratie zu schützen.

Er hatte alles verloren in seinem Kampf gegen das Regime. Er hatte seine Firma verloren, hatte seinen Besitz verloren. Er hatte seine Menschenwürde verloren.

Und jetzt würde er sein Leben verlieren.

Die Todesstrafe sollte schnell und human vollstreckt werden. Selbst Männern, denen man alles Menschliche abgesprochen hatte, wollte man das Leid eines langen Todes ersparen. Immerhin konnten auch Tiere ein gewisses Leid empfinden.

Die Bundesrepublik hatte zu diesem Zweck einen elektrischen Stuhl angeschafft. Es sollte schnell und schmerzlos zum Tode führen, aber trotzdem dramatisches Bildmaterial für die Medien liefern.

Der elektrische Stuhl stand etwas außerhalb von Berlin in einem besonderen Gefängnis, das sie *Reinigungsanlage* nannten. Vermutlich wollte im Zentrum der deutschen Macht niemand hören, dass es nur ein paar Straßen weiter einen Ort gab, an dem das unerwünschte Ungeziefer ermordet wurde. Florian wurde nach Potsdam gebracht.

Wie schon bei seiner Festnahme in Göttingen, wurde er in einen Mannschaftsbus der SJW gestoßen. Wieder stellten alle SJW-Frauen, die ihn begleiteten, ihre Füße auf seinen Rücken. Er schnaufte unter dem Gewicht und versuchte verzweifelt zu atmen. Sie machten sich einen Spaß daraus, ihn die Fahrt über zu piesacken, zu treten und zu schlagen und sich die Schuhsohlen an seinem Rücken sauber zu wischen.

»Jetzt gibt es die Henkersmahlzeit für unser kleines Schwein«, versprach ihm eine der SJW-Frauen, als sie angekommen waren und stieß ihn in einen grell erleuchteten Raum. Florian rutschte auf den Knien vorwärts und wandte sich um. Eine der Frauen kam mit einer großen Schere auf ihn zu und zerschnitt den Plastikanzug, den Florian trug. Dann traten die Soldatinnen um ihn herum und begannen, ihm mit Filzstift Beleidigungen auf die Haut zu schreiben.

Kapitalist. Cisarschloch. Verbrecher. Vergewaltiger.

Als sie fertig waren, rissen sie ihn auf die Füße. Sie musterten ihn wie ein Stück Fleisch und grinsten dabei boshaft. »Morgen bist du dran«, versprachen sie ihm, ehe sie ihn allein ließen.

Florian fiel auf die Knie und atmete keuchend. Er schloss die Augen und begann tonlos zu weinen. Dafür also hatte er gekämpft. Dass man ihn hinrichtete wie ein Tier.

Für ein Verbrechen, das er nicht begangen hatte. Hätte er nur das Ausland erreicht, um auf die Situation in Deutschland aufmerksam zu machen. Wäre er nur früher auf die Idee gekommen, sich Hilfe zu holen. Warum musste er alles, alles im Alleingang machen? Warum hatte er sich niemals darum bemüht, sich helfen zu lassen?

Er legte den Kopf in den Nacken und fing unter Tränen an, die Nationalhymne zu singen.

Der nächste Tag kam früh und hell. Das grelle Licht der Frühlingssonne blendete ihn und er fragte sich, wie viel

277

Zeit vergangen war, seit er sich von Lukas und Philipp in Berlin getrennt hatte. Seit er versucht hatte, Luxemburg zu erreichen.

Er trug einen neuen Plastikanzug. Die Beleidigungen, die ihm auf die Haut geschrieben worden waren, schimmerten durch den Kunststoff. Florian glaubte sogar, dass sie sich in dem ekelhaften Material abgesetzt hatten und jeder sie lesen konnte. *Cismann. Arschloch. Kapitalist. Vergewaltiger.*

Er betrachtete den silbrigen Metallstuhl, in dessen Richtung sie ihn führten. Wechselstrom würde ihn durchfließen und sein Herz anhalten. Schnell und human und wenig schmerzhaft.

Sie brauchten ihn nicht dazu zu zwingen, Platz zu nehmen. Sein Widerstand war gebrochen. Hinter einer Glaswand saß ein Publikum. Leute, die sich seinen Tod ansehen wollten. Florian sah ruhig in jedes einzelne Gesicht, in der Hoffnung ein bekanntes zu entdecken. Aber weder Henriette, noch Lukas, oder Philipp waren gekommen. Keiner seiner Freunde war gekommen. Doch zu seiner Überraschung entdeckte er in der letzten Reihe Laura Winkler. *Du willst wohl sehen, wie ich sterbe*, dachte er bitter. Laura Winkler wich seinem Blick aus und verschränkte die Arme vor der Brust.

Zwischen den Schaulustigen waren Kameras aufgebaut worden. Er war das erste Opfer dieses Stuhls. Er war das erste Opfer dieses Regimes. Das erste Opfer, das der Feminismus sich holte. Er schloss die Augen und öffnete sie wieder, als sie ihn mit Riemen an den Stuhl schnallten.

Eine SJW-Frau schloss ihn an die Elektroden an. Florian betrachtete die Kragenspiegel und die Schulterklappen.

»Sie sind Hauptverteidigerin«, stellte Florian mit heiserer Stimme fest.

»Ja«, antwortete die Offizierin. Sie sah ihn an. Reue sprach aus ihren Augen.

Florian lächelte. Jetzt, da der Tod nah war, fürchtete er ihn plötzlich nicht mehr. Er gab in diesem Moment sein Leben für den Widerstand gegen dieses Regime. Und das war eine gute Sache. Er hatte alles versucht, um das zu verhindern.

Die Offizierin hatte seinen Kopf eingespannt und ließ die Hände sinken. »Ich töte einen Unschuldigen. Herr, vergib mir meine Schuld«, flüsterte sie. Florian schloss die Augen.

»Bitte. Tun Sie Ihre Pflicht«, bat er und öffnete die Augen.

Die Offizierin nickte eisern. Sie trat zurück und betrachtete Florian. Er wurde nicht hingerichtet, weil er angeblich Frauen vergewaltigt hatte. Er wurde hingerichtet, weil er von Anfang an die Wahrheit gesagt hatte. Er wurde hingerichtet, weil er allen offen gesagt hatte, dass sie einer Diktatur entgegengingen.

Die Hauptverteidigerin nahm ihre Mütze ab und betrachtete ihn. Man hatte ihm die Henkersmahlzeit verwehrt. Man hatte ihm kein letztes Wort eingeräumt. Man hatte ihm die Menschenwürde abgesprochen und ihn gedemütigt. Behandelt wie ein Tier.

Und trotzdem saß er in dieser furchteinflößenden Apparatur und blickte seinem Tod erhobenen Hauptes entgegen.

Florian Pepperkorn lächelte die Hauptverteidigerin an. Das war das einzige Signal, das er ihr geben konnte. Er war bereit, zu sterben.

Die Hauptverteidigerin nickte.

Jemand betätigte einen Schalter.

***

Laura zwang sich, hinzusehen, als Florian Pepperkorn starb.

Strom floss durch ihn hindurch und spannte die Muskeln an. Der Körper bäumte sich gespenstisch auf und vibrierte in der Luft. Die Zuschauer hatten sich in Angst weggedreht.

Aber Laura wandte den Blick nicht ab. Das war das Einzige, was sie tun konnte, um dem Mann die letzte Ehre zu erweisen.

Sie sah hin, als der Stromfluss endete und der Körper leblos zurücksank. Die Hauptverteidigerin setzte ihre Mütze wieder auf.

Das Unrecht hatte gewonnen.

Über diese Geschichte

Die Frage »Ist eine Diktatur heute in Deutschland möglich?« habe ich schon in der Schule oft gestellt. Und oft war die Antwort, dass unsere Grundordnung und unsere Demokratie unantastbar sind. Aber so ganz konnte ich das nicht glauben.

Als ich über Kaiser Augustus las, der um 30 v. Chr. den Senat, seinerzeit das Parlament Roms, entmachtete und sich selbst zum Alleinherrscher machte, wurde mir klar, dass auch unsere Demokratie verletzbar sein muss. Denn die römische Demokratie war, wenn auch nur vom Adel ausgeübt, scheinbar unverwundbar. Ich dachte, wenn die römische Demokratie zerstörbar ist, dann muss auch unsere Demokratie zerstörbar sein.

Ich möchte auf meine Recherche eingehen und erklären, was ich warum recherchiert habe. Viele Antworten kann man auf den offiziellen Websites unserer Verfassungsorgane nachlesen, andere Dinge habe ich bei Politikwissenschaftlern und der Polizei NRW erfragt. An dieser Stelle ein herzliches Dankeschön.

Wenn ich von meiner Geschichte erzähle, werde ich sehr häufig auf meine politische Meinung angesprochen.

Es geht mir nicht darum, dem Feminismus per sé zu verunglimpfen. Es geht mir darum, zu zeigen, dass von *Extremismus* in jeder Form Gefahr ausgeht. Von Nazis, von Antifaschisten, von religiösen Fanatikern – Islamisten, fanatische Christen, Sekten in jeder Form – geht Gefahr aus.

Und so ist auch der moderne Feminismus nicht gänzlich ungefährlich.

Denn Extremismus verbietet uns den Dialog. Es ist aber der offene Austausch von Gedanken, von dem unsere Demokratie lebt.

Wir müssen miteinander sprechen, und vor allem müssen wir uns zuhören und versuchen, einander zu verstehen und gemeinsam eine Entscheidung zu treffen.

Nur so können wir unsere fragile Demokratie schützen.

Carolin Helm,
Im Oktober 2019

Die Gewaltenteilung

Gewaltenteilung beschreibt, dass Exekutive (Ausführende Gewalt), Legislative (Gesetzgebende Gewalt) und Judikative (Rechtsprechende Gewalt) voneinander unabhängig sind.

Die Hoheit über die Exekutive hat der Bundesinnenminister, welcher Teil des Parlaments und damit der Legislative ist. Der Bundesinnenminister ist der Polizei gegenüber weisungsbefugt.

Unser höchstes Gericht, das Bundesverfassungsgericht, wird auf Vorschlag des Bundesjustizministers gewählt. Alle Minister sind ihrerseits an den Bundeskanzler weisungsgebunden.

Die Europäische Union

Mit dem Eintritt in die Europäische Union haben die Mitgliedsstaaten sich verpflichtet, darauf zu achten, dass sich ihre Mitglieder demokratisch und rechtsstaatlich verhalten. Bürger eines EU-Mitgliedstaates können vor dem Europäischen Gerichtshof klagen.

Die SJW

Für einen Unrechtsstaat braucht es keine Prügeltruppe, wie die SJW oder die SS. Sie ist in Deutschland auch nicht so einfach aus der Taufe zu heben, denn paramilitärische Gruppen sind aus gutem Grund verboten.

Die SJW habe ich eingesetzt, um die Geschichte schneller und spannender zu erzählen. Grundsätzlich wäre die dargestellte Entwicklung auch ohne die SJW möglich gewesen.

Die »wehrhafte Verfassung«

Eine Partei kann vom Verfassungsschutz beobachtet werden. Allerdings kann nur das Bundesverfassungsgericht eine Partei für verfassungswidrig erklären und verbieten. Deshalb spricht man von einer »wehrhaften Demokratie«.

Das Grundgesetz

Unser Grundgesetz ist wundervoll. Alle Menschen sind frei und gleich an Würde und Recht. »Die Würde des Menschen ist unantastbar.« Was für ein großartiger Satz. Ja wirklich.

Das Grundgesetz ist mit einer ⅔ Mehrheit änderbar. Diese ⅔ Mehrheit muss in Bundestag und in Bundesrat erzielt werden, was zugegeben nicht ganz einfach ist.

Ich weiß nicht, ob ich es bedaure, oder ob es mich freut, dass die Abstimmungen im Parlament öffentlich einsehbar sind.

Einerseits ist es interessant zu sehen, wie jeder Einzelne entschieden hat. Andererseits birgt eine öffentliche Abstimmung auch ein Risiko. Wer nicht geheim abstimmen kann, muss einen starken Willen haben, sich gegen einen parteiinternen Konsens zu entscheiden. Er muss sich vielleicht Anfeindungen stellen. Und natürlich kann eine Diktatur das ausnutzen.

Die Ewigkeitsklausel & die Menschenwürde

Die Ewigkeitsklausel schützt die ersten zwanzig Paragraphen unseres Grundgesetzes. Die Ewigkeitsklausel gilt, bis zum Einsetzen einer neuen Verfassung. Mit einer neuen Verfassung könnte man also diese ersten zwanzig

Paragraphen und damit unsere Grundrechte loswerden. Auch die Notstandsgesetze von 1968 können einer Diktatur eine Möglichkeit bieten, die Grundrechte erheblich einzuschränken.

Das Grundgesetz spricht von der Unantastbarkeit der Menschenwürde, aber es definiert den Menschen nicht weiter. Im Dritten Reich wurde den Juden das *Menschsein* aberkannt, sie wurden zum Tier degradiert. Und ein Tier hat folglich keine Menschenwürde, keine Rechte auf eine menschenwürdige Behandlung oder gar Menschenrechte.

Danksagung

Ich danke meinem wundervollen Ehemann, der in den heißen Arbeitsphasen dafür gesorgt hat, dass ich nicht verhungert bin, indem er auf magische Art und Weise (kalte) Pasta auf meinem Schreibtisch erscheinen ließ. Außerdem danke ich dir für die vielen Stunden, in denen du dir immer wieder Szenen und Ideen angehört hast. Und natürlich danke ich dir, für die vielen Tränen, die du getrocknet hast, als ich für diesen Roman Holocaustberichte gelesen habe. Ohne dich hätte ich niemals die Kraft gehabt, *dem Wohles des deutschen Volkes* zu schreiben.

Ich danke meinen wundervollen Mentorinnen Charlie und Sandra. Charlie, die an meine Idee glaubte und mich Sandra vorstellte, die meinem Buch den letzten Schliff gab. Danke, dass ihr aus meinem Manuskript ein echtes Buch gemacht habt.

Ohne meine Mutter wären die juristischen Texte in diesem Roman nicht möglich gewesen. Danke, dass du mir geholfen hast, diese Stellen zu formulieren.

An dieser Stelle ein herzliches Dankeschön an die Politik- und Geisteswissenschaftler Herr K. und Frau O. für die Geduld, mit der Sie meine Fragen zu unserem politischen System beantwortet haben. Auch ein Dankeschön an Herrn L. vom gleichen Institut, der mein Buch noch einmal auf Fehler untersuchte.

Ich danke meinen Brüdern Eric und Björn. Eric, der mir seinen Namen gab und Björn, der mich mit seinem Wissen über die Bundeswehr unterstützte.

Danke an meinen Vater, der mich zusätzlich mit seinem Wissen über Waffentechnik unterstützte und so die Szene möglich gemacht hat, in der Florian in die Pistole schaut.

Auch meinem Schwiegervater möchte dafür danken, dass er mich in den letzten Zügen unterstützt hat.

Ich danke meinen tollen Testlesern für ihre vielen guten Anmerkungen.

Zuletzt herzlichen Dank an meine Familie und Freunde. Euch im Einzelnen zu nennen, würde hier den Rahmen sprengen. Aber ich weiß, dass ihr mich mit Rat und Tat unterstützt habt, dieses Buch zu schreiben. Ihr wisst, wenn ihr das lest, dass ihr gemeint seid.